比较文学与世界文学 研究丛书

主编 曹顺庆

二编 第 **11** 册

中国文学与世界论集（下）

周锡山 著

花木兰文化事业有限公司

国家图书馆出版品预行编目资料

中国文学与世界论集（下）／周锡山 著 －－ 初版 －－ 新北市：
花木兰文化事业有限公司，2023〔民112〕
目 4+210 面；19×26 公分
（比较文学与世界文学研究丛书 二编 第 11 册）
ISBN 978-626-344-322-8（精装）
1.CST：中国文学 2.CST：西洋文学 3.CST：文学评论
4.CST：比较研究
810.8   111022114

比较文学与世界文学研究丛书
二编 第十一册   ISBN：978-626-344-322-8

中国文学与世界论集（下）

作　　者　周锡山
主　　编　曹顺庆
企　　划　四川大学双一流学科暨比较文学研究基地
总 编 辑　杜洁祥
副总编辑　杨嘉乐
编辑主任　许郁翎
编　　辑　张雅淋、潘玟静　美术编辑　陈逸婷
出　　版　花木兰文化事业有限公司
发 行 人　高小娟
联络地址　台湾 235 新北市中和区中安街七二号十三楼
　　　　　电话：02-2923-1455 ／传真：02-2923-1452
网　　址　http://www.huamulan.tw 信箱 service@huamulans.com
印　　刷　普罗文化出版广告事业
初　　版　2023 年 3 月
定　　价　二编 28 册（精装）新台币 76,000 元　　　版权所有 请勿翻印

中国文学与世界论集(下)

周锡山 著

目次

伍、中国文学的美国学生赛珍珠研究

论赛珍珠在中国现代文学史上的地位和意义[1]

摘要:

赛珍珠自幼接受中国传统文化教育,自称一生到老都属于中国,而且强调是中国小说教会了她的创作,她在诺贝尔文学奖授奖仪式上的演说是《中国小说》,满怀深情地介绍中国小说并诚挚表示对中国小说给她哺育的感谢。她的最重要的作品都是关于中国题材的,或与中国有关,为中国现代文学史做出了杰出的贡献。为纪念赛珍珠获得诺贝尔文学奖 70 周年,特发表此文全文。本文从她的创作成就、对抗日战争文学的贡献、对中国现代文学总体成就的清醒认识和对中国文化在西方的传播所作出的杰出贡献等角度,论述赛珍珠在中国现代文学史上的重要地位和意义。

赛珍珠在中国定居近 40 年,将中国作为自己的第二祖国,她甚至在去世前不久的 1972 年的《中国的今昔》中说过:"我一生到老,从童稚到少女到成年,都属于中国。"她在获诺贝尔奖时的《受奖演说》中也强调:"中国人民的生活多年来也就是我的生活,确实,他们的生活始终是我的生活的一部分。"[2]她有志于写出她耳闻目睹的中国的真实面貌并探索中国前进的道路,她的主要作品尤其是获诺贝尔奖的文学杰作写的都是中国的题材或有关中国

---

1 《赛珍珠纪念文集》第二辑〔2005,镇江,赛珍珠国际学术研讨会论文专集〕广西师范大学出版社 2005;《社会科学论坛》2009 年第 5 期;中国比较文学旅法分会,上海比较文学研究会《对流》(法国巴黎)第 5 期,2009;《中国赛珍珠论集》(英文版),江苏大学出版社 2021。

2 赛珍珠《大地·附录》,《大地》第 1081 页,漓江出版社,1988。

的题材；更且她的创作技巧和方法也多学自中国的传统小说，鉴于以上 4 点，我认为，中国文学史和美国文学史都应该对赛珍珠作出研究和评述，她不仅完全可以列于中国现代文学史的作家之中，而且还是中国现代文学史上最杰出作家之一[3]，今略述赛珍珠在中国现代文学史上的地位和意义。

一、中国现代文化史与文学史的艰难背景

赛珍珠在华生活和从事创作包括写作《大地》的时代，正处于 20 世纪的前 30 年。众所周知，20 世纪的前期是中国的艰难时期，同时也是中国文化发展的最困难时期，这个最困难的时期甚至一直延续到文化大革命的结束才初告段落。正如研究家所指出的，"一个多世纪以来，特别是'五四'新文化运动以来，中国开始大规模地引进西方文化，并用西方文化来对中国文化进行改造。在这场声势浩大的新文化运动中，对中国传统文化展开迅猛攻击、对西方文化表示热情欢迎的，恰恰是那些最有爱国激情的知识分子。鲁迅应一个杂志社之邀为青年开列必读书目时说'我以为要少——或者竟不——看中国书，多看外国书'。[4]沈雁冰在'五四'时期主持《小说月报》时认为，最要紧的工作是对外国文学的切切实实的译介工作，以此来救治中国古典文学'主观的向壁虚造'等弊病。"[5]虽然主流文坛否定中国文化，全盘接受西方文化，但当时的学习浪潮主要仅着眼于实用的科学技术，文艺方面很少学到西方的文化精华。即以文学为例，鲁迅曾经坦率指出：新文学是在外国文学潮流的推动下发生的；从中国古代文学方面，几乎一点遗产也没摄取。即以小说领域来说，鲁迅也强调：向外国学习时，"外国文学的翻译极其有限，连全集或杰作

---

3 在本文之前，董晨鹏和刘龙先生因赛珍珠说过："因为我长在中国：我身处中国却非其一员，身为美国人却依然不是它的一员。"认为："从这个意义上讲，是不是不应该由美国文学史，而是应该由中国文学史来对赛珍珠作出评述，才更为恰当些呢？"（《士的人格思想和儒家文化心态——试析赛珍珠的中国文化传统文化观》，《镇江师专学报》1998 年第 2 期）南京大学外国语学院院长刘海平教授也曾指出，"赛珍珠也许是唯一的一个美国作家，其作品至少部分地是中国文化的产物"。（据〔美〕彼德·康德《赛珍珠传·前言〈拂去历史的尘埃〉》第 13 页，桂林：漓江出版社 1998）汪应果先生更认为："既然林语堂、梁实秋能够一身而二任地被写入美国文学史，那么，赛珍珠为什么不能够也被写入中国文学史呢？"（汪应果《关于赛珍珠已经的几个有待深入的问题》《江苏大学学报》2003 年第 1 期）

4 《鲁迅全集》第 3 卷，第 18 页，人民文学出版社，1981。

5 中国人民大学李怀亮《国际文化贸易三题》，《文化蓝皮书，2003：中国文化产业发展报》，第 97 页，社会科学文献出版社 2003。

也没有，所谓可资'他山之石'的东西实在太贫乏"。[6]有学者指出：尽管"千余年中，（中国）古典小说始终保持了美学上的、形式上的完整性和共通性。它不象西方小说老用更新了的东西来破坏自己的传统。"可是，"令许多人困惑的问题是，早熟而悠久的中国语言叙事艺术传统，怎样在近代以来黯淡失色了？明显而确实的原因，实在由于西方小说在中国的传播并且很快地反客为主。这个史实本身不容否认，不过关键却是如何评价和看待它。在这里，居于优势的观点是，认为西式小说在技术和表现力上都较中国传统小说为佳，亦即把西式写法对中国传统写法的胜利表述为优胜劣汰的进化。诚然，西式小说在艺术上有各种特长，为中国传统小说所不具；反过来，我们亦当同样地肯定，中国传统小说在艺术上也有诸般特长，为西式小说所不具——此二者彼此无可替代，更遑言以彼掩我。因此，即使西式小说在近百年中战胜了中国传统小说，那也不可以归结为优胜劣汰的进化关系。"其弊病是，"百年来的中国小说，弄潮儿不可谓不多，领风骚者不可谓不多，然而经得住时间的考验的作品，即可被视为经典作品的，却寥若晨星。再者，大纛之下，欺世盗名者、投机取巧者、浑水摸鱼者有如洪流之泥，夹杂俱来。这一切，也均已成为近、现、当代小说的有目共睹的长期未祛的弊端。"[7]

而且，20 世纪不仅是中国文化发展最困难的时刻也是中国文化最难以进入西方的时期。研究家指出：两千多年以来，西方一直在不断地创造着"中国形象"。在启蒙运动之前，这一形象的主导价值是肯定的。启蒙运动以后，西方的"中国形象"发生了很大的变化，否定性形象占了主导地位。西方将许多可怕的异域景象安排到中国。西方的中国形象从世俗天堂变成了停滞、封闭、堕落的东方地狱。这与近代以来中国的落伍与西方的崛起有关。但其中西方人的虚构也起了很大的作用。所谓"黄祸论"就是西方人对中国最为刻毒的咒骂。美国总统罗斯福曾说过中国人是一个"不道德的、堕落的和不可取的民族"。中国与美国在地理与心理上都十分遥远。1973 年 2 月 21 日，美国《新闻周刊》评论："对美国人而言，世界上恐怕没有什么声音听起来比中国人的声音听起来更加陌生的了。两国人民处在世界的两极，远隔着巨大的历史、文化心理鸿沟。"在美国人看来，正在崛起的中国是一个"未得到满足的、野心

---

6 鲁迅《集外集拾遗补编"中国杰作小说"小引》，《鲁迅全集》第 8 卷，第 399 页，人民文学出版社，1981。

7 李洁非《中国的叙事智慧》，《文学评论》，1993 年第 5 期。

勃勃的大国，其目标是主宰亚洲。"[8]"鸦片战争之后，先进的中国人就开始向西方寻找真理。一百多年来，我们从西方学到了马克思主义，学到了先进的科学技术，学到了优秀的文化。今后，我们仍要坚定不移地沿着先进文化的前进方向，以一种博大的胸襟和开放的姿态，吸收一切优秀的文化成果，积极推进社会主义物质文明和精神文明建设。但是，我们也不能不特别注意到中国一百多年来向西方学习的过程客观上帮助西方特别是美国培育了其在中国的文化产品市场。曾经出现过的'全盘西化论'以及'文化大革命'式的民族文化虚无主义，以两种极端的方式助长了广泛的'崇洋媚外'的心理，甚至造成了对西方一切文化产品的自觉认同。这一切都大大地减少了西方文化产品出口到中国市场时的'文化折扣'；而中国的文化产品在西方却遭受到'文化折扣'的重创，形成了中国文化产品在国际贸易中的劣势地位。在近期之内，这种文化贸易中的力量悬殊不会得到迅速改变。"[9]

赛珍珠就是在中国文化和文学这样极度的艰难背景下进入 20 世纪中国上半期的中国文学史——即中国现代文学史——并取得卓越的创作成就和做出重大贡献的。而认清这一点，对我们认识赛珍珠在中国现代文学史上所作出的杰出贡献是极其重要的。

二、赛珍珠有关中国题材的小说和传记的创作成就

赛珍珠获得诺贝尔奖的《得奖评语》说：授奖的原因是"由于她对中国农民生活史诗般的描述，这描述真切而取材丰富，以及她传记方面的杰作。"《授奖词》则更为具体地表彰了她的这两个巨大的创作成就，第一个便是她"给我们提供了使她名扬世界的农民史诗《大地》（1931）"。[10]第二个创作成就，"在人物刻画和写作技巧方面，却以写她父母的两部传记《离乡背井》（一译《异邦客》《流亡者》《放逐》）（1936）和《奋斗的天使》（一译《战斗的天使》）（1936）成就最佳。这两本书应当说是名副其实的经典作品，它们将留传后世"。[11]《大地》固然是表现中国题材的作品，而《离乡背井》和《奋斗的天使》描写其父母作为终身在华从事宗教和慈善活动的牧师，无疑也是一种关于

---

8 周宁《永远的乌托邦》第 181 页，湖北教育出版社 2000。
9 中国人民大学李怀亮《国际文化贸易三题》，《文化蓝皮书，2003：中国文化产业发展报》第 97 页。
10 赛珍珠《大地·附录》，《大地》，第 1074 页。
11 赛珍珠《大地·附录》，《大地》，第 1077-1078 页。

中国题材的作品。

对于赛珍珠《大地》三部曲的巨大成就的总体评价，早在诺贝尔奖颁发之前，即已得到当时中国的权威评论家的高度肯定和赞扬。[12]如清华大学教授叶公超、北京大学教授陈衡哲、著名出版家赵家璧的高度肯定。叶公超《反映中国农民生活的史诗——评赛珍珠的〈大地〉》赞扬"赛珍珠在《大地》中所写的某些东西却与众不同——如果我们对此给以充分理解的话，它们是我们必须认真接受的。因为我们在一页页翻看这本书的时候，它迫使我们去思考我们自身的许多问题。赛珍珠忠实地刻画了中国人在中国背景下的生活，她完全了解他们的思想与感情。一个外国小说家没有沉溺于自己的幻想之中，而是深入地描写了我们昏暗的现实社会的底层，这是唯一的一次。《大地》是这块国土的史诗，并且将作为史诗铭记在许许多多阅读过它的人们的心中。""尽管有这样那样的瑕疵，这本小说还是应该引起中国人更大的兴趣与关注。在中国的小说中，农民心理研究至今还是个鲜为人知的主题。中国农民生活在自己独自的环境中，对此，有关他们的文学作品至今还没有给以恰如其分的表现。所以，对中国的读者来说，《大地》至少可以被喻为是：照亮了农民昏暗生活的一个侧面。"[13]

著名女学者陈衡哲《合情合理地看待中国——评赛珍珠的〈大地〉》首先指出用"合情合理的科学态度"来介绍表现中国，"有助于国与国之间的理解和沟通。而最能展现、同时也最忠实地反映了这种态度的作品无疑当属赛珍

---

12 当然也有极少数人给以否定。其中，鲁迅先生虽在 1933 年 11 月 15 日给姚克的信中否定《大地》说："中国的事情，总是中国人做来，才可以见真相，即如布克夫人，上海曾大欢迎，她亦自谓视中国如祖国，然而看她的作品，毕竟是一位生长中国的美国女教士的立场而已，所以她之称许'寄庐'，也无足怪，因为她所觉得的，还不过是一点浮面的情形。只有我们做起来，方能留一个真相。"这种带有一定的评批性、否定性的意见，一则这种批评的程度有限，并未说"歪曲"、"诬蔑"和"丑化"，二则当时没有公开发表，不能作为鲁迅正式的意见看待，而只能说是私下的不很成熟的意见。又因是在私下发表的，在当则也没有产生什么影响，更且他也因这个意见的不成熟，故而在此后又用同样的私人书信方式否定了自己或者说更正了自己的这种带有批评、否定性的说法，1936 年 9 月 15 日他在给日本汉学家增田涉的信中说："关于《大地》的事，日内即转胡风一阅。胡仲持的译文，或许不太可靠，倘如是，对于原作者，实为不妥。"尽管此信原件已佚，但增田涉是鲁迅的挚友，他反对胡风批评《大地》的信尚在，鲁迅以上的复信的内容可见也是可靠的。

13 国立清华大学叶公超，郭英剑译，北京 The Chinese Social and Political Science Review（《中国社会政治科学评论》），1931 年（10 月）第 3 期。

珠的小说《大地》了。""但赛珍珠远不仅仅是展示了一种态度。她有自己实质性的内容，那就是她熟知中国下层百姓的生活，而这源于她对他们日常生活的细致人微的体察。其中的一些观察惊人地准确，令人信服，如：妯娌之间的争吵，叔叔的自私自利以及王龙在城市中经历的磨难等。""总的来看，赛珍珠书中的观察不仅仅是逼真的、人们所熟知的，而且显示出了深切的同情与深深的理解。""笔者要向《大地》的作者表示祝贺：一来因为她深怀同情之心地描绘了中国农民的生活以及他的家庭；二来因为她创作了一部引人人胜的小说，读者会发现你很难不把它一气读完。小说之所以具有这样的特色，只能源于一种忠实的创作意图、对人物持有真正的同情之心、脱离了做作的文风与腔调的束缚，以及作者沉浸于创作之时所有的真正的喜悦。"[14]

鲁迅的好友、组织出版《中国新文学大系》的著名出版家赵家璧在《勃克夫人与王龙》一文中热情地赞扬：

一个作家要写别一个地方或别一族里的故事，为求忠实于现实起见，至少对于这块地方要有相当的认识，对于这一族类里的人，他们的生活和思想，也得有充分的了解。所以有许多作家为了充实他们的生活经验起见，常常为了写一部书，就得跑几千里路去和他小说中的人物，求数月以至数年的共同生活。在熟习他们的日常生活和信仰、习惯以外，最大的成就，还得能深入这一种人的心底，抓住他们的灵魂，再在自己的形式中，创造出自己的人物来。

许多写中国小说的人所以失败而勃克夫人的《大地》所以获得世界的——连中国的在内——赞美，就为了前者单描画得了中国人的外形，而勃克夫人已抓到了中国人一部分的灵魂。

勃克夫人所写中国小说最大的特点，便是除了叙写的工具以外，全书满罩着浓厚的中国风，这不但是从故事的内容和人物的描写上可以看出，文字的格调，也有这一种特点。尤其是《大地》，大体上讲，简直不像出之于西洋人的手笔。

勃克夫人在描写中国小说上的成就，应当归功于她三十余年来和中国人的共同生活，而中国旧小说的影响，同样使她完成这件困难的工作。

---

14 Sophia Chen Zen（陈衡哲），郭英剑译，Pacific Affairs（《太平洋时事》）杂志1931年第4卷第10期。

从中国小说所体会到的东西，此外还有一件值得指出，并且使勃克夫人的小说充满了中国风的重要原质，那便是风格上的中国化。[15]

以上三位权威论者的评价都准确到位地肯定了《大地》的杰出成就，赵家璧还精辟指出"中国旧小说的影响"起了关键的作用，和极度肯定《大地》"风格上的中国化"，"简直不像出之于西洋人的手笔"，真是知音之言。

在赛珍珠得到诺贝尔奖之后，中国学者继续给以极高评价，如唐长儒于1941年撰文说："《大地》、《儿子们》、《分家》是赛珍珠女士成名的三部曲。表面上虽只是单纯地描写王氏家庭的三代史，实则充分地反映着中华民族由古老的帝国，经过军阀割据，而抵达现代中国的三个不同的阶段。所以这一部伟构，可以当它做纯文艺小说读，也可以当它做错综复杂的社会史来研究。""《大地》是描绘王家昔年在田地上的挣扎史。""《儿子们》象征了军阀地主豪劣们交织着的旧中国社会。""《分家》是现代中国的新青年的活动史。"[16]

又如钱公侠、施瑛《评〈爱国者〉》称赞："本书描写从中国大革命至抗战初期的中国青年动态，实在是太好太深刻了，我们中国人很抱愧，自己还不曾出现这样的作品。"[17]

赛珍珠之所以能够写出其杰作《大地》二部曲，是因为她不仅在幼年和前期的少女时代与普通中国百姓有着乳水交融般的亲密接触，深切了解中国底层的民众生活，而且在成年后继续保持与民众的联系，更可贵的是她有5年时间陪伴作为农学家的丈夫生活于中国典型的农村贫困地区，自觉地深入到生活中，了解当地各种阶层的人民、风土人情和种种生活细节，掌握了足够的写作资料。根据这些资料，她创作了以《大地》三部曲为代表的众多描写中国农村的优秀作品。

赛珍珠的《大地》三部曲，描写和表现了一个家族完整的成长和发展的历史。在中国现代文学史上，这样描写家族的名作，除了赛珍珠此书，只有巴金的《家》《春》《秋》三部曲。与中国文学史上的《红楼梦》和现代文学史

---

15 上海《现代》1933年第3卷5期。

16 唐长儒《评〈分家〉》，《分家·译者小引》，《分家》第448—453页，上海启明书局，1948。

17 钱公侠、施瑛《爱国者·译者小引》，《爱国者》，上海启明书局，1948。

上的《家》《春》《秋》表现贵族和富庶的城市中的上层家庭的发展和生活不同，赛珍珠《大地》写的是贫困地区农民和小地主家族的发展和生活，作出了独特的贡献。此书的重大意义还在于赛珍珠以旁观者清的角度，"从宿州（按今为安徽宿县）最落后封闭的农村现实出发，为我们保存了一个完整的中国宗法制农民'民俗生态学'的原型，从王龙祖孙三代的历史演变，生动地勾画出中国农村的'民—匪—官'三位一体的运动轨迹，这一点就是极为触目惊心的。在这里面保存着丰富的中国几千年社会运动的信息和遗传密码，中国农民几千年来就在'农民'、'土匪'、'官僚'这个封闭的'生态圈'里打转转。它让我们懂得，何以中国总是在不停的农民造反与改朝换代中回环往复而不能前进，其真正原因就隐藏在这最基本的社会组织结构当中。"还有就是天灾，赛珍珠在她的作品中，"也以深切的同情描写了中国人民遭受的巨大苦难。《大地》中刚刚和阿兰燕子垒窝似地建立起一个温馨小家的王龙，就遭受到一场罕见的旱灾，他的幸福在旱魔的巨掌中脆弱得像片风中的枯叶。整个乡村饿殍遍野，人烟渐灭。为了减少吃饭的嘴，人们虐杀女婴，最终不得不四出逃荒。中国农民就这样不断地在旱灾、涝灾、蝗灾、兵灾、匪灾的重重打击下苟延残喘。"[18]

因此，《大地》三部曲诚如众多学者所赞扬的，是视野开阔、笔力浩瀚、气魄雄浑的史诗性的巨著，并以其真实细腻的细节和精心构筑的情节，写出真实的农村面貌，包括景色、生产、生活和人物、思想、性格。

赛珍珠重点描写的对象——农村生活，地主、农妇、知识女性和留洋知识分子等。对此，近年众多论文都已经做过大量的分析评论，兹不赘述。但对其中尤为突出的女性形象，还应从新的角度作一分析。诺贝尔奖的《授奖词》对此强调说："在这部长篇小说提出的众多问题中，一个最严肃最忧郁的问题是中国妇女的地位问题。从一开始，作家的感人力量就强烈地体现在这一点上，在这部史诗性作品的平静中经常可以感觉到。作品前部的一个插曲最深刻地表现了自古以来一个中国女人的价值。"[19]

作为一个女性作家，赛珍珠对中国妇女的命运表现出极大的关注和深切的同情，她写出了众多真实生动的中国妇女的形象。主要是农村妇女和知识妇

---

18 张春蕾、祝诚《赛珍珠对狄更斯小说创作的借鉴》，《江苏大学学报》2003 年第 1 期。

19 赛珍珠《大地·附录》，《大地》，第 1076-1077 页。

女两类。妇女是支撑中国社会的基础，无论在战争期间的后方，还是在和平时期的日常，她们都承担着极大的牺牲，承担着繁重的田间和家务的劳动，还有养老育小的繁复任务，在战时丈夫离家报国的时候更要独力生产，独力保持作为社会细胞的家庭的生存和完整，给整个国家、社会及其作为后院的家庭，起着无可替代的支撑作用。五千年来，中国的社会、民族、国家的生存和绵延，离不开她们的这个伟大贡献。可是古代至近现代的众多文艺作品，极少涉及这个重要内容，遑论详尽描绘和尽情歌颂，同情她们在婚姻和生活中的种种不幸。有论者指出："《东风·西风》中倔强而孤独、寂寞的母亲是封建传统道德的牺牲品，《大地》中的阿兰为丈夫和家庭耗尽了一生，最终换来的是被遗弃的下场，作者对她们不幸的命运充满怜悯和叹息。同时，她从人道主义的立场出发，对这些普通贫民身份的妇女身上体现出来的美好品德和聪明才智加以热情颂扬。《大地》中的阿兰、《龙子》中的林嫂、《同胞》中的梁太太等都是没有接受过任何教育的农村妇女，但是，她们凭借天然的世代相传的智慧、后天摸索的经验生活和坚强的性格，在不少时候还比她们的丈夫更有聪明才智。批评家赞扬赛珍珠描写阿兰不仅在大饥荒时帮助一家人逃脱了死亡的袭击，还凭借自己过去的生活经验帮助丈夫发家致富；林嫂在兵荒马乱的岁月，体现出男人一般的沉着冷静和勇敢智慧。梁太太虽然大字不识几个，但她是家庭的主心骨，是一个比丈夫真实得多的女人。针对这种现象，赛珍珠甚至在《龙子》中说："一个有学问的人断不会有一字不识的人勇敢。"[20] "显示出她的平民主义立场。"[21]

赛珍珠的敏锐眼光又注视着妇女在现代社会的逐步进步和可贵转变，尤其歌颂扎根于农村，尽力为农民服务，踏实作启蒙工作的知识妇女。赛珍珠的这种努力，在一定程度上填补了空白。

赛珍珠的传记名著，以她的父母安德鲁和凯丽为传主，写出了来华西方传教士具有鲜明个性的真实术形象。在《奋斗的天使》中，赛珍珠分析安德鲁的传教热情，说："我从未见过象他和他那代人。他们决不是性情温驯死守田园的人，也不是生活舒舒服服不肯离开家门的人。即使他们不去做勇敢的传教士，也可能去开发金矿，探索两极或乘海盗船远航。……他们骄傲，喜欢争吵；他们勇敢，不肯宽容，易动感情。他们中间没有胆小鬼。他们阔步行走在中国

---

20 赛珍珠《龙子》第 190 页，桂林：漓江出版社 1998。

21 张春蕾、祝诚《赛珍珠对狄更斯小说创作的借鉴》。

的大街上，自信有权利干自己的事业。没有人质问他们，任何质问也难不倒他们，任何怀疑也不能使他们气馁，他们所做的一切都是对的，他们在为上帝而战，所以必然胜利。"他在中国五十年的传教生涯中，品格正直，乐于助人，但他宣传的教义，在客观上成为帝国主义文化侵略的一部分。赛珍珠围绕人物的性格和命运，出色地将自己的父亲形象刻划成为一个优点和缺点都十分明显的一代西方传教士深刻的艺术典型。

在《离乡背井》中，赛珍珠深情怀念母亲教诲她认识美与善的如烟往事，描写了这位富有同情心的传教士家属和七个孩子的慈母在中国的艰难的一生。她为上帝的旨意服务一生，抱着这个人生宗旨来到中国，结果她生下的七个孩子有四个都因为未能享受到美国的先进医疗条件而死在中国。这表现了虔诚的传教士所承担的牺牲。

赛珍珠在中国撰写的这两部传记著作真切描写终身在华的传教士夫妇的动人形象，具有原创性和高度的艺术性，是中国现代文学史上的一个重要的文化和艺术景观。

三、赛珍珠的文艺作品和行为实践对中国抗日战争作出的贡献

日本于 1937 年正式发动侵华战争时，赛珍珠已在 3 年前回到了美国。她远隔大洋，在美国急切地遥视着中国人民的抗日战争。为了能比较真切、生动地描写抗日战争和游击战争，她还特地赶到战火中的中国，收集写作素材、感受实际生活，并以她原有的丰厚生活积累作有力的支撑，热情创作小说，支持中国人民的抗日救国斗争。这只有确实将中国当作自己的第二祖国，才能做到。在战争的高潮时期，她出版了小说《龙子》，揭露日本侵略者在中国犯下的种种罪行并向中国人民的英勇抗战表示敬意。此书大受急于了解亚洲战区情况的美国大众的欢迎，仅"每月图书俱乐部"就印了 29 万册，起到了很好的宣传作用。同时，这部小说因艺术上达到颇高水准而深受美国评论界的好评，《时代周刊》称之为"生动而感人。这是第一部直露地描写被占领的中国抵抗日军的小说"。《同胞》《龙子》《群芳亭》《爱国者》等长篇小说和短篇小说集《今日和永远》等关于日寇侵华和中国抗战的描写，为表现各个阶层包括归侨和江南的抗日状况填补了当时的空白。

在美国时，赛珍珠抓住一切机会投身于支持中国抗战的实践。她多次去广播电台发表充满激情的援华抗日讲话，高声呐喊"中华民族是不可战胜的"。

她组织了一场称之为"希望之书"的运动，募集了大量资金，购买医疗设备和药品援助中国。她还组织成立了由罗斯福总统夫人任荣誉主席的紧急援华委员会，并亲任主席。她所领导的"东西方协会"聘请我国旅美表演艺术家王莹担任该协会的董事和中国戏剧部主任，在美国的许多城市、工厂和大学上演我国的抗战戏剧。她还将身为中共党员的艺术家王莹介绍到美国白宫，赛珍珠促成并亲自主持王莹为美国政府的高层领导，如罗斯福总统夫妇、华莱士副总统、内阁高级文武官员和驻华盛顿各国使节，演出多个抗日宣传节目。其中有小戏《放下你的鞭子》和《义勇军进行曲》《游击队员之歌》《到敌人后方去》等著名抗战歌曲，为争取美国朝野和西方各国对中国抗日事业的支持做出了贡献。

值得重视的是，赛珍珠获得诺贝尔奖的 1938 年，正是日本全面侵华的第二年，也是中国全面抗战的第二年。赛珍珠在授奖演说中大力宣传中国的辉煌文化，本身即是对中国抗日救国的声援。同时，赛珍珠出版的反映中国抗日战争的小说，在当年是对中国人民的有力支持，在今天又可以作为认定日寇侵华罪状的一种有力的证据。

四、赛珍珠对中国古代小说和中国现代文学的总体认识

赛珍珠对中国古代小说有极高的评价，所以在获奖时公开宣称，其伟大的创作成就首先要归功于中国，"是人民始终给予我最大的欢乐与兴趣，当我生活在中国人当中时，是中国人民给了我这些。""恰恰是中国小说而不是美国小说决定了我在写作上的成就"，从中国小说中学会了写作小说，"今天不承认这一点，在我来说就是忘恩负义"。[22] 为了充分说明这一点，她在授奖仪式的讲台上发表了题为《中国小说——1938 年 12 月 12 日在瑞典学院诺贝尔奖授奖仪式上的演说》长达 1 万 5 千言的长篇演说，宣传和介绍中国古代小说的伟大成就。她指出："中国小说是自由的。它随意在自己的土地上成长，这土地就是普通人民；它受到最充沛的阳光的抚育，这阳光就是民众的赞同。"[23] 又说："中国小说主要是为了让平民高兴而写的。我用高兴一词并不只是让他们发笑，虽然那也是中国小说的目的之一。我指的是吸引和占有整个思想注意力。我指的是通过生活的画面和那种生活的意义来

---

22 赛珍珠《大地·附录》，《大地》，第 1083 页。
23 赛珍珠《大地·附录》，《大地》，第 1086 页。

启发人们的思想。我指的是鼓舞人们的志气，但不是凭经验谈论艺术，而是通过关于每个时代的人的故事；使人们觉得是在谈他们自己。"[24]我认为，赛珍珠此论的高明，不仅在于她看到中国古代优秀小说家重视民众的态度，为愉悦他们而写作，而且看到小说作品也描写下层民众的生活，反映他们的喜怒哀乐之感情，更且看到小说家和小说作品对下层民众的教育作用和指导作用。她在正确而简明地勾勒出中国小说的发展历史之同时，还介绍了中国古代小说理论中的人物典型理论："他们对小说的要求一向是人物高于一切。《水浒传》被认为是他们最伟大的三部小说之一，并不是因为它充满了刀光剑影的情节，而是因为它生动地描绘了一百零八个人物，这些人物各不相同，每个都有其独特的地方。我曾常常听到人们津津乐道地谈那部小说："在一百零八人当中，不论是谁说话，不用告诉我们他的名字，只凭他说话的方式我们就知道他是谁。""因此，人物描绘的生动逼真，是中国个对小说质量的第一要求，但这种描绘是由人物自身的行为和语言来实现的，而不是靠作者进行解释。"[25]赛珍珠在这里运用和引用的观点，实际上也是转述她翻译的七十回本金批《水浒》中的金圣叹的观点："另一部书，看过一遍即休，独有《水浒传》，只是看不厌。无非为他把一百八个人性格，都写出来。""《水浒传》写一百八人性格，真是一百八样。""《水浒》所叙，叙一百八人，人有其性情，人有其形状，人有其声口。"[26]金圣叹的人物典型学说早于别林斯基和恩格斯等人的西方典型理论 200 多年；而圣叹"人有其声口"的观点更比高尔基的有关论点要早 300 年。赛珍珠"只凭他说话的方式我们就知道他是谁"的观点，给予中国古代伟大长篇小说以最知音的评价。对照与她大致同时的晚年鲁迅的观点，更可显出赛珍珠高明见解的难能可贵。鲁迅先生在论及高尔基所说巴尔札克等人的作品只要看其说话，读者即可认出人物是谁的著名观点时说："中国还没有那样好手段的小说家，但《水浒》和《红楼传》的有些地方，是能使读者由说话看出人来的。"[27]鲁迅先生"中国还没有那样好手段的小说家"一语，显然评价太低，而赛珍珠则将《水浒传》《红楼梦》等伟作看作是领先于世界的作品并值得本世纪世界各国

---

24 赛珍珠《大地·附录》，《大地》，第 1088 页。

25 赛珍珠《大地·附录》，《大地》，第 1089 页。

26 周锡山编校《金圣叹全集》第一册，第 19、10 页，江苏古籍出版社，1985。

27 鲁迅《花边文学·看书琐记》，《鲁迅全集》第 5 卷第 150 页，北京：人民文学出版社 1981。

一切作家认真学习的经典而郑重介绍的："我认为中国小说对西方小说和西方小说家具有启发意义。"她又再三强调："我就是在这样一种小说传统中出生并被培养成作家的。"[28]

在中国现代文学中占文坛主流的是新文学，前已言及，新文学是受西方文学影响而产生的，对传统文学和小说却有意的作了扬弃。新文学中的众多名家都不讳言他们是西方文学影响的产物。如鲁迅先生《且介亭杂文〈草鞋脚〉（英译中国短篇小说集）小引》一文在向西方读者介绍新文学运动开展以来 15 年中的历史概况，尤其是新的小说的生存状况和发展情况时，强调现代小说的产生"一方面是由于社会的要求，一方面则是受了西洋文学的影响"。[29]鲁迅是全盘肯定这样的状况的，但是这种观点，受到了批评。对此提出尖锐批评的，第一个是革命领袖兼著名文学家、评论家瞿秋白，第二个是哲学家冯友兰，第三个是美国女作家赛珍珠，第四个是武侠小说家金庸。

早在 1931 年，在《吉诃德的时代》和《论大众文艺》等文章里，瞿秋白就指出，"五四式"的各种体裁的文艺作品充其量也不过销行两万册，满足一二万欧化青年的需要，那些极大多数的中国人则与中国的新文学无缘；瞿秋白感慨在"武侠小说连环画满天飞的中国里面"，新文学作者没有重视大众文艺的体裁的重要性，"反而和群众隔离起来"。他对新文学的批评是严厉的。

1938 年，冯友兰在其哲学名著"六书"之一的《新事论·第八篇评艺文》中说："在民初，所谓新文学，即要立一种新文体，文学的一种新花样。就以上所说看，新花样是必要底。不过民初以来，新文学家的毛病，是专在西洋文学中找新花样。他们不但专在西洋文学中找花样，而且专在西洋文学中找词句。于是有些人以为，所谓新文学，应即是所谓欧化底文学。""不幸自民初以来，有些人以为所谓新文学应即是欧化底文学，而且应即是这一种真正底，单纯底，欧化文学。他们于是用欧洲文学的花样，用欧洲文学的词藻，写了些作品；这些作品，教人看着，似乎不是他们'作'底，而是他们从别底言语里翻译过来底。不但似乎是翻译，而且是很坏底翻译，非对原文不能看懂者。"冯先生又指出："近来又有所谓普罗（按即当时"无产阶级"一词音译之缩略语）文学。所谓普罗文学可以有两种；一种是鼓吹或宣传无产阶级革命底文学；

---

28 赛珍珠《大地·附录》，《大地》，第 1104 页。
29 鲁迅《鲁迅全集》第 6 卷，北京人民文学出版社，1981。

一种是可以使无产阶级底人可以得到一种感动底文学。前一种文学是'文以载道'者，它的价值或在'道'而不在'文'。后一种文学，始真是文学。就后一种文学说，普罗文学即与平民文学无异。《七侠五义》、《施公案》，是中国底平民文学，而满纸'普罗''布尔乔奇亚'（按即当时"资产阶级"一词的音译）字眼底文学，并不是中国底平民文学，因为中国的普罗，中国的平民，对于这些文学，并不能得到感动。"最后一句的批评，与毛泽东在1942年延安文艺座谈会的讲话中批评"标语口号"式的作品，意思相同。冯友兰又说："中国并不是没有平民文艺。《诗经》、《楚辞》、宋词、元曲，在某一时候，都是能感动大众底文艺，即都是平民文艺。等到这些不是平民文艺的时候，平民不是没有文艺，而是已经不要这种文艺，而已另有一种文艺了。一时代的大作家，即是能将一时代的平民文艺作得最好者，惟因其如此，所以他的作品，才是活底，才是中国底。"[30]

此后不久，赛珍珠在《中国小说》宣传和介绍中国古代小说的伟大成就的同时批评中国新文学作家说："我说中国小说时指的是地道的中国小说，不是指那种杂牌产品，即现代中国作家所写的那些小说，这些作家过多地受了外国的影响，而对他们自己国家的文化财富却当无知。"[31]"他们已丢掉了旧的，却又被新的束缚着。读现在的新小说就觉得缺少一种旧小说中所常用而一般中国人日常生活所固有的幽默的感想，倒是被从西洋某种学派或则特别是从俄罗斯作家学来的不健全的自我解剖压迫着，中国旧小说中所固有的那种对于人性或者生命本身所发生的趣味，反而感觉不到！另外有一种忧郁的内省，至少对于我，他是比不上旧小说的。"[32]她强调中国古代小说的经典特质，批评"五四"以后新文学运动阵营中的作家和一般现代作家所创作的小说，都采用了西方小说的形式与创作方法，而基本上摈弃了中国传统小说特有的形式和创作方法。这体现了她对中国文化走向的独立思考，实际上这也代表了从亲身体验到由衷热爱中国文化的众多西方人士的相当典型的态度。19 世纪中国在西方的形象变得恶劣之后，仍对中国持友好态度的人士，实际上多为中国文化的崇拜者。像庞德和韦利这两个在现代美国诗中介绍中国的主要角色和其他一些热爱中国诗歌的美国诗人一样，认为古代中国文化与现实中国是两

---

30 冯友兰《三松堂全集：第四卷》第 313-314 页，郑州：河南人民出版社，2000 年第二版。

31 赛珍珠《大地·附录》，《大地》，第 1083 页。

32 赛珍珠《东方、西方与小说》，上海《现代》1935 年第 2 期（5）。

回事，前者使他们着迷，而后者是与他们无关，甚至讨厌的。[33] 半个世纪后金庸也曾批评："中国近代新文学的小说，其实都是和中国的文学传统相当脱节的，很难说是中国小说，无论是巴金、茅盾或鲁迅所写的，其实都是用中文写的外国小说。"[34]

赛珍珠在高度评价鲁迅的同时，对新文学的不足提出了诚恳的意见。除了瞿秋白本人也是新文学阵营中的人物之外，另三位是站在旁观者清的立场说话的。这四位名家的尖锐批评是值得中国创作界和理论界认真思考的。目前，不仅西方的欧美中心论者，而且中国有的现当代作家和研究现当代文学的学者仍然未意识到中国传统文化的珍贵价值，仍然坚持在整体上批判和否定传统文化，更可见赛珍珠的以上见解的可贵。

"五四"以后的中国新文学在宣传新思想、宣传革命、抗日救亡诸方面作出了颇大的成绩，在艺术上也有不少好的成果。但是前已言及，与古近代中国所取得辉煌艺术成就的伟大著作相比，与现代世界文化发达的国家相比，除少数杰出者之外，在艺术上建树不足。20 世纪中国文学之所以在整体上与世界一流水平有颇大距离，丢弃传统、全盘西化，无疑是其中的主要原因之一。而为新文艺工作者所鄙视、否定的书画艺术和戏曲艺术，在 20 世纪上半期则依旧处于世界前列的地位，建国后至文革前，还得到继续发展，目前依然在世界上得到青睐和盛誉。所以我认为，关键还在于创作者尊重传统、继承传统。在弘扬和继承传统优秀文化的基础上，再吸收优秀的外来文化，这才是 21 世纪中国文化发展的应走之路。

五、赛珍珠向西方热情弘扬中国文化和文学的卓特贡献

赛珍珠在西方弘扬中国文化和文学共用四种方法：理论文章，讲演，翻译《水浒传》，帮助中国作家在美国创作和发表作品。

诺贝尔奖的《授奖词》开首就介绍和强调："赛珍珠曾经讲过，她如何发现了她向西方介绍中国的本质与存在这一使命。"[35] 赛珍珠向西方介绍的

33 赵毅衡《远游的诗神——中国古典诗歌对美国新诗运动的影响》第 102-105 页，四川人民出版社，1986。

34 杜南发《长风万里撼江湖——与金庸一席谈》，《金庸茶馆》，第五册第 6-7 页，中国友谊出版公司，1998 年。

34 赛珍珠《大地·附录》，《大地》，第 1073 页。

35 赛珍珠《我的中国世界》，尚营林等译，第 70 页，湖南文艺出版社，1991。

"中国的本质"，主要指的是中国文化的优秀性、中国民众尤其是农民和妇女的特点。

除了上已言及的揄扬中国古代小说的言论，赛珍珠还长期热情地揄扬中国文化。赛珍珠是在20世纪前期中国文化受到鄙视和难以进入西方的最困难时刻，在美国和西方大力正面宣传和宏扬中国文化。她认为："中国人在各个方面和我们是平等的，包括哲学和宗教在内的中国文明值得我们尊重。""在亚洲，人类文明很早之前就在哲学思想和宗教教义方面登峰造极。"[36]她强调，"中国的文化比任何一个欧洲国家都更渊源流长"，[37]"是世界上最古老、最文明的国家。"赛珍珠断言："即使在那时，我也能看出，中国将来注定要成为举足轻重的国家的。中国一向是文化的发源地，只有印度可以与它媲美，尽管印度与中国全然不同。"[38]赛珍珠认为，"尽管孔夫子是个哲学家，不是牧师，但实际上正是他为中国社会、为他的子孙创立了一整套与宗教、与道德作用相同的伦理纲常。恐怕还要经过相当长的时间，中国人才会重新认识孔夫子这个最伟大的人物对中华民族的贡献有多大。"[39]

其次，是对积淀深厚的中华民族文化潜能的把握。是对中国封建社会超稳定结构背后的文化本质的认识。赛珍珠认为中国人的社会，是一个古老而稳定的社会。她认为，尽管对她这样一个洋生土长的人来说，中国是贫穷落后，文盲充斥的国家，但中国以拥有悠久的历史和广阔而深邃的智慧而显得美丽。"对我来说，中国人似乎一生下来就具有一种世代相传的智慧，一种天生的哲学观，他们大智若愚，……即使跟一个目不识丁的农民谈话，你也会听到既精辟又幽默的哲理。""或许哲学只能为一个拥有数千年历史的民族所拥有。"[40]

赛珍珠对中国的古典哲学评价极高。她在回国多年后表达"时常想念中国"的原因时说："那是因为我在这里找不到一点哲学。我们的民族有自己的教义和思想，也不乏偏见和信条，只是没有哲学。或许，哲学只能为一个拥有数千年历史的民族所拥有。"[41]

36 赛珍珠《我的中国世界》，第70页。
37 赛珍珠《我的中国世界》，第115页。
38 赛珍珠《我的中国世界》，第120页。
39 赛珍珠《我的中国世界》，第196页。
40 赛珍珠《我的中国世界》，第272页
41 赛珍珠《我的中国世界》，第272页。

值得注意的是，至今有的研究西方哲学的中国学者也像不少西方学者一样，认为中国古代没有哲学，认为只有西方才有哲学，美国的哲学非常发达。而赛珍珠竟然相反，她认为只有拥有数千年历史的中国拥有哲学，美国没有哲学。美国没有哲学，她也许讲得有些极端，但是历史较短的美国的确没有独创而领先于世界的一流哲学成就，远不及欧洲的古希腊和德国的古典哲学，甚至不及法国现代有存在主义等影响巨大的哲学流派和成果。而中国的儒道佛三家的高明哲学的确拥有众多领先于世界的伟大成果，至今仍有巨大的现实意义。

赛珍珠对中国古典美有着深入和切实的感悟。她自称在中国"我发现了世上罕见的美。""她（指古老的中国）的美是那些体现了最崇高的思想，体现了历代贵族的艺术追求的古董、古迹……"[42]

她认为："英国的公务员考试，是参考了中国的第试（按即科举制度）而制定的，而美国的公务员制度又是建立在英国的公务员制度之上的。"[43]

查尔斯·W·海福德《〈大地〉、革命和美国在华特殊阶层》（奚兆炎译）一文中赞扬："归根结底，赛珍珠""抵制了（或者说不理会）那种根深蒂固的把中国传统文化与封建主义等量齐观的种族主义简单化的做法，因此理应受到人们高度的尊敬。"

赛珍珠是惟一公开表示从中国小说学习并因此而取得自己的创作成就的外裔作家。

赛珍珠对中国、中国人民和中国传统文化的总体肯定，产生了积极的效应。其卓越的效果，在她去世20年后的20世纪90年代，诺贝尔文学奖获得者美国女作家托尼·莫里森在回顾她早先阅读赛珍珠小说的情形时，曾深情地用反语手法说道："她误导了我，使我以为所有的作家都是以同情、有力、诚实和坦率的态度来描写其他文化的。"[44]

赛珍珠帮助中国著名作家林语堂在美国创作，推出他的作品。她将林语堂接到美国，支持和帮助他写作小说，既成就了一位有世界影响的华裔著名作家，又通过他的作品在西方的出版和传播，进一步发展在美国弘扬中国文化的事业。她还为老舍、曹禺、王莹在美国写作和出版其文学著作而主动提供无私

---

42 赛珍珠《我的中国世界》，第187页。

43 赛珍珠《我的中国世界》，第15页。

44 〔美〕彼德·康德《赛珍珠传·前言〈拂去历史的尘埃〉》，《赛珍珠传》，第5页，桂林漓江出版社，1998。

的帮助。

综上所述，其最重要的作品是在中国创作的、是描写中国题材的赛珍珠是中国现代文学史上的一位极其重要的作家，其所取得的巨大艺术成就在中国现代文学史上占有非常重要的地位。

她是最成功地学习中国古代小说的技巧又做到中西结合的杰出作家之一。赛珍珠所取得的重大文学成就，在 20 世纪前期中国全面否定传统文化、中国文化发展所处的艰难时期，体现了中国传统文化和文学对一位现代作家尤其是异族作家卓有成效的哺育作用，具有重大的历史意义。中国传统文化和文学的辉煌遗产，随着 21 世纪中国国力的增强和东学西渐，必能给西方文学艺术家以重要影响，因此赛珍珠学习中国文化艺术而获得的成功，又具有很大的现实意义。

赛珍珠结合本人成功的学习和创作实践，成为最清醒地看出中国现代文学不足之处的学者型的作家；她对中国现代文学的总体不足，给予坦率而尖锐的批评，是中国作家的诤友。21 世纪的中国文学艺术家在继承优秀文化艺术传统的基础上，融会西方文学艺术的理论和创作经验，必能产生成批无愧于前人的重大成果。

上海与赛珍珠，赛珍珠与上海
——赛珍珠与多元文明对话：中美文化交流的一段重要历史和一些重要事件[1]

　　20 世纪上半期的上海是中国的文化中心和东西方文化的交流中心。

　　上海以海纳百川的博大胸怀和气派，热诚欢迎国内外杰出人物和杰出作品来到上海，并通过上海影响到全国。赛珍珠及其名著与上海也有着不解之缘。

一、上海与赛珍珠的关系总貌

　　赛珍珠与上海有好几次邂逅，留下了几多足迹。

　　赛珍珠幼年因躲避"义和团"运动而在上海有过几个月"难民"经历，和母亲、妹妹、王妈暂居在静安寺路（今南京西路）附近一个教会大院中。此时她只有 9 岁，所以对处于清末的 1901 年的上海没有给她留下任何印象。她只留下在上海不到一年的避难时期，每一天都备感煎熬的支离破碎的记忆。

　　赛珍珠十一二岁时，即用英文写作小文章，不时投往上海，其最早的作品，都是在上海出版的英文报纸《上海信使报》（Shanghai Mercury）每星期一次的儿童版上发表的。

　　1909 秋，17 岁的赛珍珠在上海租界的美侨寄宿学校"朱厄尔女校"开始正规学校的学习生活，次年离沪去美国读大学。这时，中国还处于清朝时期。

1　《赛珍珠纪念文集》（第 4 辑）（2012，"纪念赛珍珠诞辰 120 周年——中国镇江赛珍珠国际学术研讨会"论文集），江苏大学出版社 2013。

朱厄尔女校位于上海虹口昆山路今景灵堂西侧，但原建筑已不复存在[2]。

1927-28 年，北伐军进入南京后，外侨的安全受到威胁，赛珍珠与父母，避居上海。在此期间可能与上海作家、诗人徐志摩有热情交往或单相思式的婚外恋的梦想——在心灵上弥补了丈夫沾花惹草给她的感情创伤，后又以此激情创作名作《北京来信》。

1931 年 3 月《大地》出版后，上海学者迅即给以好评。

上海学者、作家赵家璧、伍蠡甫等，当时在京任北京大学、清华大学教授的上海学者叶公超和陈衡哲，发表赛珍珠《大地》的评论和争论。

江亢虎严厉批评赛珍珠之文和赛珍珠答复批评的文章的中译文也在上海发表。

上海和中国学者对《大地》的最初评论，即已达到世界领先的学术水平，后来诺贝尔奖的授奖辞给予的评论与之相同。她在授奖仪式上所做的答辞高度评价中国小说对自己的影响，也与上海学者赵家璧对她的评价相同。

1931 年 10 月，美国妇女俱乐部和美国大学妇女协会在上海联合召开会议，赛珍珠应邀做发言报告，题为《东方·西方·小说》。

1932 年起《大地》和赛珍珠的其他重要著作，绝大多数在上海翻译出版并多次再版。

1933 年 10 月赛珍珠访问上海。她于 1933 年 10 月 2 日到达上海。10 月 3 日访林语堂，和林语堂结下友情。10 月 4 日在武康路参加欢迎会，并发表演讲。10 月 5 日离开上海。

鲁迅在 1933 年 11 月 15 日致姚克信中说"即如布克夫人，上海曾大受欢迎"。在上海大受欢迎的有获诺贝尔奖的作家泰戈尔、萧伯纳等，赛珍珠当时她尚未得诺贝尔奖，但上海对她的欢迎已经得到世界名家的待遇。

居住上海的中国文坛领袖鲁迅评论赛珍珠的《水浒传》英译本并给以相当的肯定，还对《水浒传》的英译名和《大地》表示了自己的看法。

赛珍珠则颇为关心和高度评价定居上海的鲁迅。

1935-1936 年，赛珍珠将上海著名作家、学者林语堂引入美国，并安排他写作介绍中国文化的书籍、小说，帮助出版、宣传和推广，对中国文化在西方

2 上海朱厄尔女校后为上海美童公学，搬到徐汇区衡山路 10 号，现为七○四研究所（中国船舶重工集团公司上海船舶设备研究所）所在地，1994 年被列入上海市优秀历史建筑。

的传播起了很好的作用。

1942 年，赛珍珠给予在抗战期间进入美国的上海著名电影、话剧、歌唱家、共产党员王莹有力帮助。赛珍珠帮助王莹到白宫演出《放下你的鞭子》，亲任主持兼报幕，宣传中国的抗日，引起美国朝野的重视，并对美国支持中国的抗日战争起了良好的推进作用。又鼓励、关心和王莹在美的演出和创作自传体小说。

总之，上海对赛珍珠在中国的崇高地位的形成，起了很大的作用。而赛珍珠也给多位上海学者、作家以热情而有力的帮助。

1992 年 10 月 16-19 日，上海社会科学院东西方文化研究中心与美国驻上海总领事馆联合举办 1992·上海·纪念赛珍珠诞生一百年周年学术研讨会，这是中国首次举办的赛珍珠高层次研讨会，产生了很大的影响。我躬逢这次盛会，提交《赛珍珠与中国文化》论文，并与到会的部分镇江学者初识。

1995 年，正在上海外国语大学读博的赛珍珠研究家、《镇江师专学报》（后为《江苏大学学报》）"赛珍珠研究专栏"特约主编，现为南京师范大学外国语学院副院长、博导的姚君伟教授，在沪联络和团结上海学者为该专栏撰稿。笔者在他的引荐下，在《镇江师专学报》和《江苏大学学报》发表多篇赛珍珠研究论文；参与了镇江在本世纪举办的所有的赛珍珠全国性研讨会和国际研讨会（共 4 次，另有 1 次为研究会成立大会）并发表论文；又与华东师大对外汉语学院、博导朱希祥教授一起荣幸地担任镇江市赛珍珠研究会顾问。上海学者——华东师大中文系教授熊玉鹏、《文学报》高级记者陆行良、同济大学中文系教授柯平凭等人也多次参加镇江市赛珍珠研究会举办的赛珍珠学术研讨会，上海成为赛珍珠研究参与人数最多的城市之一。值得一提的是，以上 5 位学者全是华东师大中文系校友。赛珍珠的挚友徐志摩则是华东师大的前身——光华大学和大夏大学的教授。

21 世纪的上海定位为文化交流中心、国际文化大都市。上海与赛珍珠、赛珍珠与上海，这一段文学因缘和中美文化交流的巨大成绩，给今人以很大的启示意义。

二、赛珍珠在上海完成中学学业和参与慈善活动

赛珍珠在自传《我的中国世界》（1954）中回忆了自己难忘的上海求学经历：

这一次，我要去的是朱厄尔小姐在上海办的学校。那是一所最新式的学校，恐怕是沿海地区为白人孩子创建的最好的学校。

朱厄尔小姐治校严格，所聘教师都出类拔萃。

赛珍珠在晚年对上海做梦境般的回忆时，深情地说："我在朱厄尔小姐的学校里度过的一年，是不寻常的一年"。"这所学校给我的影响不大，却为我打开了一个奇怪而人性各异的隐秘世界"。"我学到的够多了。——短短的一年里，我了解了社会上形形色色的人——上海的贫民，新英格兰的女人，我的女校长，还有我的老师们。"

在朱厄尔校长的安排下，赛珍珠到"希望门"和白人妇女济贫院做志愿者，成为她一生从事慈善事业的开始。

在收容中国各地因受虐而逃到上海的女仆的希望门，赛珍珠"看到了人生，当然是亚洲生活的另一面。由于我讲汉语像讲本族语一样自如，女仆们可以无拘无束地把她们的情况讲给我听"，"我同情中国女奴，因为她们并不甘心沉沦"。赛珍珠说"不知有多少个夜晚，我从睡梦中醒来，思考这些年轻女子给我讲的那些事情。我边想边流泪。世上竟有这等恶劣之事。"在收容外国女子的济贫院——"有生第一次看到我的同胞、我的女同胞，在遭受贫困，被疾病和孤独折磨得死去活来"。令赛珍珠感到大惑不解的是，这些来自英，法、德、美、比利时等西方国家的妇女，怎么也会走上这条绝路，怎样步入泥淖的呢？有何良策拯救她们呢？这些成为赛珍珠成年后投身女权运动的导因。

在刻苦学习的同时，少女赛珍珠细心观察她初识已经开埠 66 年的远东大都会上海，她回忆说："我作为一个过于敏感、太爱观察的少女，就要从阴郁的寄宿学校的窗口来看上海了，我觉得它完全是另外一种样子。我那时得知，上海像大多数城市一样，是把许多小城囊括一起而成的。我对上海的了解，完全来自我在上海的经历。""在朱厄尔小姐学校里，我常常彻夜不眠，听到街上，晚归的人力车发出吱吱嘎嘎的声音，行人匆忙行走，脚步沙沙。我还听到人们的喊声，有时是女孩子的笑声或一个男子用英语向人亲切告别的声音。深夜醒来，我便听到布鞋走在便道上发出的沙沙声。不知这些人要走向何方，为何总不回家，却在外面走啊，走啊。"

彼德·康的《赛珍珠传》说："学校的寄宿生活使她看到了上海最优和最劣的部分。这一系列体验将在她的一生留下不可磨灭的印象"。

裴伟先生在上海著名报刊发表《寻找赛珍珠的"朱厄尔女校"》，对赛珍珠在上海的这个母校做了精彩而详尽的考证。文章指出：

上海美童公学的前身之一有一英文为"吉威尔私立学校"（Jewell Miss School，由于音译的差异，Jewell 又被译成"微拉"、"朱厄尔"、"朱威尔"））。1896 年，逐步演变成为吉威尔私立学校。这所学校一直到 1922 年仍然在虹口昆山路上。

赛珍珠在华接受正规教育的最后一站是私立朱厄尔小姐学校，这是英国传教士委托朱厄尔小姐在上海租界创办的面向美国、英国侨民子女的学校后来演变为上海美童公学。学校创办人"吉威尔"就是"朱厄尔"。学校属英国人私人办学，也隶属于教会。后来借基督教青年会语言学校房子办学的美国侨民子女学校在 1912 年 9 月 17 日正式开学。白人孩子，主要是美国儿童，都到那儿去上学，为将来到美国生活做准备。该校不同于朱厄尔小姐的学校，比朱小姐的学校好多了——"至少我在那儿上学的后期是如此"，赛珍珠回忆说。

"朱厄尔学校"的旧址，在昆山路今景灵堂西侧。这一带原为上海开埠后欧美人士较早侨居的地段，外国教会势力比较集中。她在此学习高中的数学、物理、化学、生物等等，每逢礼拜天由校长朱威尔小姐带领到教堂参加基督教祈祷仪式，并与老师和学友们一起到慈善机构"希望之门"做志愿者工作，把她从母亲那里学来的缝纫、刺绣技能教给中国一些被压迫的妇女，从而对上海的种种情状有所体察和了解。嗣后，她从这里伸展开飞回美国升学和发展的双翅[3]。

赛珍珠在这所学校里，也遭到一些不愉快的事情。

赛珍珠家在镇江，她在上海没有住处，只能在朱厄尔女校住校读书。学校安排她和另外两个传教士的女儿住在一室。那两个女孩来自正统的传教士家庭，在教会大院里长大，生性傲慢，从不与中国人来往。她们鄙视赛珍珠常给中国朋友写信，常向校长告发，说赛珍珠是异教徒。于是，校长让赛珍珠单独伴到一间小屋里。

由于赛珍珠宽容看待宗教信仰，甚至接受并理解把圣母玛丽亚看作是观音娘娘的妹妹，老师和同学将她视作异端。校长朱厄尔小姐为此惩罚赛珍珠，不仅要她接受额外的《圣经》教育，还命令她到收容中国女仆和白人妓女的地方去劳动。

3　裴伟《寻找赛珍珠的"朱厄尔女校"》，上海《新民晚报》2009 年 12 月 27 日。

幸亏母亲凯丽不久就认为这个学校环境不适合赛珍珠继续学习，不到一年就让她退学回家。次年，即 1910 年，十八岁的赛珍珠随着探亲的父母回到美国，进入美国大学学习。

后来，她回忆自己在朱厄尔女校求学的感受时说："这时候，我已经不再认为自己是个外国人了：真的，我已经有了中国人的思想意识。"

赛珍珠在上海，开始成为了一个中国人。

三、与上海著名诗人作家的互相帮助

赛珍珠与上海著名作家和诗人徐志摩（1897-1931）、林语堂（1895-1976）有着深厚的友谊。

赛珍珠与徐志摩可能有着恋情，但也有不少学者认为两人没有恋情。这件事与文化交流无关宏旨，我们不予细究。1928 年，赛珍珠在正式动手翻译《水浒传》前，按照 4 年前她和徐志摩在南京初识时的约定，给当时在上海光华大学、大夏大学（1949 后合并为华东师范大学）任教的徐志摩去信，商量翻译的细节问题。

赛珍珠感到最大的困难是小说书名和书中人物名字的处理，而且书中人物大都一人有好几个称呼，这会将外国读者弄糊涂。徐志摩给赛珍珠回信说，用英语翻译《水浒传》是旷古未有之事，挑战当然也会前所未有。

最后，赛珍珠将《水浒传》的书名译成《四海之内皆兄弟》，得到徐志摩的赞赏。

两人围绕《水浒传》的翻译而频繁通信，在一个很短的时期，来往的书信就多达十多封。两人在信中还讨论了爱情观：

赛珍珠在其中一封信中，谈到《水浒传》里的女人和她们的爱情，说文中没有一段英雄美人的生死缠绵。徐志摩此时由对陆小曼失望，发展到对爱情的失望，他回信说这恰是看透世事的通达，好汉们知道世间只有"情"字最累人，所以战场之下"大块吃肉，大碗喝酒"，一旦上战场就能够了无牵挂地英勇杀敌。

赛珍珠也正受到丈夫出轨的痛苦，她看到徐志摩的信，很为他难过，两人同病相怜，所以回信说他不应该做女人的信徒，而应该是爱情的信徒，她还附上 4 年前没有寄出的表白信："我不想凭此得到你的爱，只希望你能从中找到力量……狂乱如你，沉静如我，其实大家都一样，在痛苦的婚姻中，更加期待真爱的到来。"同年 7 月，徐志摩回了一封短信，说："我跌倒在生命的荆棘里，只有康河的水能为我疗伤。"随后他前往英国剑桥大学。赛珍珠则去了美国。

1933 年，赛珍珠访问上海时与林语堂相识，她非常赞赏林语堂的中英文写作才华和对中国文化所持的自信、自爱的立场。1934 年，林语堂在上海文坛遭到很大的挫折，于是在赛珍珠的创议和鼓动下，用 10 个月时间专心用英文写作《吾国与吾民》，向西方世界真实地介绍中国、中国人和中国文化。1935 年 6 月，赛珍珠在上海为《吾国与吾民》作序："它实事求是，不为真实而羞愧。它写得骄傲，写得幽默，写得美妙，既严肃又欢快，对古今中国都能给予正确的理解和评价。我认为是迄今为止最真实、最深刻、最完备、最重要的一部关于中国的著作。更值得称道的是，它是由一个中国人写的，一位现代的中国人，他的根基深深地扎在过去，他丰硕的果实却结在今天。"1935 年 9 月，此书在美国出版，立即引起轰动，仅在 9 月至 12 月短短 4 个月内，该书重印 7 次，登上了畅销书排行榜。

此书的成功，为林语堂的写作生涯打开了新的道路。在赛珍珠的安排下，1936 年 8 月 10 日，林语堂携带全家离开上海，去美国发展他后半生的文学事业。

从 1935 年到 1953 年的 18 年间，林语堂在赛珍珠夫妇的约翰·黛公司先后出版了 12 部英文著作，重要的有《吾国吾民》(1953)、《生活的艺术》(1937)、《京华烟云》(1938)、《风声鹤唳》(1941) 等。这些著作，让西方读者看到 5000 年文化的深厚积淀和辉煌成就，看到了剪去辫子、废除小脚之后的生气勃勃的中国人。他的《生活的艺术》在美国重印 40 次，并被译成英、法、意、荷等国文字，成为欧美各阶层的"枕上书"。

1936 年 5 月，斯诺请鲁迅写出中国当代最好的杂文家五名，鲁迅当即写下林语堂的姓名，而且写在自己前面。林语堂更因其在美国出版的英文著作的高度成就，曾三次被提名为诺贝尔文学奖候选人。

1942 年，上海著名电影演员王莹，遵照周恩来的指示与未婚夫谢和赓一起赴美留学并开展抗日宣传。1942 年 7 月，赛珍珠在美国纽约林语堂家召开记者招待会，介绍中国电影艺术家王莹。赛珍珠邀请她为"东西方协会"董事兼中国戏剧部主任，王莹得以顺利组织人员排练节目。1943 年 7 月邀请中美作家、学者到她在宾夕法尼亚州的寓所聚合，讨论中美关系。会后，就支持中国抗日等问题，向美国朝野发起声势较大的宣传。

赛珍珠帮助翻译并身穿晚礼服亲自主持和报幕，在白宫演出《放下你的鞭子》等抗战歌曲，罗斯福总统带领全家及议会官员、各国使节观看了演出。赛珍珠随后与王莹一起到全美进行巡回宣传。各种媒体纷纷报道，轰动一时。王莹住在赛珍珠家里，叙说自己不幸的童年和投身革命洪流的经历，赛珍珠让秘书记录下来，并鼓励王莹创作了她的第一部长篇小说《宝姑》。后来王莹的中共党员身份暴露，被以"危害美国国家安全"罪名流放荒岛，赛珍珠等人发起声援活动，帮助王莹夫妇脱险并辗转回国。

赛珍珠还在美国创办《亚洲》（Asia）月刊，专门介绍东方文化，发表具有进步思想的文学作品。发表了众多上海进步作家如鲁迅、茅盾、郭沫若、柔石、丁玲、萧乾、萧红等人的翻译作品。

赛珍珠对鲁迅的评价和帮助，更令人瞩目。

赛珍珠一贯对鲁迅的评价很高。就在鲁迅在给姚克信中首次评价赛珍珠之后的第三天（1933 年 11 月 18 日），赛珍珠向来访青年章伯雨问起鲁迅的情况，对鲁迅的学问、创作深表敬佩；对鲁迅的处境，表示由衷的关切和同情。1938 年，赛珍珠在诺贝尔文学奖的授奖仪式上讲演《中国小说》时，引用了鲁迅《中国小说史略》的许多资料。1954 年，正当中国和苏联的文艺界齐声痛骂赛珍珠的言论是"猫头鹰式诅咒"时，赛珍珠却在《我的几个世界》中高度评价周树人"也许是第一个意识到：只要把自己的情感与自己的人民结合起来，就能摆脱简单模仿"。1972 年，也即赛珍珠辞世前的一年，她在《中国的过去和现在》一文中，又一次提及："许多优秀的中国作家写有关农民题材的作品，鲁迅就是其中非常有名的一位"。

1934 年赛珍珠主编《亚洲》（Asia，又译作亚细亚）杂志之后，请斯诺撰写《鲁迅——白话大师》，发表于该杂志的 1935 年 1-2 月号上。1936 年 9 月号上，该刊又登载了斯诺翻译鲁迅的小说《药》和散文《风筝》，这大概是鲁迅生前最后发表的作品译文。

1936 年，鲁迅支持斯诺编译的现代中国短篇小说选集《活的中国》由英国伦敦乔治·哈拉普有限公司和美国约翰·戴出版公司出版，而赛珍珠的第二任丈夫理查德·沃尔什即是约翰·戴公司的老板。该书第一部分的七个短篇都是鲁迅的作品，《活的中国》中鲁迅作品的译文有多篇是先期在《亚细亚》（即《亚洲》）杂志上发表的。从 1931 年起，赛珍珠关于中国的作品都由该公司出版。

因此，赛珍珠对鲁迅作品在西方的出版和传播，起了颇大的帮助作用。

四、赛珍珠在上海出版的作品

前已言及，赛珍珠的最早文学作品都在上海发表，她成年后的文学名著的中译本最早也在上海出版，而且大多在上海出版。

赛珍珠的成名作《大地》原著 1931 年 3 月在美国出版不久，其第一个宜闲的中译本就在上海名刊《东方》杂志 1932 年第 29 卷第 1-8 期连载。此后，《大地》由上海等地的 9 个不同的书局先后出版了 9 种译本，仅上海商务印书馆就印刷了 12 次，这在中国的出版史上是罕见的。她的著作通过上海，走向了全国，受到中国读者的热烈欢迎。

《大地》的 9 个中译本，以伍蠡甫的译本为最早，其中 7 种中译本都于上海出版。

1932 年 7 月，上海复旦大学教授伍蠡甫率先译出此书节本；而且在这个译本中，译者还用社会学及经济学的方法加以评述，以《福地述评》为名由上海黎明书局出版。1932 年 7 月初版印制 2 千册，至 12 月就再版，再印 2 千册。1932 年 12 月出版《儿子们》（福地续编）。

1933 年 8 月胡仲持译本由上海开明书店出版，7 个月后又再版，至 1949 年共发行了 12 版之多。

1934 年 2 月上海中学生书局的马仲殊编译本出版，编入"通俗世界名著丛刊"。

1936 年 5 月、1948 年 11 月上海启明书局与古今书店分别推出由稚吾的译本，1945 年译者又改署罗致再版。

上海经纬书局还有过凌心渤的编译本。

除上海出版的 7 种《大地》的中译本外，1933 年 6 月北平（北京）志远书店出版了《大地》（上、下）译本，译者为张万里、张铁笙。1945 年 12 月重庆新中国书局出版罗致译本。

《大地》续编《儿子们》，先后有伍蠡甫（上海黎明书局 1932）、马仲殊（编译本，上海升华书局 1932）、唐允魁（上海启明书局 1941、上海古今书店 1948）三种译本。

《儿子们》续编《分家》，有常吟秋（上海商务印书馆 1936）、唐长儒（上海启明书局 1941、上海古今书店 1948）两种译本。

《爱国者》有戴平万（香港光社 1939）、哲非（上海群社 1939）、朱雯（上海美商华盛顿印刷出版公司）、钱公侠（上海古今书店 1948）等多种译本。

从以上统计可见，赛珍珠有 4 种主要著作的 18 种译本，其中有 15 种在上海出版。

此外，上海还出版或发表了赛珍珠《东方·西方与小说》《老奶妈》《洪水》《新爱国主义》《新路》《发妻》《结发妻》《母亲》等多种小说和理论文章的译本。

进入新世纪后，上海译文出版社出版了赛珍珠的《大地》等著作，她的著作译本出版地又回到了上海。

总之，赛珍珠的第二祖国、文化大国中国是继美国之后出版赛珍珠著作最多的国家，上海是出版赛珍珠著作最早也是最多的城市之一。

五、1930 年代上海对赛珍珠《大地》的高度评价

作为中国文化中心和东西方文化交流中心的上海，是最早评论赛珍珠《大地》并给予最高评论的文化基地。评论《大地》的多位作者是上海学者作家，评论文章也多在上海发表。

对于赛珍珠《大地》三部曲的巨大成就，早在诺贝尔奖颁发之前，即已得到当时中国的权威评论家（也都是上海学者）如清华大学教授叶公超[4]、北京大学教授陈衡哲[5]、著名出版家赵家璧的高度肯定和赞扬。

最早翻译《大地》的上海复旦大学教授伍蠡甫是最早给此书以很高评价的学者，他在译序里指出："作者取材多是事实，除了那些在运用的当儿、表现作者的主观外，大抵都能以为是事实的原故，非常精确地道出中国若干的社会状况。这些事实全书中比比皆是。"

叶公超《反映中国农民生活的史诗——评赛珍珠的〈大地〉》，赞誉"赛珍珠在《大地》中所写的某些东西却与众不同——如果我们对此给以充分理解的话，它们是我们必须认真接受的。因为我们在一页页翻看这本书的时候，它迫

---

4 叶公超于 1911 年 2 月入上海南洋公学附小；1927 年任上海暨南大学外国文学系主任、图书馆馆长，兼任吴淞中国公学英国文学教授；抗战初期受叶恭绰之命秘密来沪抢救文物，被日寇抓获受尽酷刑，即决心从政抗日。

5 陈衡哲于 1911 年冬随舅母前来上海，考入蔡元培等人创办的爱国女校；后曾任上海商务印书馆编辑，1949 年后任上海政协委员。

使我们去思考我们自身的许多问题。赛珍珠忠实地刻画了中国人在中国背景下的生活，她完全了解他们的思想与感情。一个外国小说家没有沉溺于自己的幻想之中，而是深入地描写了我们昏暗的现实社会的底层，这是唯一的一次。《大地》是这块国土的史诗，并且将作为史诗铭记在许许多多阅读过它的人们的心中。""尽管有这样那样的瑕疵，这本小说还是应该引起中国人更大的兴趣与关注。在中国的小说中，农民心理研究至今还是个鲜为人知的主题。中国农民生活在自己独自的环境中，对此，有关他们的文学作品至今还没有给以恰如其分的表现。所以，对中国的读者来说，《大地》至少可以被喻为是：照亮了农民昏暗生活的一个侧面。"[6]

著名女学者陈衡哲《合情合理地看待中国——评赛珍珠的〈大地〉》首先指出，用"合情合理的科学态度"来介绍表现中国，"有助于国与国之间的理解和沟通。而最能展现、同时也最忠实地反映了这种态度的作品无疑当属赛珍珠的小说《大地》了"。"但赛珍珠远不仅仅是展示了一种态度。她有自己实质性的内容，那就是她熟知中国下层百姓的生活，而这源于她对他们日常生活的细致入微的体察。其中的一些观察惊人地准确，令人信服，如：妯娌之间的争吵，叔叔的自私自利以及王龙在城市中经历的磨难等。""总的来看，赛珍珠书中的观察不仅仅是逼真的、人们所熟知的，而且显示出了深切的同情与深深的理解。""笔者要向《大地》的作者表示祝贺：一来因为她深怀同情之心地描绘了中国农民的生活以及他的家庭；二来因为她创作了一部引人入胜的小说，读者会发现你很难不把它一气读完。小说之所以具有这样的特色，只能源于一种忠实的创作意图、对人物持有真正的同情之心、脱离了做作的文风与腔调的束缚，以及作者沉浸于创作之时所有的真正的喜悦。"[7]

鲁迅的青年好友、组织出版《中国新文学大系》的著名出版家赵家璧在《勃克夫人与王龙》一文中热情地赞扬：

> 一个作家要写别一个地方或别一族里的故事，为求忠实于现实
> 起见，至少对于这块地方要有相当的认识，对于这一族类里的人，
> 他们的生活和思想，也得有充分的了解。所以有许多作家为了充实

---

6 国立清华大学叶公超《反映中国农民生活的史诗——评赛珍珠的〈大地〉》，郭英剑译，北京 The Chinese Social and Political Science Review（《中国社会政治科学评论》），1931 年（10 月）第 3 期。

7 Sophia Chen Zen（陈衡哲）《合情合理地看待中国——评赛珍珠的〈大地〉》，郭英剑译，Pacific Affairs（夏威夷《太平洋时事》）杂志 1931 年第 4 卷第 10 期。

他们的生活经验起见，常常为了写一部书，就得跑几千里路去和他小说中的人物，求数月以至数年的共同生活。在熟习他们的日常生活和信仰、习惯以外，最大的成就，还得能深入这一种人的心底，抓住他们的灵魂，再在自己的形式中，创造出自己的人物来。

许多写中国小说的人所以失败而勃克夫人的《大地》所以获得世界的——连中国的在内——赞美，就为了前者单描画得了中国人的外形，而勃克夫人已抓到了中国人一部分的灵魂。

勃克夫人所写中国小说最大的特点，便是除了叙写的工具以外，全书满罩着浓厚的中国风，这不但是从故事的内容和人物的描写上可以看出，文字的格调，也有这一种特点。尤其是《大地》，大体上讲，简直不像出之于西洋人的手笔。

勃克夫人在描写中国小说上的成就，应当归功于她三十余年来和中国人的共同生活，而中国旧小说的影响，同样使她完成这件困难的工作。

从中国小说所体会到的东西，此外还有一件值得指出，并且使勃克夫人的小说充满了中国风的重要原质，那便是风格上的中国化[8]。

以上三位权威论者的评价都准确到位地肯定了《大地》的杰出成就，赵家璧还精辟指出"中国旧小说的影响"起了关键的作用，和极度肯定《大地》"风格上的中国化"，"简直不像出之于西洋人的手笔"，真是知音之言。

在赛珍珠得到诺贝尔奖之后，中国学者继续给以极高评价，如唐长儒于1941年撰文说："《大地》、《儿子们》、《分家》是赛珍珠女士成名的三部曲。表面上虽只是单纯地描写王氏家庭的三代史，实则充分地反映着中华民族由古老的帝国，经过军阀割据，而抵达现代中国的三个不同的阶段。所以这一部伟构，可以当它做纯文艺小说读，也可以当它做错综复杂的社会史来研究。""《大地》是描绘王家昔年在田地上的挣扎史。""《儿子们》象征了军阀地主豪劣们交织着的旧中国社会。""《分家》是现代中国的新青年的活动史。"[9]

又如钱公侠、施瑛《评〈爱国者〉》称赞："本书描写从中国大革命至抗

---

8 赵家璧《勃克夫人与王龙》，上海《现代》（施蛰存主编）1933年第3卷5期。
9 唐长儒《评〈分家〉》，《分家·译者小引》，《分家》第448—453页，上海启明书局，1948。

战初期的中国青年动态，实在是太好太深刻了，我们中国人很抱愧，自己还不曾出现这样的作品。"[10]

六、《大地》评论中的激烈争论

上海评论界在对《大地》做出高度肯定的同时，也有不同的和否定性的意见。

第一篇激烈批评否定《大地》的文章，由旅居美国的江亢虎发表在 1933 年 1 月 15 日《纽约时报》。此文指责赛珍珠的作品从根本上说，是幅讽刺中国的"漫画"，作者在叙述"陈旧的中国习俗"时，作了"过度的夸张"。此文认为，赛珍珠在中国幼年生活时"受到中国苦力与阿妈的影响"，这些苦力与阿妈的"生活观念非常奇特，而且他们的知识亦非常有限。他们可以构成中国人口的大部分，但他们肯定不能代表中国人民。"所以此书扭曲了中国形象。他还批评此书的具体描写不真实，例如小说叙述泡茶的方法是在"沸水水面，洒上几片卷曲的茶叶……连乡下人都会感到诧异的，因为中国人总是将沸水冲泡茶叶的"。

赛珍珠的反驳文章在上海发表。她还正面驳斥江亢虎说："在我为《大地》所取的地方背景那里，茶叶是很稀罕的，很少几片茶叶浮在开水的面上，这情形，我看到过好几百次。""但凡此诸点，均非重要，中国各地习俗大有殊异，无人能留存不变之静态，只能说：'在我所处的区域中是这样的'而已。"[11]

身居上海的文坛领袖鲁迅，于 1933 年 11 月 15 日致姚克信中谈及赛珍珠说："先生要作小说，我极赞成，中国的事情，总是中国人做来，才可以见真相，即如布克夫人（即赛珍珠），上海曾大欢迎，她亦自谓视中国如祖国，然而看她的作品，毕究是一位生长中国的美国女教士的立场而已，所以她之称许《寄庐》，也无足怪，因为她所觉得的，还不过一点浮面的情形。只有我们做起来，方能留下一个真相。"第二年，即 1934 年鲁迅还就赛珍珠的《水浒传》译本致函姚克，认为把书译为《四海之内皆兄弟也》"便不确，因为山泊中人，是并不将一切人都作兄弟看的"。

---

10 钱公侠、施瑛《爱国者·译者小引》，《爱国者》，上海启明书局，1948。

11 江亢虎的文章和赛珍珠的答复都由庄心在译成中文，在庄心的《布克夫人及其作品》一文第四、第五节中全文引用，发表于 1933 年上海《茅盾月刊》第 2 卷第 1 期。按，江南人在每年喝新茶时，为了防止茶叶被滚开的开水烫黄，也在茶杯内先倒开水，然后再放茶叶。

　　鲁迅的同道挚友胡适对《四海之内皆兄弟》作为《水浒传》的译名也不赞成。[12]胡适对赛珍珠的《大地》并不赞赏，曾在日记里说道："本书实不甚佳。她写中国农民生活，甚多不可靠之处。"

　　但是，鲁迅可能要对赛珍珠作新的评价。他在 1936 年 9 月 15 日给日本朋友增田涉的复信中说："关于《大地》的事，日内即转胡风一阅。胡仲持的译文，或许不太可靠，倘若是，对於原作者，实为不妥。"

　　鲁迅说要转给胡风一阅，是因为胡风曾撰文评论《大地》，他对此书有赞誉性的分析，但主要的倾是批评和否定的，最后说："《大地》虽然多少提高了欧美读者对于中国的了解，但同时也就提高了他们对于中国的误会。它在艺术上不应该得到过高的评价是当然的，在从它感受不到以供情调的中国读者里面得不到广大的欢迎也是当然的。"增田涉反对胡风的观点，给鲁迅写了此信[13]

　　巴金说："我素来对赛珍珠没有好感。她得了诺贝尔奖金以后还是原来的赛珍珠。"[14]

　　胡风和巴金是鲁迅晚年最为器重的后辈作家。他们对赛珍珠和《大地》的否定，令人遗憾。

　　追随巴金的赛珍珠的译者之一朱雯，在 1939 年 6 月 23 日《申报·自由谈》发表《我对〈爱国者〉的感想》说："赛珍珠的小说，平心一句，是没什么了不得的；尤其是对于中国人和事的描写，简直浅薄的可笑。她在《大地》中描写的中国农民生活，虽然可以'向西方人买卖野人头'，而给我们自家人读了，总看得出许多破绽来。然而因为她是一个西方人，所以这一点认识，仿佛已够读者的敬佩。"[15]发表了这样的否定性观点的朱雯竟然翻译《爱国者》，他当然是喜欢此书的，但是他受巴金的影响，对赛珍珠和《大地》做了批评。

　　王卫林《鲁迅评议中的赛珍珠》精辟指出："其实，鲁迅对赛珍珠也并非

12 周锡山《论赛珍珠与中国文化》（1992，上海，赛珍珠诞辰 100 周年纪念研讨会论文，《中国文化与世界》第三辑，上海外语教育出版社 1995）第一节"一位有独特意义的杰出翻译家"指出鲁迅的批评不当，赞誉赛珍珠的英译本"是取题（译名）最巧的《水浒传》译本"，并作了论证。

13 胡风《〈大地〉里的中国》，胡风《文艺笔谈》，上海生活书店 1936。按，尽管增田涉此信原件已佚，但增田涉是鲁迅的挚友，他反对胡风批评《大地》的信尚在，鲁迅以上的复信的内容可见也是可靠的。

14 朱雯《思往事，惜流芳》，《外语教育往事谈》，上海外语教育出版社，1988。

15 朱雯《思往事，惜流芳》。

完全否定，他也认可赛珍珠是爱中国的，承认她对中国有所了解，只是不如中国人自己了解得深刻。鲁迅对赛珍珠的微辞，也只是深刻而非对论敌式的尖刻。细读原话，可以发现鲁迅虽只是顺便提及，却仍是注意慎重立论，力求公允的。"[16]

可是，在《鲁迅全集》出版后，鲁迅对赛珍珠的评价广为人知，近年学界对鲁迅的批评甚多，例如："镇江会议代表大都认为，以鲁迅在中国的重要地位，他对赛珍珠的评价直接影响了赛珍珠在中国的接受，尽管这一评价是非正式的，且并不完整"，"影响中国文学界特别是评论界对赛珍珠的看法的自然是鲁迅的意见。"[17]彼得·康《赛珍珠传》说："直到今天，鲁迅广为传抄的评语，对于赛珍珠文学声誉在中国的东山再起，都构成了几乎不可逾越的障碍。"[18]新近在华出版译本的英国希拉里·斯波林《赛珍珠在中国》一书，引了鲁迅的话后批评："他对赛珍珠的看法广为流传并对赛珍珠在中国的声誉造成了无可挽回的损失"。[19]

鲁迅在私人间发表的不成熟的意见传出后，产生了负面的影响；而鲁迅晚年最器重的两个作家和评论家胡风、巴金，也许也是鲁迅的影响，在上海发表了全面否定赛珍珠的言论。可是必须强调的是，他们的观点不管正确或有失误，都是正常的文艺批评中的正当意见，其本身对政治和学术的影响，无疑是有限的，尤其是胡风和巴金的观点，在1949年后因其地位的低落，无人重视和注意。而鲁迅的错误评价当初是写在私人信件中的，外界无人知晓，后来造成的负面影响是后来的政治形势造成的，并非是鲁迅本人的责任，但这对鲁迅和学术界来说，都是令人遗憾的后果。

主要参考资料

围绕本文的题旨，在写作中综合、引用和运用了相关学者的有关成果，特致谢忱！下面例举部分文章和书籍：

1. 刘海平著《赛珍珠与中国》（《赛珍珠作品选集》总序）。
2. 郭英剑编《赛珍珠评论集》，漓江出版社，1999。
3. 〔美〕彼德·康《赛珍珠传》，漓江出版社，1998。

---

16 王卫林《鲁迅评议中的赛珍珠》，《光明日报》2005年2月4日。
17 张子清，《赛珍珠与中国》，《外国文学研究》1992年第1期。
18 彼得·康《赛珍珠传》，刘海平等译，第420页，漓江出版社，1998。
19 张秀旭、靳晓莲译，重庆出版社，2011。

4. 姚君伟《文化相对主义：赛珍珠的中西文化观》，东南大学出版社，2001。

5. 裴伟《寻找赛珍珠的"朱厄尔女校"》，上海《新民晚报》2009 年 12 月 27 日。

6. 王卫林《鲁迅评议中的赛珍珠》，《光明日报》2005 年 2 月 4 日。

7. 周锡山《论赛珍珠在中国现代文学史上的地位和意义》，《社会科学论坛》2009 年第 5 期。

论赛珍珠与中国文化[1]

　　1938 年诺贝尔文学奖获得者，美国女作家赛珍珠，生于 1892 年，卒于 1973 年。美国总统尼克松在赛珍珠逝世时的悼词中赞誉她是"一座沟通东西方文明的人桥"，"一位伟大的艺术家，一位敏感而富于同情心的人。"[2]王元化先生称她为"中美文化交流之友。"[3]都较为恰切地评价了赛珍珠伟大的历史性的贡献。

　　赛珍珠的父母分别是德国人和荷兰人在美国的移民的后裔。其父母赛兆祥和卡洛琳于 1880 年新婚伊始即双双来到中国，并先后于 1931 年和 1921 年逝世于中国，并长眠于中国的青山绿水之间。赛珍珠诞生于美国西弗古尼亚，出生的那年是中国的龙年，她这个龙年的孩子在出生刚几个月便随父母来到龙的国家，于是在她 80 年的漫长生涯中，前一半是在中国度过的。于是赛珍珠自称中文是她的"第一语言"，英语是第二语言。赛珍珠站在诺贝尔奖的领奖台上向全世界庄严宣告："恰恰是中国小说而不是美国小说决定了我在写作上的成就。我最早的小说知识，关于怎样叙述故事和怎样写故事，都是在中国学到的。"[4]这是第一位用中国小说中学来的方法写出中国题材的英文小说并从而获得诺贝尔文学奖的作家。赛珍珠这位自幼受中国文化哺育而成长起来的杰出作家，与庞德、李约瑟鼎足而三，是本世纪向西方介绍中国文化最为

1　本文为提交 1992·上海·上海社会科学院东西方文化交流中心和美国上海领事馆主办"赛珍珠诞辰一百周年纪念研讨会论"论文，上海外国语大学《中国文化与世界》第三辑，上海外语教育出版社 1995。
2　刘龙主编《赛珍珠研究》，第 442 页，云南人民出版社，1992。
3　刘龙主编《赛珍珠研究》，第 442 页。
4　《大地》中译本附录，漓江出版社，1988。

有力的实践者和著作家，她的伟大的历史性的贡献，无疑将彪炳史册。

一、一位有独特意义的杰出翻译家

20 世纪世界文学在翻译方面得到空前巨大的发展，翻译文学使各国优秀作品在世界上广泛流传，不仅为世界文学的发展作出巨大贡献，而且对世界各国的精神文明建设、各国人民的社会心理、文化心理素质和创作水平、理论水平的提高，起着无可替代的重大作用。

世界上有两部古典文学的经典著作是由获诺贝尔文学奖的大手笔翻译的。中国的《水浒传》由美国赛珍珠译成英文，英国的莎士比亚戏剧由前苏联帕斯捷尔纳克（伟大诗人和小说家，以《日瓦戈医生》获奖）译成俄文。而赛珍珠英译《水浒传》与创作获诺贝尔文学奖的《大地》是大致同时进行的。她的翻译过程也可以说是一种写作的学习过程。这真是世界文学史上有独特意义的大事，也是比较文学史上的大事；可惜这样有巨大而独特意义的文学成果，在中、美、苏俄及世界学术界至今未引起应有的重视和投入必要的研究。

《水浒传》的外文版以英文版最多，对西方读者的影响也最大。《水浒传》的英译本共有三种，译名也有三种：All Men Are Brothers（四海之内皆兄弟）、Water Margin（水边，即《水浒》）和 Outlaws of the Marsh（水泊中的不受法律保护的人）。赛珍珠的译本即为《四海之内皆兄弟》，据金批《水浒》的七十一回本译出，是最早、最好也是取题（译名）最巧的《水浒》译本。《水泊中的不受法律保护的人》使英语读者联想到罗宾汉一伙（Robinhood and his men），容易产生亲切感，但这个题目也因此而有了欧化色彩，并未恰切反映本书的内容实质。将《水浒》直译成"水边"，又不能让读者抓住要领，西方人会感到不知所云。而《四海之内皆兄弟》这个译名，体现了赛珍珠对此书的深切理解。用"四海之内皆兄弟也"这句中国谚语作为译作之书名，突出了本书的中国文化特色，让西方读者体味异质文化的语言色彩和理想精神。赛珍珠本人显然是自觉地这样做的，因此她在荣获诺贝尔奖的受奖演说中说："我自己已将七十回的版本全部译成了英文，书名用的是《四海之内皆兄弟》。原来的名字《水浒传》在英文中毫无意义，只是指著名的沼泽湖水泊是那些强盗的老窝。对中国人这些字立刻会引起几百年的回忆，但对我们却不会如此。"

赛珍珠的《水浒》英译本于 1933 年出版后，立即赢得广泛好评；1934 年

3月24日鲁迅先生写道："近布克夫人译《水浒》，闻颇好，但其书名，取'皆兄弟也'之意'便不确。因为山泊中人，是并不将一切人们都作兄弟看的。"鲁迅先生在听说赛珍珠《水浒》英译本的译文质量"颇好"的同时，对译名提出了不同意见。

赛珍珠所译《水浒》之译名，取自孔子的名言。《论语·颜渊》说："君子敬而无失，与人恭而有礼，四海之内，皆兄弟也。"此言从人际关系的互相敬重角度提出了一个重要的观点，数千年来业已深入中国人的人心，常被引用于口头和书面语言中。如明代无心子的传奇《金雀记·守贞》："此公有趣。四海之内，皆兄弟也。在家不会迎宾客，出外方知少主人。"明代无名氏长篇小说《英烈传》第六回："四海之内皆兄弟也，便收了罢。"

鲁迅先生生活在国内外阶级斗争都极其激烈的时代，他对这个译名和这句名言不区分阶级性的不满，是很可理解的。实际上不仅山泊中人的确不将一切人们都作兄弟看，而且即如创言者孔子和他的忠实继承人也决不将一切人包括本阶级人士都作兄弟看，如孔子评论《春秋》中的有些历史人物如暴君和弑君之人；在等级森严的封建社会中，天子、诸候亦无法互相恭敬如兄弟。后世引用者实懂得此点。但客观地看，此言本是文学性语言，带有强烈的夸张和理想色彩，因此作为文学作品的译名，不仅符合《水浒》作者及其书中的英雄人物所追求的理想，而且也的确抓住了《水浒》此书的实质。《水浒》中的英雄希望消灭人间不平，消灭制造人间不平的恶势力，建立四海之内皆兄弟的理想世界，以实现"替天行道"。赛珍珠显然抓住了《水浒》的这个实质，其选择的这个译名亦反映了此书的这个实质。赛珍珠通过《水浒》的这个译名，向西方读者介绍和宣传了礼仪之邦的文明语言及此语在引伸中所表达的平等、友爱思想。

赛珍珠之所以选择《水浒传》译介给西方读者是因为她尊重和赞赏中国人民的斗争精神，她认为中国民众鄙弃"讲的是这些强盗最后被官军打败，彻底瓦解"的《荡冠志》，他们喜欢《水浒传》，是因为"他们完全知道这是一种斗争，是平民反对腐败官府的斗争。"又是因为"《水浒传》是中国生活伟大的社会文献"，是具有"不受时间限制的永恒性"的"伟大"小说。

赛珍珠选择金圣叹批改的七十回本《水浒传》作为自己译本的底本，显示其卓特的眼光，这不仅作为外国作家已属难能可贵，而且还超出不少中国作家和研究家的认识水平，因为在本世纪五、六、七十年代，我国学术界几乎公认金批本是《水浒》最坏的版本！赛珍珠明知"现在有五六种重要的版本"，并列举出两种一百回本，一种一百二十回本，一种一百二（一？）十七回本，指出："最初认为是施耐庵所写的版本有一百二十回，但现在最常用的一种版本只有七十回。这个版本是在明朝由著名的金圣叹修改的，他说禁止他儿子读这本书是没有用的，因此便给他的孩子提供了一个由他自己修改过的本子，他知道没有一个孩子能抑制自己不去读他。"赛珍珠认为金圣叹修改定稿的七十回本《水浒传》是最适合于读者阅读的本子。其原因显然首先是，她不赞成其它版本被金圣叹砍掉的后数十回描写英雄们与其他强盗自相残杀并受招安而向腐败官府投诚的内容和结局，这与她鄙视的《荡寇志》的结局是一样的恶劣和不堪卒读。其次是她认定金批《水浒》在艺术上属最上乘，否则她尽可以将其它版本的前七十回译出而不用金本。至少是由于赛珍珠的客观影响（也许同时也有主观上的认同），北京外文出版社于 1976 年出版的沙博理的英译本，前七十回亦据金本，后三十回则据百回本，尽管当时金圣叹和他的七十回本在政治思想和艺术观念两个方面都正大受鞭挞和讨伐。

赛珍珠的英译《水浒传》不仅向西方学术界和读者提供了最好的版本，而且此书是第一个西文全译本，也是中国长篇小说的经典之作的第一个西文全译本。赛珍珠的这个历史性的巨大贡献理应得到中、西学术界的崇高评价。

二、第一位用英文发表中国现实题材作品的杰出小说家

西方进步作家出于对中国伟大文化的向往和对中国人民的友好，在近三百年来业已染指于中国题材者，其中值得注意的有伟大作家伏尔泰的剧本《中国孤儿》，获诺贝尔奖的美国杰出戏剧家尤金·奥尼尔的剧本《马可百万》。这些都是古代浪漫故事的虚构作品。法国著名作家马尔罗（1901—1976）发表过描写 1925 年省港大罢工的《征服者》（1928）和反映 1927 年 3 月上海第三次工人武装起义及"四·一二"事变的《人的状况》（1931），皆为长篇小说。但马尔罗当年仅短期到过香港，从未来过上海和中国大陆，他是根据间接的材料通过丰富的艺术想象进行创作的。两书在艺术上颇有成就，后者还荣获法国权威的龚古尔文学奖。

赛珍珠在创作中国题材的作品方面取得了超越前人、独步当世的巨大成就。其突出成就主要体现在以下三个方面。

首先，赛珍珠深入全面地吸收了中国文化，并且在作品中真实地反映了中

国农民的生活和苦难史及其所体现的中国文化。

赛珍珠是吃中国农妇（王阿妈）的乳汁长大的，是在中国这块土地上由中国的江水和粮食喂养长大的，中国文化包括民俗文化、大众文化和精英文化成为她的最早的主要精神粮食。在她母亲怀孕时，王阿妈即引导并陪同她母亲去跪拜观音娘娘，祈求菩萨保佑赛珍珠的顺利出生和生长，中国的做善事求好报的佛教文化成为赛珍珠受到的最早胎教。王阿妈给她讲自己和祖辈多次经历的饥荒和苦难生活，《白蛇传》和许多民间传说和故事，盗匪故事和民间的种种习俗。然后她自己读了许多中国书籍，尤其是古代小说。于是她接受了原汁原汤的中国文化，尤其是本文前已引及的，她"最早的小说知识，关于怎样叙述故事和怎样写故事，都是在中国学到的。"她的作品中的人物都是她从亲身交往、目睹和耳闻的人们中提炼出来的。她的作品和作品中的人物所反映、体现的中国文化包括人体审美和茶俗文化（饮茶在经营、交际、娱乐等方面的作用，饮茶与交际、经商、置田、婚丧和平时消闲的关系及其不同饮茶人物的地位和心志、不同饮茶方式所体现的不同的身份、地位、所处地域的差异）等等，作了真实、全面、深入的描写。

赛珍珠在这方面的成就不容忽视，尤其是她不仅超过一切西方和东方国家的作家，而且在有些方面还超过一般中国作家——正如赛珍珠所批评的，一般现代中国作家"过多地受了外国的影响"，其创作方法多取自西方小说。

第二，其作品数量最多，影响最大。她的 40 多部长篇小说和创作集中有一半以上是关于中国题材的，而且绝大多数写作出版于她获诺贝尔奖之后，故而影响都颇大。正如徐迟所说的："她写得不比我们的最好的作品差，但比我们最好的作家写得多得多。"[5]而其作品影响之大，以她获诺贝尔文学奖的《大地三部曲》来说，此书出版于美国经济危机时期，但出版数为全美之最，竟连续两年被列为全美畅销小说之榜首，在读者中引起轰动，并旋获普利策奖；在长达半个多世纪的时间中，又被译成 100 多种文字，印数达数百万册。其所译文字之多和在世界上的影响之大，中国现代作家无人可及。

最后，也是最重要的，是其作品在艺术上所取得的巨大成就。尤其是其代表作《大地三部曲》，诺贝尔文学奖评奖委员会的评价堪称定评。《授奖词》对赛珍珠成功描写中国农村劳动妇女的形象给以很高评价，而其授奖原因是赛

---

5 徐迟《纪念赛珍珠》。徐迟对赛珍珠《大地三部曲》的全面、高度的评价另见《浪漫的女人·序》（1989）。

珍珠的作品"对中国农民生活的丰富而真实的史诗般描写"达到极高的艺术成就。徐迟先生说："她写得不比我们的最好的作品差"，实际上，"我们"这样的"最好的作品"是极少的，而如上述评语的"史诗般"的长篇巨著，中国至今尚未产生。面对此状，一方面我们的作家尚须急起直追，争取早日写出具有世界一流艺术水准的作品尤其是长篇巨著，另一方面我们应公正地高度评价赛珍珠中国题材尤其是农村题材的长篇小说的多方面的杰出成就，并给予足够的深入的研究。

三、中国小说的杰出研究者和宣传者

获诺贝尔奖的作家在授奖仪式的演说中都感谢本国文化或文学和作家对自己的哺育，只有赛珍珠，却在获奖时公开宣称，其伟大的创作成就首先要归功于中国，"是人民始终给予我最大的欢乐与兴趣，当我生活在中国人当中时，是中国人民给了我这些。""恰恰是中国小说而不是美国小说决定了我在写作上的成就"，从中国小说中学会了写作小说，并且说："今天不承认这一点，在我来说就是忘恩负义"。她在授奖仪式的讲台上发表了题为《中国小说》长达 1 万 5 千言的长篇演说，宣传和介绍中国古代小说的伟大成就。众所周知，除少数汉学家，20 世纪前期的广大西方读者和作家一般都不了解中国文学，更不了解中国文学包括小说的巨大成就和光辉历史，赛珍珠借诺贝尔文学奖授奖仪式这个举世瞩目的讲台，以自己获奖作品作背景和衬垫，满腔热情、不遗余力地介绍和宣传中国古代小说的发展概貌、总体成就和杰出作品，不仅影响巨大，而且这个演说的本身也是中国文学批评史和中西比较文学史上的一件大事！我们在充分肯定这个演说的巨大贡献之同时，要对这篇演说所显示的研究成果略作述评。

赛珍珠在《中国小说》中表达了一系列正确的自成系统的观点，这些观点及时地吸收了中国学术界的最新的研究成果，也许是她通过自己的学习、研究，而与中国学术界获得同步的成果。其带有西人眼光而具有其独特性的主要观点有以下五条：

其一，通俗小说得不到正统文坛的承认，但反过来，"文人不认为小说是文学，这是中国小说的幸运，也是小说家的幸运。"这是因为"人和书都摆脱了那些学者的批评，用不着受他们对艺术要求的束缚，无须考虑他们讲的表现技巧和他们谈论的文学意义，也不用去听那种什么是艺术什么不是艺术的争论，……"中国学者一般都仅从小说得不到正统文人、文坛承认而抱屈或不满的角度立论，阐发小说的意义和地位，强调小说在中国文学、文化史上的重要性，而赛珍珠却从庆幸的角度着眼，指出小说不受正统文人和文坛的重视，从而不受其束缚，得以自闯和自创新路，极有见地。

其二，与此相联系，赛珍珠认为中国古代小说家并不重视正统文人、文坛的态度和看法，而是重视下层民众的态度和看法，并进而强调小说是人民的创造，小说的发展的推动力来自人民。她说："中国小说是自由的。它随意在自己的土地上成长，这土地就是普通人民；它受到最充沛的阳光的抚育，这阳光就是民众的赞同。"又说："中国小说主要是为了让平民高兴而写的。我用高兴一词并不只是让他们发笑，虽然那也是中国小说的目的之一。我指的是吸引和占有整个思想注意力。我指的是通过生活的画面和那种生活的意义来启发人们的思想。我指的是鼓舞人们的志气，但不是凭经验谈论艺术，而是通过关于每个时代的人的故事；使人们觉得是在谈他们自己。"赛珍珠此论的高明，不仅在于她看到中国古代优秀小说家重视民众的态度，为愉悦他们而写作，而且看到小说作品也描写下层民众的生活，反映他们的喜怒哀乐之感情，更且看到小说家和小说作品对下层民众的教育作用和指导作用。

其三，与此相联系，赛珍珠意识到中国古代知识分子的伟大力量，赛珍珠看到："他们的强大力量甚至使皇帝也有些畏惧，因此皇帝设想出一种用他们自己的知识来控制他们的方法；使官方考试成为在政界晋升的唯一途径，那些极其困难的考试，使人们为了准备考试而耗尽整个生命和思想，使他们忙于记忆和抄写过去的死的经典而无法顾及现时和现时的错误。"赛珍珠同时也看到中国古代文人照样在创作小说这类受民众欢迎的作品，即使正统文人，对于小说"有时他们要被迫予以注意，因为一些年轻的皇帝觉得小说读来令人愉快。因此这些可怜的文人也没有别的办法。但他们找到了'社会意义'这个词，于是他们写出长篇文学论文来证明小说并不是小说，而是一种具有社会意义的文献。在美国，一些最现代的文学青年最近才发现社会意义这个词，但在中国，那些旧的文人一千年以前就已经知道，当时他们就主张小说必须有社会意义才能被承认是一种艺术。"赛珍珠的以上论述虽不无商榷之处，但其中心论点是中国古代小说家和文论家早就认识到文艺作品中社会意义的重要性和优秀作品必具社会意义。赛珍珠又从比较角度论述中国古代文艺理论的反映论、社会意义和现实意义观远早于西方。实际上，关于文艺作品的社会意义，两千多年前的孔子即已提出"兴观群怨"等著名观点。关于小说的社会意义，近二千年前的班固也已论述过："小说家者流，盖出于稗官，街谈巷语，道听途说者之所造也。孔子曰：'虽小道，必有可观者焉，……'"[6]孔子和班固的这个言论对后世影响极大。中国优秀小说家历来极其重视对下层人民疾苦的热情反映，对黑暗社会作严厉批判，赛珍珠注意到中国古代小说的这个光辉传统，无疑抓住了中国古代小说的一个实质。

其四，赛珍珠极力强调佛教对中国小说发展所起的伟大作用，她说：

> 有些文人从印度来到中国，作为礼物他们带来一种新的宗教——佛教。在西方，清教徒曾经长期是小说的敌人。但在东方，佛教徒却是智者。他们到中国以后，发现文学已经远远脱离人民，在历史上所谓六朝时期的形式主义的影响下濒临死亡。文学家甚至不关心他们要说的内容，而一味追求文章和诗歌中的文字对仗，而且他们对所有不符合他们这种规则的写作都不屑一顾。佛教翻译家来到这种封闭的文学气氛当中，随同他们带来了极其可贵的自由精神。他们当中有些是印度人，但有些是中国人。他们直说他们的目的决不会符合那些文学家的文体概念，而是要向普通人讲明白他们要传授的东西。他们把宗教教义变成普通的语言，变成小说用的那种语言，而且因为人们喜欢故事，他们还把讲故事用作传教的手段。最著名的佛教著作《梵书》的前言写道："传布神的话时，要说得简明易懂。"这话可以看作是中国小说家的唯一文学信条，实际上，对中国小说家来说，神即是人，人即是神。

赛珍珠正确指出变文（作为传教手段而讲的故事）在小说发展中的地位和作用，佛教宣传家重视和善于使用民众的语言，她又从比较角度指出佛教与西方反对小说的宗教不同，是推动小说发展的有功的智者。她更看到读、研、翻译佛教经典的佛教徒是智者，他们带给中国人民和中国文化的是"极其可贵的自由精神"，而中国小说家信奉的是"神即是人，人即是神"的认识原则，她的这种看法和观点是极为正确和精辟的。中国的优秀小说如《水浒传》《西游记》《红楼梦》《聊斋志异》等等都有佛教思想的影响，再扩大一些审视范围，如柳宗元、苏东坡、汤显祖、李卓吾、金圣叹、龚自珍这样的大文豪兼思想家

6　班固《汉书·艺文志》。按此处班固所引孔子之语，实系孔子学生子夏所说，但子夏发挥的确是孔子的思想。此言引自《论语·子张》。

及其巨著亦莫不如此。

与佛教徒重视和善用民众语言相联系，赛珍珠正确地体会到"中国小说用白话写作的真正理由，是因为普通人既不会读也不会写，小说只有用白话写成，读的时候才能被那些只能用口头语言交流的人听懂。在一个有200人的村子里，也许只有一个人会读。逢年过节或者干完活以后的晚上，他就向人们大声朗读某个故事。中国小说的兴起就是以这种简单的形式开始的。"赛珍珠具体而逼真地介绍中国古代小说的传播方式及其普及性，这是她在深入中国下层人民生活的情况下获得的结论，而不仅仅是在书斋中埋头研究的产物。

其五，与此相联系，赛珍珠从与西方诸国比较的角度指出："中国人生性喜爱富于戏剧性的故事。"结合上述介绍的民众如此喜欢小说的论述，赛珍珠便从接受美学的角度再次证实她所提出的是"人民创造了小说"的观点。

赛珍珠除上述独特的重要贡献之外，我们还应注意到她向全世界各国读者介绍中国古代最伟大的四部长篇小说：《三国演义》《水浒传》《西游记》和《红楼梦》及五部杰出的长篇作品：《金瓶梅》《封神演义》《镜花缘》《儒林外史》等。除晚清的《老残游记》外，中国古代长篇名著都已网罗在内。她又正确而简明地勾勒出中国小说的发展历史。她还介绍了中国古代小说理论中的人物典型理论：

> 他们对小说的要求一向是人物高于一切。《水浒传》被认为是他们最伟大的三部小说之一，并不是因为它充满了刀光剑影的情节，而是因为它生动地描绘了一百零八个人物，这些人物各不相同，每个都有其独特的地方。我曾常常听到人们津津乐道地谈那部小说："在一百零八人当中，不论是谁说话，不用告诉我们他的名字，只凭他说话的方式我们就知道他是谁。"因此，人物描绘的生动逼真，是中国个对小说质量的第一要求，但这种描绘是由人物自身的行为和语言来实现的，而不是靠作者进行解释。

赛珍珠在这里运用和引用的观点，实际上也是转述她翻译的七十回本金批《水浒》中的金圣叹的观点：

> 另一部书，看过一遍即休，独有《水浒传》，只是看不厌。无非为他把一百八个人性格，都写出来。
>
> 《水浒传》写一百八人性格，真是一百八样。
>
> 《水浒》所叙，叙一百八人，人有其性情，人有其形状，人有

其声口[7]。

金圣叹的人物典型学说早于别林斯基和恩格斯等人的西方典型理论 200 多年；而圣叹"人有其声口"的观点更比高尔基的有关论点要早 300 年。赛珍珠"只凭他说话的方式我们就知道他是谁"的观点，给予中国古代伟大长篇小说以最高的评价。对照与她大致同时的晚年鲁迅的观点，更可显出赛珍珠高明见解的难能可贵。鲁迅先生在论及高尔基所说巴尔札克等人的作品只要看其说话，读者即可认出人物是谁的著名观点时说："中国还没有那样好手段的小说家，但《水浒》和《红楼传》的有些地方，是能使读者由说话看出人来的。"[8]鲁迅先生的"中国还没有那样好手段的小说家"一语，显然评价太低，而赛珍珠则将《水浒传》《红楼梦》等伟作看作是领先于世界的作品并值得本世纪世界各国一切作家认真学习的经典而郑重介绍的："我认为中国小说对西方小说和西方小说家具有启发意义。"她又再三强调："我就是在这样一种小说传统中出生并被培养成作家的。"需要强调的是，赛珍珠是在本世纪 30 年代获得并发表这些研究成果的，她所取得的这些成就值得我们钦佩和感动！

另须指出的是，赛珍珠在阐发她的中国小说研究成果时也论及了中国当代小说家和知识分子，她的认识基本是正确的，但也有值得商榷之处。

赛珍珠说："我说中国小说时指的是地道的中国小说，不是指那种杂牌产品，即现代中国作家所写的那些小说，这些作家过多地受了外国的影响，而对他们自己国家的文化财富却相当无知。"赛珍珠指出了一个文学现象，即"五四"以后新文学运动阵营中的作家和一般现代作家所创作的小说，都采用了西方小说的形式与创作方法，而基本上摈弃了中国传统小说的形式和创作方法。只有极少数的例外，如个别章回体小说（如 40 年代的《吕梁山英雄传》和 50 年代的《烈火金刚》等）和赵树理的一些优秀之作（如《小二黑结婚》《李有才板话》等）。中外论者一般都充分肯定中国现代作家向西方学习的成果，而对此作出批评的极为少见。而赛氏指出的这个缺陷，笔者极有同感，尽管"对他们自己国家的文化财富却相当无知"的愤慨之语因她对中国文化的极度热爱和厚爱而作了过于严厉的更可说是错误的批评，她也因此而得罪了整个现代中国文坛——她之所以受到当时中国文坛的冷遇可能也是因此。

---

7 周锡山编校《全圣叹全集》第一册第 19 页、第 10 页，江苏古籍出版社，1985。

8 鲁迅《花边文学·看书琐记》，《鲁迅全集》第 5 卷，第 559 页，人民文学出版社，2005。

　　赛珍珠由于受到"五四"以后新文化运动阵营过分否定中国古代文化和文人的影响，也错误地全盘否定科举制度、儒家经典和中国文化的主要创造者和载体——中国文人即知识分子。她指责科举制度坑害了中国文人，"那些极其困难的考试，使人们为了准备考试而耗尽整个生命和思想，使他们忙于记忆和抄写过去的死的经典而无法顾及现时和现时的错误。"她讥评古代知识分子说："文人作为一个阶级，长期以来都是中国人取笑的对象。文人常常在小说里出现，而且总是像实际生活中那样，全都长期读死的经典作品，……"

　　综上所述，赛珍珠的《中国小说》一文和她的创作实践充分证明中国古代小说和整个文化的伟大成果是当代中国小说作家提高创作水平并争取进入世界前列的立足之本，也是值得西方作家学习和借鉴的重要内容。

再论赛珍珠与中国文化[1]

摘要：

赛珍珠因受"五四"反传统思潮的影响，错误地全盘否定儒家经典、古代文学、科举制度和中国文化的主要创造者和载体——中国古代文人，并在西方学术界、文学界产生不良影响，应予纠正。

拙文《论赛珍珠与中国文化》[2]从杰出的翻译家、杰出的小说家、中国小说的杰出研究者和宣传者三个角度论述热爱中国文化的赛珍珠所作出的杰出贡献，并阐发其深远意义。笔者于文末又指出"赛珍珠由于受到'五四'以后新文化运动阵营过分否定中国古代文化和文人的影响，也错误地全盘否定科举制度、儒家经典和中国文化的主要创造者和载体——中国文人即知识分子。"由于赛珍珠发表这些观点的《中国小说——1938 年 12 月 12 日在瑞典学院诺贝尔奖授奖仪式上的演说》借着诺贝尔文学奖权威性的影响力和《大地》原著的大量印行，有很大影响，所以有必要专撰一文，对赛珍珠对中国文化的误读，作简要辨析和评述。

赛珍珠认为："在那里（指中国），作为艺术的文学为文人们所独有，他们按照自己的规则创造艺术，互相应和，根本没有小说的地位。那些中国文人占据强有力的地位。哲学、宗教、文字和文学，按照专横的经典规则，他们

---

1 《镇江师专学报》2000 年第 4 期〔赛珍珠专题研究〕专栏；《赛珍珠研究论文选萃》，江苏大学出版社 2013。

2 拙文《论赛珍珠与中国文化》为呈"1992·上海·赛珍珠百年诞辰纪念学术研讨会"（上海社科院东西方文化交流中心主办）论文，刊《中国文化与世界》第三辑（上海外国语大学国际文化交流研究所编），上海外语教育出版社，1995。

拥有所有的一切，因为只有他们拥有学习的手段，只有他们能读会写。他们的强大力量甚至使皇帝也有些畏惧，因此皇帝设想出一种用他们自己的知识来控制他们的方法，使官方考试成为在政界晋升的唯一途径；那些极其困难的考试，使人们为了准备考试而耗尽整个生命和思想，使他们忙于记忆和抄写过去的死的经典而无法顾及现时和现时的错误。""除了文人相聚之时，别人看不到他们，因为他们大部分时间都在读那些死的文学作品，试图能写成那个样子。他们憎恶任何新生事物，因为他们无法把这些东西归入任何他们已知的类别。"[3]

赛珍珠的上述认识受"五四"之后反传统文化思潮的影响，符合 20 世纪 20-70 年代中国主流学坛的基本观点，自 80 年代中期起，中国学界已开始对此进行反思，并逐步认识到这些观点是完全错误的。上述观点的错误分为以下三个层次：一、对中国古代教育制度的错误认识；二、对科举制度的错误评判；三、对中国古代经典和文学的错误批评。

中国古代自孔子始，遵循"有教无类"的原则，即不分民族、地区、阶级和阶层的出身，都可接受教育，建立了当时世界上最先进的教育制度。当然，无钱延请教师或支付学费的多数农民和市民子弟，便没有接受教育的权利。这尽管不合理，但在 20 世纪下半叶世界上众多国家先后开始建立初等教育义务制之前，中国和世界各国是一样的，没有钱便不能受教育。中国古代根本没有赛珍珠所说的"专横的经典规则"，并以此来规定只有文人能读会写，只有他们拥有学习的手段。

中国古代选拔人才的科举制度，中西学者经过周密研究和横向比较，已公认为当时世界上最先进最公正的官吏选拔制度。科举制度通过科举考试的方式选拔人才，在封建社会中培养了尊重知识尊重人才的良好社会风气。西方现代的文官制度即为学习中国科举制度的产物。如美籍华裔的女青年赵小兰，通过考试进入美国白宫的中央政府任职，后又经过十几年的艰苦努力，以其出色的工作业绩，逐步升迁，数年前才三十几岁便出任美国交通部副部长[4]。

科举制度的核心是考试制度。这个考试作为选拔人才的方式，当然必须是

3　赛珍珠《中国小说——1938 年 12 月 12 日在瑞典学院诺贝尔奖授奖仪式上的演说》，《大地》第 1084 页，漓江出版社，1988。

4　陈嘉立《赵小兰任联邦交通部副部长　成为美国首位亚裔部级主管》，上海《文汇报》1989 年 4 月 21 日。小雨《华裔女杰赵小兰》，上海《新民晚报》1989 年 3 月 8 日。

困难的，如果不困难，便失去竞争的意义。但对于人才尤其是优秀人才来说，并未如赛珍珠所说的到了极其困难，从而为了准备考试而耗尽整个生命和思想的程度。而事实是众多优秀人才在考取进士、为官从政后，依旧有很大的余力从事文学艺术创作或学术研究。《儒林外史》所描写的都是经书读不通的庸才而非人才。李白、杜甫这样的大诗人未中状元，并非考官不识人才，而是科举制度选拔的毕竟不是诗人而是治理国家与地方的行政官吏，选拔的是政治和管理人才。我国自 20 世纪 90 年代始实行公务员考试制度，也是经过反复曲折的认识过程，终于确定只有通过考试录用国家机关的公务人员才符合公平、公正、公开的唯一原则，从而才有可能选拔出优秀人才。

封建社会埋没大批人才是事实，但这并非科举制度造成的，而是掌权者的专制统治造成的。反过来，如无科举制度，全凭掌权者个人的好恶、个人意志来选拔和任用官吏，便会陷入用人无序的状态，这便更无公平公正可言，便会埋没更多的人才。因此中国古代进步的文学家，除曹雪芹、吴敬梓个别人外，全都拥护科举制度，哲学家、思想家、史学家也都如此[5]。

科举考试的内容取自儒家经典，文人们都将儒家经典"四书"作为学习的基本教材，并进而学习儒家文化的五经，尤其是万古不朽的《周易》和《诗经》，不少人还学习道家经典《老子》《庄子》和佛经。这些都不能说是"过去的死的经典"，而是代表我们民族传统文化的最重要的典籍。孔子的仁义观、中庸之道等许多重要的思想，不仅是中国古代保持长期社会稳定、经济繁荣并在世界上长期保持领先地位的根本保证，而且现代不少知识分子也一直意识到儒家传统文化在工业东亚、东南亚发挥了导引和调节的作用。不少外国学者经长期研究后认为日本战后经济发展的奇迹，关键原因之一是发扬了中国儒家的传统。日本著名思想家池田大作也持这个观点，并进而指出："儒教思想从一方面来讲，并非现代主义者立场所指责的完全是封建落后的，在

5　拙文《〈牡丹亭〉人物三题》（呈"'86，临汾，第二届中国古代戏曲研讨会"论文，刊《戏曲研究》第 40 辑，文化艺术出版社，1992）专列"柳梦梅的读书做官道路"（第 68-73 页）详论，请参看。刘桂生《才子佳人小说在近世欧洲为什么走运》指出，十八、十九世纪的欧洲人甚至觉得中国最可爱的有两点：一个是自然神论，一个是科举制。他们说：你们选官要考试，而我们只能选择"欧洲衙内"。（中国文化报 1987 年 10 月 21 日）宋元强《中国古代科举制度不应全部否定》指出：科举制度有不拘门第、均等竞争、公开考试、优胜劣汰的基本特征，推动了不同等级成员之间的流动，为历代统治者甄拔了一批又一批的臣僚百官，为我国封建社会的稳定和发展，起了至关重要的作用。（《中国社会科学》1993 年第 2 期）。

儒家传统中，其实有众多宝贵的精神遗产。"[6]儒道两家的天人合一观更能纠正西方科学技术高度发展对自然环境造成巨大破坏从而影响人类合理生存的众多弊端。

赛珍珠批评封建时代的知识分子沉溺于"过去的经典而无法顾及现时和现时的错误"，也是错误的。历代抵御外侮、锐意改革、克服时弊的也都是饱读经书然后将孔孟之道中的治国爱民发展为爱国主义的知识分子。朱东润《陈子龙及其时代》一书曾分析明末抗清的形势。认为通过科举考试选拔的大批知识分子军政官员，支撑着明朝的危局，发挥了关键作用[7]。而且古代知识分子绝非"憎恶任何新生事物"的顽固分子，李约瑟《中国科学技术史》记叙中国科技的发展，实多是知识分子的创造。中国历来善于吸收外来文化，也是知识分子吸收新事物的重要表现。历代文学家善于吸收、改造民间文化并使之成为代表时代的经典文化，尤其在文学方面，诗、词、曲、小说等，都取自民间文学并使之高度发展。知识分子历来是推动文化发展和时代前进的主要力量。

因此赛珍珠讥评古代文人"大部分时间都在读那些死的文学作品，试图能写成那个样子"，也是错误的。古代文人长年学习《诗经》、唐诗尤其是杜甫诗，《左传》《史记》和唐宋古文，不能讲是读"死的文学作品"，试图学写此类古诗文，也是时代的必然和文学发展的必然。"五四"新文化闯将讥斥"桐城妖孽"之类，提倡白话诗文时全盘否定文言诗文的观点，影响了赛珍珠。历史地看，不仅明清以前的文人苦读、学写古代诗文优秀之作从而保持民族的整体文艺素质是正确的，而且20世纪现代学校以反对死记硬背、厚今薄古为由，不引导青少年学生鉴赏和诵读唐宋古文、诗词，只强调学习数理化等实用学科，使青少年的文学修养、文化素质越来越差，所造成的弊端越来越明显。中国古代自孔子起即重视"不学诗，无以言"，又鼓励琴棋书画的业余爱

6　金庸、池田大作《探求一个灿烂的世纪（金庸／池田大作对话录）》，第57页，北京大学出版社，1998。

7　朱东润《陈子龙及其时代》第168页指出："清康熙帝曾经说起，思宗之后，常用文人担负方面大员，他们只会做八股文章，怎样担负得起战争的重任？""八股文的作家，不是没有人才的。""明代有名的大臣，如于谦、王守仁、张珙、张居正，哪一个不是由八股出身？即以谙练军事、有才有守的重臣而论，如项忠、杨博、谭纶、朱燮元又哪一个不是由八股出身？""熟谙八股的人士之中，同样也会有折冲御侮的人才。"接着又举思宗（按即崇祯）时代确可称为大将之才的四个文人：孙承宗、卢象昇、洪承畴、孙传庭，另有熊廷弼、袁崇焕这样的名将，亦皆通过八股文考试选拔出来的。（上海古籍出版社，1984。）

好，则是有远见的教学方针。

赛珍珠又严厉批判文言而赞美白话："小说在中国是普通人的奇特产品。小说是他们独有的财富。真正的小说语言是他们自己的语言，而不是经典的'文理'，'文理'是文学和文人的语言。'文理'与人民语言的关系，颇象乔叟的古英语对今天的英国人那样，虽然相当具有讽刺意味的是，'文理'也曾经是一种白话。但文人总是跟不上活的、变化的、人民的语言。他们固守一种古老的白话，乃至把它变成经典，而人民的活的语言不断发展，把他们远远抛在后边。"[8]

这段言论对文言文及其历史性伟大成就与在当代的重要地位采取全盘抹煞的态度，也是完全错误的。赛珍珠肯定白话和人民的语言，无可非议。但文言文并不是过去时代的白话即口头语言，而是古代的书面语言。我们从《史记·陈涉世家》中陈胜少年时代的朋友看到他做了大王的神气而感叹："伙颐，涉之为王沉沉者！"一语和元杂剧中的一些说白和曲词，即可略知古代白话的风貌。同时，文言本身也在发展，而且至今仍有不朽的生命力，古体诗词创作的百年不断，白话文章因引用古语、成语和有时运用一些文言笔法，论说文因文白交融而显得典雅端庄和文采斐然，有时还有白话不可能拥有的气势和表现力。更有几位文化泰斗，如章士钊、陈寅恪、钱钟书和施蛰存等坚持用文言著书立说，其学术名著和经典如章之《柳文指要》、陈之《柳如是别传》、钱之《谈艺录》《管锥编》之文言，皆优美典雅，信为杰作。鲁迅的《中国小说史略》虽原是大学讲稿，也用文言写定、出版。白话固然应为 20 世纪之后中国文字的主流，而文言的生命力也永垂千古，其过去所取得的伟大成就则更不容否定或抹煞。

赛珍珠全盘否定中国传统的经典文化和经典语言，是与她全盘否定中国文人互为表里的。她认为："文人作为一个阶级，长期以来都是中国人取笑的对象。文人常常在小说里出现，而且总是象实际生活中那样，全部长期读死的经典作品，因此小说把文人们写得都非常相象，人们也确实觉得他们相象。我们西方没有一个和中国文人相似的阶级——也许有些个人和他们相似。但在中国他们是一个阶级，就象人们看到的那样，他们是一个合成的形象：身材瘦小，脑门突出，两腮无肉，鼻子又扁又尖，双目黯然无神，戴着眼镜，一口卖

---

8 赛珍珠《中国小说——1938 年 12 月 12 日在瑞典学院诺贝尔奖授奖仪式上的演说》，《大地》，第 1087 页。

弄学问的腔调，说些除了他们自己与别人毫不相干的规则，而且无限自负，既轻视普通人也轻视其他文人，他们穿着破旧的长衫，走路摇摇摆摆，一副傲慢神态。"[9]

赛珍珠关于中国古代文人的这个印象，是错误的，她可能是受到《红楼梦》《儒林外史》这样极个别小说的影响，更受到"五四"以后新文化阵营批判封建时代知识分子的影响。赛珍珠也可能看到旧戏中一些丑角，如京剧《借东风》《群英会》等戏中蒋干之类，便将古代文人描绘成小丑式的人物，在西方文坛作这种渲染，"搞臭"了中国古代文人的形象。实际上除《红楼梦》《儒林外史》少数小说外，古代小说戏曲的文人多为正面形象，无论是诸葛亮、包拯、海瑞一类帝王将相、忠臣清官还是尚处于"私订终身后花园"这种艰难阶段的青年文人，多是可爱的、歌颂的对象。《红楼梦》中贾政周围的幕僚固然平庸，而贾政和贾宝玉父子这对文人，也是书中正面人物，品德高尚，颇有学问，并非尖嘴猴腮似的丑角。《儒林外史》和钱钟书的《围城》尽管在批判某些知识分子的劣根性方面，不无深刻之处，艺术上也有一定的成就，但两书将热衷科举或留洋的知识分子都写得极其不堪，丑化了知识分子的整体形象，对批判对象又缺乏悲天悯人的同情心肠，故而胸襟不阔，境界不高，极大地限制了作品的艺术追求和成就，称不上中国文学的一流之作。事实是，在中国大陆自20世纪50、60年代开始的知识贬值、人才贬值，至今尚未彻底改变这个状况之前的两千年中国社会中，尊重知识、尊重人才一直是一个良好传统，尊敬文人也是民间的一贯传统，只有"八娼九儒十丐"的元代黑暗社会，曾是一个例外。纵观中国历史，社会栋梁、文化的优秀创造者和鲁迅先生所说的民族的"脊梁骨"大多是中国文人，即使科举考不中、经书未读通的下层知识分子也多是善良、有文化的系统地生产、传播知识的人，如汤显祖《牡丹亭》中的陈最良之类。以当代来说，诚如党国英先生所说："也许近多少年来知识界道德堕落的人士确实多了起来，但我想这个比率增加也不会超过大众的平均水平，更不会超过某些权势集团的水平。"[10]古今的情况相似。中国是礼仪之邦，这首先体现在知识分子身上。古代知识分子在礼节方面的修养远高于当代，他们的平均生活水平和气质、修养都优于当时的一般平民。即使戏曲、小说中的知

---

9 赛珍珠《中国小说——1938 年 12 月 12 日在瑞典学院诺贝尔奖授奖仪式上的演说》，《大地》，第 1085 页。

10 党国英《道德批评的边界》，《书评周刊》2000 年 5 月 9 日。

识分子，无论是张生、柳梦梅还是《三国演义》中的策士、《水浒传》中的吴用，《儿女英雄传》中的安学海和安骥父子都不是尖嘴猴腮的穷酸模样，而皆气势轩昂、风度翩翩。

赛珍珠的错误形象来自个别小说，她对中国旧知识分子的偏见并在西方作此渲染，是令人十分遗憾的。

除了上述总体认识的错误外，赛珍珠的有些具体观点也有偏差或错误。在论及唐代传奇时，她说："这些爱情故事大部分不是写以婚姻为结局或包含在婚姻中的爱情，而是写婚姻之外的爱情。这并不令人惊奇，实际上，值得注意的是，每当以婚姻为主题时，故事几乎总是悲剧的结局。两个著名的故事《裴丽诗》和《教坊记》，写的完全是超出婚姻的爱情，显然是为了说明名妓更好。她们读书识字，能写会唱，聪明漂亮，超出了通常的妻子。对于通常的妻子，甚至今天的中国人还说她们是'黄脸婆'，而且一般都是文盲。"[11]

由于古代统治阶级鼓吹"女子无才便是德"的观念，的确存在这种情况：官绅和有钱人家的小姐有不少是文盲，父母不准她们读书受教育，但也不乏才女，能诗词，善棋画，懂音乐，如卓文君、蔡文姬，直至明清的叶小纨和陈端生等，夫妇恩爱的也很多，小说中描写的仅中国古代知识分子婚姻生活的一个方面。另外，古代文人与名妓产生爱情，其原因固然有喜新厌旧的一面，也有因包办婚姻造成的后果。婚姻配偶由父母、媒妁所决定，往往不为自己所爱，也常无共同的语言和爱好，封建家庭以"娶妻娶德，娶妾娶色"为原则，以娶妾和嫖妓作为婚姻不谐的"补偿"，同时又因交通不便，在远离家庭时以嫖妓作为两地分居的"补偿"，于是有机会结识才艺双绝的妓女，也有人在一定程度上与她们结为知音。其间的原因错综复杂，并非单因发妻是没有文化、没有姿色的"黄脸婆"而发生背离或超越婚姻的爱情。古代小说、戏曲更有歌颂书生与妓女因真挚爱情而成婚的，如唐代白行简《李娃传》等，所以赛珍珠说"这些爱情故事大部分"而不说"全部"，是很对的。

关于元稹首创的张生崔莺莺相恋的题材，赛珍珠批评《会真记》所宣扬的错误观点，又清晰理出这个题材的发展线索："宋朝时它曾由赵令畤以诗（按应为"词"）的形式重写，题名《商调蝶恋花》，后在元（应为金）朝董解元又写成可唱的戏剧（应为说唱艺术），题名《西厢记诸宫调》。明朝时将两个版

---

11 赛珍珠《中国小说——1938 年 12 月 12 日在瑞典学院诺贝尔奖授奖仪式上的演说》，《大地》，第 1095 页。

本合并在一起，出现了李日华的《南西厢记》，以南词（应为"南曲"）的形式写成。最后，也是最著名的，就是《西厢记》。"[12]她认为《西厢记》最晚出现，所以又曾说："在这个故事的最后版本里，作者让张生和莺莺成为夫妻，在结尾时写道：'愿普天下有情人终成眷属。'"她又计算这个版本据《会真记》是"五百年以后，中国平民心里的伤感又涌现出来，将这个受到阻挠的爱情故事恢复正常。""在中国，随着时间的推移，等到一个幸福的结局，五百年并不太长。"[13]一再强调"五百"之数。自盛唐时元稹创作《会真记》至金末元初董解元《西厢记诸宫调》和王实甫《西厢记》杂剧，其间确约过了五百年。但赛珍珠误将王实甫《西厢记》误排在晚明李日华《南西厢》之后，定为"最后"的《西厢记》，显然是误将刻印于清初顺治年间的金圣叹评批的王实甫《西厢记》看作是《王西厢》问世的年代。金批《西厢》的确是"最著名"的《西厢记》，"在这个故事的最后版本里"，的确也让张崔结成夫妇，并在结尾用上《王西厢》的"终成眷属"这个名句，但赛珍珠在这里显然将《王西厢》和《金西厢》混而为一。当然，在艺术价值和思想价值的评判方面，赛珍珠的观点并没有错，与鲁迅、郭沫若等同时代的进步研究家的观点很一致，她也可能看到过他们的研究成果。

赛珍珠又批评中国小说"在素材方面事实和虚构杂乱不分，在方法上夸张的描述和现实主义交混在一起，因此一种不可能出现的魔幻或梦想的事件可以被描写得活龙活现，迫使人们不顾一切理性去对它相信。"[14]

这是赛珍珠以西方的科学主义立场对中国小说的错误批评。因为她只信现代西方科学，不了解中国和东方的神秘文化，不信和否定神秘文化，造成了她的认识的局限。

中国古代将"不可能出现的魔幻或梦想的事件被描写得活龙活现"的文学作品不仅有小说，也有戏曲和诗歌。其中有三种情况：一种是受佛教文化影响，将阴间、地狱、天堂和鬼魂、异梦等内容引入作品，极大地开拓了艺术想象力，如《牡丹亭》《红楼梦》《聊斋志异》等文学经典也多有此类描写。第二

---

12 赛珍珠《中国小说——1938 年 12 月 12 日在瑞典学院诺贝尔奖授奖仪式上的演说》，《大地》，第 1096 页。

13 赛珍珠《中国小说——1938 年 12 月 12 日在瑞典学院诺贝尔奖授奖仪式上的演说》，第 1096 页。

14 赛珍珠《中国小说——1938 年 12 月 12 日在瑞典学院诺贝尔奖授奖仪式上的演说》，第 1093 页。

种是将现实中的事实作夸张的艺术描写，如《封神演义》中的众多斗法宝的情节。第三种是如实描写奇人异事。中国小说自六朝志怪、唐宋传奇到明清长短篇小说已形成一个有特色的传统。赛珍珠认为此类描写是"不可能出现的"事件，实乃少见多怪。限于篇幅，笔者仅举两例。

唐代皇甫氏《源化记·嘉兴绳技》描写一个囚犯将一条长绳的一头抛向空中，一直没人云中，他从地上的一头缘绳爬上去，在众目睽睽之下逃走。《聊斋志异》卷一《偷桃》也描写街头艺人将长绳抛向数十丈的空中，渺人云中，令其子"持索，盘旋而上，手移足随，如蛛趁丝，渐人云霄，不可复见。"蒲松龄强调此为他童时与友人亲见。现代中国作家金庸在评述晚清海上画派名家任渭长《三十三剑客图》中据皇甫氏《嘉兴绳技》而画的《绳技》图时指出：

> 这种绳技据说在印度尚有人会，言者凿凿。但英国人统治印度期间，曾出重赏征求，却也无人应征。

> 笔者曾向印度朋友 Sam Sekon 先生请教此事。他肯定的说："印度有人会这技术。这是群众催眠术，是一门十分危险的魔术。如果观众之中有人精神力量极强，不受催眠，施术者自己往往会有生命危险。" [15]

另如《水浒传》描写神行太保戴宗能日行八百里。明代褚人获《坚瓠集》也记叙成化年间山东临清的张生能日行五百里。钱谦益于明末写的一首长诗描写他所见闻的一位奇人玉川子的奇事。这首诗的题目奇长：

> 玉川子歌。题玉川子画像。玉川子，江阴顾大愚，道民也。深目戟髯，其状如羽人剑客。遇道人授神行法，一日夜行八百里。居杨舍市，去江阴六十里。人试之，与奔马并驰，玉川先至约十里许。任侠，喜施舍，好奇服。所至，儿童聚观。亦异人也 [16]。

因此中国古代小说中所被描写得活龙活现的魔幻和梦想的事件并不全是不可能出现的，也并没有"迫使人们不顾一切理性去对它相信。"而且"在素材方面事实和虚构杂乱不分，在方法上夸张的描述和现实主义交混在一起"，不应是受到批评的创作方法，赛珍珠的这个错误批评是因为她作为西方作家囿于近代西方文坛尊崇科学、排斥超现实、超自然手法的成见。因此除认识局限外，还有时代局限。赛珍珠的获奖演说发表于 1938 年 12 月，2 年之后，俄

15 金庸《金庸作品集》，第 27 册 720 页，三联书店，1994。
16 钱谦益《牧斋初学集》第 114-115 页，上海古籍出版社，1985。

苏作家米哈依尔·阿法纳西耶维奇·布尔加科夫（1891—1940）在临终前完成其惨淡经营 14 年之久的长篇小说《大师和马格丽特》，这部小说和不少中国古代小说一样，正像赛珍珠所指责的，将事实和虚构密切结合，夸张的描述和现实主义交混不分，将魔幻和梦想的事件描写得活龙活现，例如巨大的公猫大摇大摆地漫步在莫斯科街头上，以外国魔法教授形象现身的撒旦的特异功能的多种表现和呼风唤雨、以气功感应小说的艺术水平高低，马格丽特赤身飞行等等。这部小说的曲折情节和对现实的有力批判，全赖特异功能描写为支撑，从而被研究家誉为魔幻现实主义的开山之作和 20 世纪世界文学的经典著作之一。接着，在 20 世纪 40 年代，拉美魔幻现实主义小说迅速崛起，驰骋文坛 50 年，对西方文坛造成极大的冲击。乌斯拉尔·彼特里强调魔幻现实主义的基本特征是神秘，阿莱霍·卡彭铁尔则称之为"神奇事实"，并在《这个世界的王国》序言中指出："神奇乃是现实突变的必然产物（奇迹），是对现实的特殊表现，是对丰富的现实进行非凡的、别具匠心的揭示，是对现实状态和规模的夸大。在拉美魔幻现实主义小说中，作者经常穿插印第安人古老的神话、民间传说和神魔鬼怪故事，将这些神话传说与现实生活巧妙结合；打破生和死、人和鬼的界限，把现实与非现实的事物错综地交织在一起。其中阿斯图里亚斯《总统先生》和加西亚·马尔克斯《百年孤独》等作品先后荣获诺贝尔文学奖，被公认为 20 世纪世界文学的典范之作，得到比赛珍珠同奖之作的更高的评价。《百年孤独》描写多种神通，预知、飞行、眼光使椅子打转等，以及其它神异现象。同样在这个发奖的仪式上，马尔克斯《在接受诺贝尔奖时的讲话》中郑重声明："在我写作的任何一本书里，没有一次描述是缺乏现实根据的。"并反复强调："我的所有小说，没有一行文字是不以真事为基础的。"这种观点与 30 年前赛珍珠在同一个发奖的讲台上发表的前述观点正好针锋相对，而马尔克斯的观点得到极大的反响，并成为西方文学创作的一股强大潮流，即以最近几年的事实来看：

1994 年获诺贝尔文学奖的日本大江健三郎于 1999 年推出获奖之后的重要新作《空翻》，这部长篇小说的"主角是两个中年人，其中师傅具有遥感、预测等神秘功能，向导则以语言解释师傅的特异功能，两人共创了一个新兴宗教团体。"（《文学报》1999 年 7 月 8 日）

1998 年获诺贝尔文学奖的葡萄牙若泽·萨拉马戈的长篇小说《修道院纪事》（1982 年出版）的主角也是一个特异功能者。

1999 年获诺贝尔文学奖的德国君特·格拉斯的长篇小说"但泽三部曲"，其第一部《铁皮鼓》于 40 年前问世，其主人公即是有能喊破玻璃的特异功能的小孩。

此外多年来被提名争取获诺贝尔奖的捷克作家米兰·昆德拉在《笑忘录》（又译《笑与忘却之书》）中描写人群集体升空的特异情节；英国作家西蒙·拉什迪在《撒旦诗篇》中从爆炸的飞机中落下的主角，安然无恙下落到海滩的神异事迹。《文汇读书周报》1999 年 10 月 2 日又报道："因《撒旦诗篇》而险招杀身之祸的英国作家西蒙·拉什迪最近推出新小说《她脚下的大地》。小说以一场惊天动地的摇滚音乐会开场，女主人公维娜因脚下大地突然开裂而进入另一个同真实世界平行的超现实世界。全书以魔幻现实主义手法描写了关于爱情、死亡、地震、摇滚音乐等事物。是一部多层次、跨文化纵横寰宇的大气磅礴之作。小说问世后引起国际文坛瞩目。"

英国著名小说家兼研究家、伯明翰大学教授戴维·洛奇在其名著《小说的艺术》还介绍到安吉拉·卡特《马戏团之夜》、杰内·温森特《性樱桃》等多种西方名著的神异描写[17]，但戴维·洛奇的观点与半个多世纪前赛珍珠的看法一样："在魔幻现实主义中，现实与幻想之间总是紧密相联。作家用不可能发生的事实来比喻现代历史中那些极端的奇情怪事。在超现实主义作品中，比喻变成了现实，把理智世界与常识一笔勾销。"[18]戴维·洛奇与赛珍珠一样，是现实主义作家，他们对拉美和西方魔幻现实主义文学，或不了解，或未深入理解。既称魔幻现实主义文学，那么创作者是将他们所写的魔幻内容作为真实事件（即使有夸张成分）来表现的。否则便不能用"现实主义"这个名称。西方文学（拉美文学也属西方文化体系）中的魔幻现实主义兴起于 20 世纪 30、40 年代，而中国则古已有之，20 世纪研究家称为浪漫主义，我则称之为"神秘现实主义"[19]，并特撰《神秘与浪漫——文学名著中的气功与特异功能》和《真实与虚幻——文学名著中的梦异描写》（拙著"文学名著比较研究丛书"的前两部），梳理和述评中外古今文学名著中神秘现实主义文学的内容，有兴趣的学者和读者可以参看，并敬请指正。

---

17 戴维·洛奇《小说的艺术》，第 127-128 页，作家出版社，1998。

18 戴维·洛奇《小说的艺术》，第 193 页。

19 《神秘与浪漫——文学名著中的气功与特异功能》，第 312-317 页，百花洲文艺出版社，1999。

　　赛珍珠非常热爱中国文化并努力从中汲取养料，其对中国传统文化与文学包括神秘文化和中国古代文人的误读误解，皆是"五四"将传统文化和文学作"妖魔化"的评价与处理之不良影响造成的[20]，责任全不在她。对待"五四"新文化运动，我们应继承其传统，发扬其精神，而克服其弊病。21 世纪的中国人应更好地继承中国传统文化并在此基础上作出新的文化创造。

---

20 中国社科院文学研究所所长杨义"在研究新文学与中国古典文学的过程中，有时感到新文学在其发展的过程中是否也有退化的因素。"他进而正确指出：虽然"'五四'对中国传统文化与文学的反思，使我们进入了一个新的时期，但是'五四'对中国传统文学作了'妖魔化'的评价与处理，以十分偏激绝对的态度看待我们祖宗的东西。"（杨剑龙《中国现代文学研究会第八届理事会学术讨论述要》，《文学报》2000 年 6 月 15 日）

论赛珍珠创作和论说中的辩证思想[1]

摘要：

　　作为一个很有理论建树的杰出作家，赛珍珠的创作和论说中充溢着高明的辩证思想，体现在她的认识论、辩证的思维方式、对中国文化和国民性的辩证认识、对中国小说形式的辩证认识、对中西文化交融的辩证认识等方面。赛珍珠掌握并善于使用辩证法，是她获得高度创作和理论成就的重要原因之一。

关键词： 赛珍珠、创作、论说、辩证思想。

　　作为一个很有理论建树的杰出作家，赛珍珠在其创作和论说中充溢着高明的辩证思想，而正是这种出色的辩证思想，使赛珍珠能具备观察和理解中国历史、社会、文化、生活和中国人民的卓特眼光。本文试就这个角度，简论赛珍珠的创作和论说的杰出贡献。

一、赛珍珠对自己认识中国的辩正认识

　　赛珍珠自幼生活在中国，热爱中国、中国人民和中国文化。她努力学习中国语言、文学和文化，在外国人中，她在这方面的造诣已属罕有伦比，对中国和中国人民的了解也已很深入和深刻。对此，西方文学界、艺术界和学术界对她的评价也很高。但赛珍珠本人，对自己对中国的认识仍有清醒而辩证的认识。她于 1933 年 3 月 13 日在美国哥伦比亚大学发表的《向西方阐释中国》演

---

1 2002，赛珍珠诞辰 110 周年国际研讨会论文；《江苏大学学报》2003 年第 1 期，《赛珍珠国际研讨会论文集》，时代文艺出版社 2003；《赛珍珠研究论文选萃》，江苏大学出版社 2013；《中国赛珍珠论集》（英文版）第二辑，江苏大学出版社即将出版。

讲中坦陈:

　　　　我不是一个权威阐释者——当然也不是阐释中国的人。我向来就非常讨厌人家把我称为中国的阐释者。我是小说家，一个纯净而普通的小说家，对于任何国家的任何人，我都不负有任何使命，也不承担任何责任。有人问我"中国真是这样的吗？中国人讲这个吗？中国人是这样的吗？"的时候，我只能回答道："我不知道，也许，中国有些地方是这样的吧。我只是在那儿看到过。但是，他们是中国人纯属巧合；由于偶然的因素，我才在中国而不是美国或者其他什么国家生活。我感兴趣的是人类的心灵和行为，而不是哪一个国家的人的心灵[2]。

　　赛珍珠因对中国的广泛而深入的了解而被邀请作此讲演，她在三个层次上对自己对中国的认识发表自己的辩正认识。一、她对于中国既知道又不知道，因为"作为一个国家，中国幅员辽阔，民族多样，风俗各异。""我甚至都不敢说自己能够充分阐释亲眼目睹的人或事。我所能做的充其量不过是以我小说家的方式来描写一些我认为是真实的人物，"也即她自知自己作为个人，不可能了解一个国家的全部，只能就自己的小说家角度了解和理解中国。即使是中国人，"在中国这样一个幅员如此辽阔、国情如此复杂多样的国度，普通百姓甚至连自己国家的事情都不甚了了，"这是因为"阐释者受到阅历的限制，不管其阅历多么丰富，那至多是一个人一生的阅历罢了。此外，限制他的还有其观察的视角，还有其特殊的使命感。"[3]二、即使如此，"甚至都不敢说自己能够充分阐释亲眼目睹的人或事。"这并非出于谦虚，而是客观而辩证地作出自我评价。三、自己生活在中国，并非主观的选择，并非对中国原存偏爱，而是命运的安排，因为父母在中国传教，带着她在中国常年生活，所以"由于偶然的因素，我才在中国而不是美国或者其他什么国家生活。我感兴趣的是人类的心灵和行为，而不是哪一个国家的人的心灵。"她更不是单纯地为研究中国人的生活和心灵而创作和研究，"我感兴趣的是人类的心灵和行为，而不是哪一个国家的人的心灵。"她是从"人类的心灵和行为，而不是哪一个国家的人的心灵"，从而不带偏爱和偏见的公允态度来观察和描写中国人的生活和心灵。她进而指出："问题是没有哪一个人的阐释是充分的，甚至

2　赛珍珠《向西方阐释中国》（张丹丽译），《江苏大学学报》2000年第1期。

3　赛珍珠《向西方阐释中国》。

一群人的阐释也一样。达到准确的唯一可能的方法就是把所有的阐释汇集到一起，然后，努力寻出那些观点是共同的，并讨论差异的意义所在。"[4]看到阐释不可能达到充分即完美的地步，强调群体认识的相同和差异同时存在，重视差异的意义，充分体现了赛珍珠思维方法中的辩正思想。赛珍珠曾说："我在早年就认为，在人世间，根本就没有绝对真理，有的只是人们眼中的真理，真理也许是，事实上也就是个多变的万花筒。"[5]众所周知，唯物辩证法不承认绝对真理，只承认相对真理。赛珍珠的上述观点富有辩证观念，而且这已成为赛珍珠自己的认识论的总纲，她在自己的创作中努力实践这个总纲，所以她的创作和论说中充溢着辩证思想。在这篇讲演的最后，赛珍珠更认为：

> 阐释者必须有一种谦卑的、调查研究的精神，有了这种精神，
> 他就能抓住一切机会，对阐释对象去刨根问底，同时，又能对自己
> 的知识水平和阐释能力不断提出质疑和挑战[6]。

赛珍珠的对于自己中国题材的创作和论说当然充满自信，她同时又注意保持谦卑的、调查研究精神，对阐释对象去刨根问底，对自己的知识水平和阐释能力不断提出质疑和挑战。这样的辩正态度，不仅使赛珍珠本人获益非浅，此言也可成为格言，对所有的创作者和研究者都有很大的指导意义。

二、赛珍珠对中国文化和中国国民性的辩证认识

赛珍珠的众多作品以中国和中国人为题材，诚如徐清博士所说："赛珍珠笔下的人物就像是一直从远古走来的，他们生于土地，作于土地，死于土地，生命来去似有定时。赛珍珠以其天性的单纯诚挚，抓住了'生'与'死'这样基本得无可再基本的生命环节，以春夏秋冬这样现成而纯粹的自然现象为节奏形式写出了乡村生命圈永恒的生死循环。"[7]赛珍珠实际上从这样的永恒的生死循环中写出了中国近现代民众的螺旋型的进步和变化，表现了她的辩证的时代观，本文下面再作具体分析。

珍珠不仅在中国长期生活过，而且还曾经在中国最贫困的地区生活过。《大地》便是描写中国最贫困地区农民的生活的杰作。她对此类农民及其生活

4 赛珍珠《向西方阐释中国》。

5 赛珍珠《我的中国世界》，第 51 页，湖南文艺出版社，1991。

6 赛珍珠《向西方阐释中国》。

7 徐清《赛珍珠小说与 30 年代中国乡土小说比较研究》，《镇江师专学报》2000 年第
   2 期。

有着深刻的了解。朱刚先生曾正确指出赛珍珠在作品中表现出这样的看法：正是在这些普通的中国人身上，中国人的品格和中国文化传统才得到最好的保留和最明显的表露。例如她笔下的阿兰就是中国妇女传统美德的代表：无论环境多么严酷，她都能支撑住家庭，相夫教子，保证家族的血脉绵延不断，正如她第一次和王龙相见时老夫人对她说的那样："服从他，给他生儿子，越多越好。"正因为如此，赛珍珠笔下的中国人（如王龙、阿兰和梨花）表现的大多是诸如逆来顺受、忍耐、漠然这样的品性。这种品性当然自有有利的一面，如逆来顺受是弱者生存的必要手段。但需要指出的是，在赛珍珠写作和发表《大地》时代，这种品性正被视为国人的"劣根性"而遭到中国进步知识分子的批评。越来越多的中国人意识到知足长乐的小农思想常常导致自欺欺人，不思进取；对土地的过分依恋也会导致漠视危机，反对变革。赛珍珠对这种落后的小农思想也表露出某种怀疑。当然赛珍珠无意对中国人的这种心态进行夸耀。她只是告诉她的外国读者，这种对待世界的方式有优点也有缺点，但它是中国悠久文化传统的积淀；要了解中国这个泱泱大国，中华民族这个伟大的民族，不了解中国人的传统心态是不可能的[8]。王龙、阿兰等人的性格，是儒家文化的体现，具有稳定、保守等特点。赛珍珠能正确地看到这种文化传统的优点和缺点，是很了不起的。因为五四运动后，儒家学说已被彻底否定，农民的逆来顺受即温顺的性格、忍耐、默然的品性，也被否定。当时进步的社会思潮，是革命，而农民的这种保守态度和性格，是与革命格格不入的。赛珍珠本人也同情和赞同中国的革命，甚至对中国共产党领导的革命也表示过拥护。在这样的时代和思想的背景下，她能看到中国文化传统及其影响下的农民品性的优点的一面，是相当难能可贵的。这样的观点在当时难以得到认同和赞赏，在于意料之中，只有事过境迁，在70年后的今天，痛定思痛，才能看出赛珍珠目光和思路的真切、客观和可贵。根据赛珍珠发表此类小说和演讲的20世纪30年代的形势，中国的时代潮流无疑是革命。一部分农民在中国共产党的领导下投入革命，参加了革命军队，最后为中国革命的胜利作出巨大的贡献，理所应当地受到高度赞扬和歌颂。但事物还有另外一面，国统区的农民忍受剥削，种地交粮，没有他们默默无闻的奉献，整个民族便无法生存，革命军队解放这些地区时，将面临一片荒芜、长期难以恢复原有生产水平的土地，和毫无生产资料、

8　朱刚《无形中的有形——赛珍珠论中国小说的形式》，《江苏大学学报》2002年第2期。

生活资源，静等救济的几亿农民，无产阶级的新政权如何维持和生存？建国后，中国建设取得极其巨大的成就，但是在至今为止的全过程中，众所周知，农民作出了巨大的贡献，也作出了巨大的牺牲。与工人和其他阶层相比，农民贡献大而获得少，他们至今都在默默地忍受着。尤其是在"文化大革命中"，工人大多起来造反，不事生产，甚至有不少人陷入派性和武斗而不能自拔，当十年动乱结束时，国民经济已处于崩溃的边缘，只有农民，主要的是因其忍耐保守的性格，坚持种地生产，使全国人民还有饭吃。如果领导发生失误（如在"文革"中），群众如都马上起来造反，经济就要崩溃，此时便需要国民中温顺、忍耐的一面来做调节，缓和局面，让领导有吸取教训、调整政策的机会和时间，如果一味强调激烈斗争，阶级斗争，尤其是发动全民斗争，就会引起全国大乱，势必坏事，文革十年动乱便是一个绝端的例子。所以传统思想中的保守、忍耐的一面，也是历史的必需。试想，在两千多年的中国封建社会中，如果农民年年造反，不事生产，固然彻底抛弃了忍耐、温顺的品性，坚决不让别人剥削，但国家和民族还能生存吗？更何况由于时代发展阶段的限制，造反起义成功，新政权维护的依旧是地主阶级的统治，永无止息的造反，于事无补。因而对于传统文化和农民品性中的保守、忍耐，须持辩证的态度，而不能不看时代和形势，作绝对的全盘否定。同时需要指出的是，她也并非一味强调农民尤其是妇女的温顺柔和和逆来顺受，她给歌颂造反的小说《水浒传》以极高评价并满腔热情地翻译被金圣叹砍掉后半宣扬投降主义的七十回本《水浒》，在《结发妻》中，李元的发妻作为封建婚姻制度的牺牲品以极具震撼力的悬梁自尽作为抗争，这些都说明赛珍珠赞成必要的反抗和斗争。至于赛珍珠看到"美国流行小说和电影中的恶棍坏蛋全是狡猾的、心地阴暗的、来自东方国家的……而中国小说或电影里的恶棍则是身材高大的蓝眼睛高鼻带有卷曲的红毛，是英国身材、英国表情"。她发现"恶棍总是对方那个家伙"[9]。这样绝对的看法，当然是片面而错误的，赛珍珠在自己的小说中则写出了中西各种人等的真实面貌。

赛珍珠对中国对科举的看法也颇有辩证观念。她在《我所知道的中国》、《我的中国世界》等一些文章和讲演中，非常推崇中国的科举制度，她认为科举考试制度能成功地选拔出最有思考力的人才，为科举制度服务的教育体制

---

9 Buck. Pearl S. China As I See It, New York: The John Day Company, 1970, p.59.译文转引自姚君伟：《论赛珍珠非小说作品中的文化精神》，《江苏大学学报》2002 年第 1 期。

和科举考试制度具有公正和平等的优越性。但她同时也指出："皇帝设想出一种用他们自己的知识来控制他们的方法，使官方考试成为在政界晋升的唯一途径；那些极其困难的考试，使人们为了准备考试而耗尽整个生命和思想，是他们忙于记忆和抄写过去的死的经典而无法顾及现时和现时的错误。"[10]对于众多才能一般的知识分子来说，确实是如此。赛珍珠无疑在基本肯定科举制度的同时，也看到执行这一制度的统治者在夹带私货时带来的弊病。而且她正因具有辩证思想，所以她对科举制度的弊病的认识，是有分寸的，兼具历史和现实的卓识。

对她所看到的中国现代知识分子，赛珍珠在自己的小说中，既描写并批判了部分人士的自高自大、自以为是、轻视和脱离民众，且又自私自利、软弱虚伪，诸如《同胞》中的自视极高、鄙视民众的梁博士、《上海景色》中不堪铁路小职员庸劣生活而发疯的大学毕业生源、《发妻》中留学回国后抛弃发妻害其自杀的李元、表面上做得好看实际上却非常不孝的留学生夫妇等等；也表现接近、沉入民众为民众服务的知识青年，如《同胞》中放弃国外优裕生活、回到故乡农村工作的梁博士的子女梁詹姆斯和梁玛丽、《群芳亭》中带领儿、媳长住农村造福乡里的吴太太、她的两个媳妇露兰和琳琦、留学回国后跟着母亲在乡下办学校的峰馍等等，还着力歌颂《东风·西风》中鼓励和督促妻子冲决封建网罗自己也平等待妻子的桂兰的丈夫。她并不将中国知识分子看成一个模样，而是全面且又具体地观察并予以表现。

赛珍珠对中国现代民主的预言性评论也引人注目。她说："等到中国现代民主得到发展的时候，它将是以自己的形式出现，而不是等同于美国式的民主，不过，在它自己的形式中，这一民主将提供给所有民族都渴望得到的生活、自由以及对幸福的追求必不可少的机会。"[11]正因为她掌握了高明的辩证思想，所以她对中国未来的民主制度，能作出正确的预见，更能以宽容的眼光肯定不同于美国式的中国民主，而不是象当今有些美国政治家那样，僵化地以美国式的民主模式来规范和要求别国的民主形式，并试图对人强加干涉，从而影响了世界的和平和稳定。赛珍珠既认为"普天下人是一家"，又看到不同民族

---

10 赛珍珠《中国小说——1938 年 12 月 12 日在瑞典学院诺贝尔奖授奖仪式上的演说》，第 1084 页，赛珍珠《大地》，漓江出版社，1988。

11 Buck. Pearl S. China As I See It, New York: The John Day Company, 1970, p.59.译文转引自姚君伟《论赛珍珠非小说作品中的文化精神》，《江苏大学学报》2002 年第 1 期。

必有的差异性，不能强求一致，必须认识到"没有哪一个人的阐释是充分的，甚至一群人的阐释也一样。达到准确的唯一可能的方法就是把所有的阐释汇集到一起，然后，努力寻出那些观点是共同的，并讨论差异的意义所在。"

三、赛珍珠对中国小说形式的辩证认识

赛珍珠热爱中国古典小说，并从中国古典小说中学到了写作方法。作为一个美国人，她写的是地道的中国小说，著名出版家和评论家赵家璧先生认为："除了叙写的工具以外，全书满罩着浓厚的中国风，这不但是从故事的内容和人物的描写上可以看出，文学的格调，也有这一种特色。尤其是《大地》，大体上讲，简直不像出之于西洋人的手笔。"[12]赵家璧说"除了叙写的工具以外"，指赛珍珠用的是英文，而非中文，但赛珍珠本人甚至认为"在描写中国人的时候，纯用中文来织成，那在我脑海中形成的故事，我不得不再把它们逐句译成英文。"[13]在赛珍珠的小说中，人物是用中国人的眼光看世界。在写作方法上，她喜欢用中国小说常用的开门见山法，结尾则喜用中国古典小说常用的"无收场的收场"，她认为这与西方小说"解决了一切"的结尾完全不同。她说："在西洋，我们就喜欢去知道故事的收场，我们要知道谁与谁结婚，谁死了，每个人的结局都要知道，于是我们掩着书儿满意了，忘掉了，于是再去找第二本。因为着这小说既解决了一切，我们就无庸去再想。在中国人，就喜欢想下去。……这也许是中国人所以把他们有名的小说，趣味无穷的念了再念到几百遍的理由了，他们像是常可以在那儿找到新东西的。我得说，假若一个人养成了这种中国人的口味，再读我们的西洋小说，就很明显是味同嚼蜡了。"[14]

热爱中国古典小说的赛珍珠，对中国古典小说有着与一般西方人不同的见解。朱刚先生介绍赛珍珠于 1932 年在华北某校所做的两个报告《东西方和小说》（*East and West and the Novel*）和《早期中国小说的源泉》（*Sources of the Early Chinese Novel*）中的重要论点：中国小说的"形式"并不是可以用诸如"高潮"、"结尾"、"连贯情节"、"人物发展"等这些西方小说必不可少的形式因素来加以描述或者衡量。如果从这个角度衡量，中国小说在整体上则显得十分难以把握，内容上缺乏连贯性，主题上很少有明确集中的表现。但这种形式的"缺失"恰恰就是中国小说形式的明显特征。赛珍珠进而认为：中国

---

12 赵家璧《勃克夫人与黄龙》，《现代》1933 年第 3 期。

13 赛珍珠《忠告尚未诞生的小说家》，《世界文学》1935 年第 1 期。

14 赛珍珠《东方，西方与小说》，《现代》第 2 卷第 5 期。

小说家十分注重小说对生活的模仿，在这一点上他们要远远甚于西方的小说家——小说结构上之所以会出现不完整乃至支离破碎，因为这是生活本身的特征，而这一点在西方小说家看来就是缺乏艺术性。对于结构上如此"不严肃"的作品，赛珍珠仍坚持称为艺术品，她说：

> 我没有现成的艺术标准，也说不准它（指中国小说）是不是属于艺术；但是以下这点我却深信不疑，即它是生活，而且我相信，小说反映生活比反映艺术更加重要，如果两者不能兼得的话。

赛珍珠不仅认为中国的古典小说（即"早期中国小说"）有其艺术形式，而且更进一步认为中国古典小说同时包含了生活和艺术，这种艺术和生活乳水交融，达到了难以区分的境地，即使它"越出了（西方）艺术技巧界定的规则之外"，也完全有理由得到承认。因此她还认为：中国古典小说的内容和形式"丰富多彩，具有优越性"，更加"真实地展现了创作出这种小说的人们的生活"[15]。

赛珍珠的以上观点，清楚地显示了她的辩证思维的优越性。中国学者认为中国古典小说与西方不同的是有头有尾，即讲究故事的完整性，叙述方法是顺叙，没有跳跃性，思想的倾向性明确，而根据赛珍珠的转述，西方学者的看法竟然相反。"我没有现成的艺术标准"一语，并非说没有标准，而是说她并不持僵化的一成不变的固定标准。所以赛珍珠能用辩证法中具体问题具体分析的方法精细分析中国小说"无形中的有形"即在西方人所谓中国小说的没有形式中看到特殊的形式。中国古代文论家有"至法无法"的理论，我认为在"没有现成的艺术标准"一语中，赛珍珠的认识也包含有这一层的意思。中国学者一般依据亚里斯多德《诗学》的观点，认为西方的文学作品是模仿生活的实录式现实主义的作品。谁知赛珍珠竟说"中国小说家十分注重小说对生活的模仿，在这一点上他们要远远甚于西方的小说家"，而且"小说结构上之所以会出现不完整乃至支离破碎，因为这是生活本身的特征，而这一点在西方小说家看来就是缺乏艺术性。"还赞扬中国小说的内容和形式"丰富多彩，具有优越性"，更加"真实地展现了创作出这种小说的人们的生活"。赛珍珠的中国小说观公允通达，也使我们了解到西方对中国小说的正反两种评价。赛珍珠打破西方中心主义的偏见，高度肯定中国古典小说与西方不同的特殊表现形式。从她的讲

15 朱刚《无形中的有形——赛珍珠论中国小说的形式》，《江苏大学学报》2002年第2期。

演中可知，她是在正确理解整个中国文化的基础上得出这个这样的结论的，因而她的论证也是可靠扎实的。赛珍珠对中国古典小说的以上评价与她学习中国古典小说从事创作的艺术实践是一致的，处处闪耀着辩证思想的动人光芒。

四、赛珍珠对中西文化交融的辩证认识

作为一位出生于传教士家庭而且自己也是传教士的赛珍珠，她的中西文化交融的辩正认识，首先体现在她的宗教观方面。她曾愉快地回忆自己的受教育过程说："真幸运，我同时受到基督教和儒教两种思想的影响。但这样的教育不可使我仅仅成为一个纯基督徒或纯儒教徒。实际上我的信仰是多重的，无论是基督教、佛教还是儒家对我都有影响。"[16]赛珍珠的辩证思维方式使她具有宽广的文化胸怀，在宗教观方面，她抛弃了西方文化中唯我独尊、排斥异教、不同的宗教互不相容，只有竞争和斗争的狭隘观念，主张不同的宗教相容和融合的思想。这无疑是因为她接受了中国文化儒道佛三家鼎立且又互补、中国知识分子将三家融合起来（即"三教合一"）充实自己头脑的宽广思路的影响。作为一个西方人，尤其是传教士，她能避免狭隘的宗教观，非常不容易，不仅如此，她的整个文化观是宽广的，具有多元吸收的特点，并主张多元融合，从而对她的小说创作产生很大的良好影响。

其次，她对中国的传统和西方的现代之间的冲突和融合也有其非常清醒和辩证的认识。周卫京教授在分析《东风·西风》这部小说时，在指出"桂兰放足的成功和婚姻的转机从某种程度上预示了传统的屈服和现代的胜利"之后，曾正确地概括赛珍珠对传统和现代的冲突的三点清醒的认识：对于传统与现代的孰是孰非，谁胜谁负，赛珍珠的思考并没有落入简单的模式，而是多方位、多层面地展示了她批判性的分析。首先，传统的并不是等于是过时的。以书中的女子为例，对于传统，她们有着天生的依附和迷恋。传统在束缚她们手脚的同时，也培养了她们奇特的古典美。例如，与西方女子直言示爱，桂兰含蓄的表达更具诗意和美感。书中的此类描写俯拾皆是，它们不仅勾勒出传统中国女于的古典修养和甜美的内心世界，同时也传达出了赛珍珠对中国文化传统的某种认同和赞赏。其次，现代的未必是美的，无可挑剔的。赛珍珠假借见闻闭塞却敏感细腻的桂兰之眼，去放眼当时的现代西方世界，产生了颇为戏剧

---

16 T.F.Harris, Pearl B: A Biography, Vol.II, London: Fyre Methuenltd 1972.译文转引自徐清《论赛珍珠的宗教观》，《镇江师专学报》2001 年第 1 期。

性的效果。桂兰对自己所见的西方人种种否定性的描述是对中国传统的自尊和优越的一种张扬，更是对现代西方的一种批判和嘲讽。第三，在传统和现代的较量中，母亲的死意味着故步自封、死守传统是死路一条。同样，隔绝传统、照搬现代也是没有出路的。传统与现代的较量是激烈而痛苦的过程。但要互为取缔，以一方战胜一方似乎也是不可能的，母亲的死和哥哥的抗争失败便是两个很好的佐证。周卫京接着又分析：对于任何社会都无法逃遁的传统和现代这一对矛盾，其出路究竟何在？赛珍珠通过小说为我们提供了两个参照。桂兰的丈夫按照中国传统娶回了妻子桂兰，然后与妻子一起，以科学、民主、平等为武器，与封建迷信和愚昧无知展开了殊死搏斗，又以现代医学治病救人，撒播科学的种子。他的所作所为既继承了传统又融入了现代，这与桂兰的哥哥娶西洋女子为妻，全盘西化的模式相比，更具可行性和现实意义。丈夫对传统的反叛实则上是对传统的批判性扬弃和变革。另一位参照是丈夫的朋友刘太太。这位受过西方教育的中国妇女似乎已经掌握了调和传统和现代的艺术。"尽量学习洋人的好东西，不适合的就扔掉。"刘太太的建议多少代表了"五四"时期大部分知识分子的观点，也道出了赛珍珠对传统与现代交锋的思考：不要轻易地抛却传统，也不要盲目地效仿现代。唯有以宽容、多元的态度对待传统和现代，吐故纳新，中西兼融，才能在舍弃中迎来新生。[17]周卫京老师的以上的精当论述是从传统和现代的冲突和交融的角度切入的，而赛珍珠对这个问题的辩证认识已呼之欲出，她的这段论述实已揭示了赛珍珠对传统和现代的冲突与融合的辩证思维和认识。对此，姚君伟先生精辟地指出："慨括地说，赛珍珠一生文学创作的特点是表现东西方，或者具体地说是中美文化的冲突和融合。赛珍珠穷毕生之力，为中西文化的交流与沟通铺路架桥，成为中西文化的深层的沟通者，成为被尼克松总统誉为的'一座沟通东西方文明的人桥'"[18]。我们可以说，只有像赛珍珠那样具有高明的辩证思想的杰出作家，才能在创作和论说中表现中西文化的冲突和融合，成为中西文化的深层的沟通者，成为一座沟通东西方文明的人桥。

综上所述，作为一位进步和杰出的作家，赛珍珠具有可贵的辩证思想，赛珍珠掌握并善于使用辩证法，是她获得高度创作和理论成就的重要原因之一。

---

17 周卫京：《传统与现代的交锋——读赛珍珠〈东风·西风〉》，《镇江师专学报》2001
年第 4 期。

18 姚君伟：《论〈旧与新〉中的中西文化》，《镇江师专学报》2000 年第 4 期。

电影《庭院里的女人》述评[1]

摘要：

　　中美合作的电影《庭院里的女人》是继《大地》之后改编赛珍珠小说的第二部成功之作。此片问世的艰难过程反映跨文化创作之不易，强大阵容体现伟大作家的成功之作对艺术家的感召力。这部中国产的好莱坞电影精品其情节、主题与原作有所不同，但其思想性和艺术性却异曲同工。

关键词： 赛珠珍小说、电影改编、《群芳亭》、《庭院里的女人》。

　　中国北京电影制片厂和美国好莱坞环球电影公司[2]联合摄制的巨片《庭院里的女人》改编自长篇小说《群芳亭》[3]，是继《大地》之后，根据赛珍珠小说改编的第二部电影。此片是中美电影艺术家联手精心制作的艺术精品，2001年4月先后在中国和美国隆重推出，至5月下旬完成40天的首期播映，获得很大的成功。观众踊跃，票房喜人，新闻媒体也给予很大的关注。

　　按照好莱坞的惯例，影片的首映应该有一个豪华的大场面。所以中国的首映式于2001年4月21日晚上安排在豪华庄严、富于现代感的上海国际会议中心隆重举行。美国环球电影公司派出高层代表团，专程前来祝贺影片在中国的上映。4月27日，美国首映式在好莱坞金和谐剧院隆重举行，我国驻洛杉矶总领馆和美国加州政府官员、环球公司和美国其它七大电影公司的主管、影视评论家和好莱坞影星等各界人士400多人出席了仪式。本次首映式由美联

1　原刊《镇江师专学报》（现《江苏大学学报》）2001年第3期【赛珍珠专题研究】。
2　据各报报道，美方合作者是环球电影公司，但电影片头标示的却是银梦电影公司。
3　赛珍珠的长篇小说 the Pavilion of Women 拍成同名电影后，中文版的片名译为《庭院里的女人》，而此前出版的长篇小说中译本的译名为《群芳亭》，此系同名异译。

国际影视传播公司主办,该公司总裁陈伯平先生来自中国上海。华人在好莱坞主办主流电影的首映式,这在美国电影史上是第一次;来自中国上海的电影艺术家罗燕女士也成了好莱坞八大公司担任主制片和编剧的第一位华人。总之,这部电影及其所取得的艺术成就,必将载入中、美电影史和世界比较文学研究的史册,并将受到赛珍珠研究界的热切关注。

一、拍摄缘起和制片过程

罗燕于 1986 年赴美留学,在美国波士顿大学读硕士研究生。入学不久,美国教授就向她热情地推荐了赛珍珠。罗燕为自己竟对这位诺贝尔文学奖获得者一无所知而大感震惊。此后她认真阅读了赛珍珠的获奖代表作《大地》和由此改编的电影,她才吃惊地发现,早在半个多世纪之前,赛珍珠就已成功地跨越了东西方文化的鸿沟,创作了几十部跨文化的作品。赛珍珠从此成为罗燕心目中的一个文化艺术重镇。

1995 年,已研究生毕业多年的罗燕,利用业余时间学了不少国际电影融资、发行、市场、管理、财务和国际电影制作的专业知识,她兼做生意积累了资金,于是萌发了在中国生产好莱坞电影的理想。与同样是女性的赛珍珠有着同样的跨文化学识和生活经历的罗燕,就自然地首选赛珍珠作品作为她的第一部电影作品,于是《群芳亭》便进入了她的艺术视野。

可是罗燕在中美两国寻找多时,直到 1997 年初,她还未找到能用英文写作同时又熟谙中国南方三、四十年代风土人情的编剧。此时,她的商业律师保罗(Paul R.Collins)积极建议她自己执笔编剧,并愿意充当打字员,帮助她校对英文。保罗认为:"她知道自己要的是什么,同赛珍珠一样,她同时了解东西方文化的内核。"卓有才华的罗燕,写作进程神速,竟然只用三周时间就完成了剧本第一稿。剧本完成后,她与保罗便共同署名为编剧。

然而艰难的挑战接踵而来。在好莱坞这一竞争激烈的世界舞台和艺术市场,刚过了跨文化的艺术创作这一难关,罗燕又面临三大难题:其一,好莱坞平均一天要收到 1000 个剧本,没有人作有力推荐便默默无闻,更没有一个成功的好莱坞制片人愿意为这个无名又无强大经济实力的罗燕当制片,罗燕就自己出任制片,承担这项从没做过的繁重工作。其二,无人做推荐和宣传工作,罗燕就广泛散发可行性报告,尽管环球电影公司四天以后就给了回音,但具体谈判却长达半年,最后终于认可了可行性策划报告。其三,找不到肯承担男主角的大牌演员。由于男主角的戏份弱于女主角，制片人兼女主角又是好莱坞闻所未闻的无名之辈，所以片酬近千万的好莱坞明星无人搭理。过了八个月，尚未物色到规定级别的明星，环球电影公司不得不开始怀疑在中国拍好莱坞英语片的可能性。正当两年辛苦换来的拍摄计划即将化作泡影之时，威廉·德福竟然欣然接片。

接着是寻找能说中英双语的著名导演和能用流利英语演戏的职业亚裔演员。拍摄期正逢江南雨季，景地周庄发大水，大街上竟然小船和汽车并行、争道。轮到拍夏戏时却又到了冬天，摄制组在12月底回原苏州景地补迫夏天的戏时，全体人员冒着摄氏零下6度严寒，每天在室外工作14小时以上，演员在寒风中穿着单薄的丝绸旗袍，用坚强的毅力制止自己浑身发抖。

当影片全部完成之后，由于美国的公司不做中国的发行，罗燕只好买下此片在国内的发行权，她一面努力学习电影发行的专业知识，一面奔走各地的发行公司，终于将这部电影送到了广大中国观众的手中。

由上可见，此片在产生、运作的过程中，每一个阶段都面临了巨大的困难。

但是，此片在中国大陆上映伊始，即获成功。据上海《新闻午报》2001年4月28日摘要转载《北京青年报》报道："中美合拍电影《庭院里的女人》自4月20日起在北京、广州、上海、成都、沈阳、深圳、重庆、武汉、杭州、南京上映后，已取得骄人佳绩。截至4月23日，日均票房达到50万元人民币，其中广东总票房50万元，暂居全国第一。成都的票房也达到了20万元，目前名列第三。观片人次超过去年暑期上映的奥斯卡金奖影片《角斗士》4.5倍，并紧逼1998年全球最热门影片《泰坦尼克号》。"又据该报5月11日转载《每日新报》消息，经负责发行的蒙斯通国际文化公司统计，"此片在北京上映5天，票房已高达50万，反响热烈"，如再上第二轮"票房一定会超过一百万"。"广东省的票房日前已超过200万，居全国之首。"该公司投放北京市场18个拷贝，并展开强大的宣传攻势，投入了100万元的广告费和宣传费，放映业绩喜人。

二、编剧罗燕和创作阵容

影视片的创作者中，第一重要的是编剧。文学剧本应是电影获得成功的关键。《庭院里的女人》的编剧罗燕，兼剧中女主角，并兼总制片人和中国大陆的发行人。她作为1977级大学生，于1981年毕业于上海戏剧学院表演系，在上海人民艺术剧院当话剧演员。主演过《爱，在我们心里》《生命、爱情、自由》《马克斯秘史》《WM，我们》等著名话剧。此期曾在电影《红衣少女》和《女大学生宿舍》中任主演。1986年去美国后，她干过所有留学生都干过的活，如餐厅招待、保姆、清洁工、保安等工作，具有万事都靠自己，在关键时刻能顶住、顶住、再顶住的极好心理素质。二年后，她终于获得波士顿大学戏剧硕士学位，并不断地坚持业余学习。尽管在大学里学习过制片的课程，但一下子独立做制片工作，她在现场还是有点晕头转向，常常处于被动的"救火"、"挡驾"状态，何况还要人戏当女主角。经过此片的操作，她已能熟练地报出影片的预算、制作和发行等的精确数字，成为电影艺术家兼制片商了。

罗燕的父母是新疆大学教授，她从小由当过中央银行副行长并兼任造币厂厂长的外公和一辈子只会做太太的外婆带大，生活在上海这个东西方文化交融的城市。上海又是处于江南水乡的经济中心，所以小说中描写的故事和大户人家主妇的生活，都是罗燕熟悉的情景。无怪她能顺利地将赛珍珠的这部小说顺利地改编成电影剧本，并在片中颇为出色地演好了吴太太这个主角。上海附近的苏州、昆山等美丽的水乡，本是罗燕的旧游之地，她在其地饰演富家太太真是游刃有余。

能说英语的香港著名导演严浩为本片作出很大的贡献。严浩是香港最有影响力的导演之一，他导演的著名影片《似水流年》《滚滚红尘》《天国逆子》和《太阳有耳》等曾获各种国际奖项。曾与严浩合作过的斯琴高娃、张瑜等都认为他是一个很优秀的导演，对于女性题材有着很深人的研究，为人和善，与他合作是件很愉快的事情。在这部片子中，他的导演才华也得到充分展示。此片中的最后一部分描写日寇侵华时所犯的烧杀掳掠和奸淫的滔天罪行，严浩调动电影手段给以有力表现。严浩在上海首映式上向记者透露，他生平最想拍摄的是中国的抗战题材作品，他正在积极筹拍反映南京大屠杀的一部故事片，他认为这是他作为中国人的责任。

饰演男主角安德鲁牧师的威廉·德福（他在此片演员表中排在首位），曾在《野战排》《证据》《英国病人》《生死时速2》《生逢七月四日》等40多部电影中担任重要角色，并有出色的表演。他近年在好莱坞的片酬已高达2000万美元，今年还获得奥斯卡奖和金球奖最佳男配角的提名。当众多好莱坞男明星因为戏份弱于女主角，对制片人和女主角的名声和实力抱怀疑态度，又要远赴不熟悉的中国大陆拍摄，纷纷望而却步，此片的拍摄计划正面临无疾而终的时刻，威廉·德福欣然应聘，加盟此片。因为他喜欢这个剧本，也喜欢中国，另外他在此片中实现了塑造一个让观众敬佩喜爱的充满正义感的男子汉的理想。多年来，威廉·德福因其面容和身材的特点，他在电影中担任的多是反派角色，在他喜爱的话剧舞台上也一直扮演各种身份古怪、性格诡异的畸人形象。这个剧本提供他改变戏路，表演一位侠义人士的机会，而且同情、救助的还是美丽的东方女子，太有浪漫色彩了。这个角色的传奇生涯和正义性格，深深打动了他。于是他成为迄今为止中外合拍电影中物色到的最大牌的明星了。在拍摄时，同仁们体谅他对中国生活的不习惯，尽量给以格外照顾。在苏州园林中拍摄镜头时，还专门为他安排美国式的用餐，但当他看到中国同事都在现场吃盒饭时，他要求对他也一视同仁，他认为自己在任何时刻都不能脱离这个团队。在拍片的全过程中，除了敬业精神，他还毫无明星的架子，使所有的工作人员都感到和他合作非常愉快。看了这部影片我们即可知道，威廉·德福的确不是专演正派角色或英雄侠士的英俊小生式或形象高大的人物。他在此片中全靠演技和艺术功力出采。

除男女主角外的最重要的一个角色由年方 19 的清纯少女丁艺担任。这位在北美长大的杭州姑娘是美国柏克莱加州大学攻读企业管理的大学生。她早就是一个业余演员，因为 9 岁那年的一次偶然机会，她被好莱坞的星探挑去，在电影《喜福会》中扮演角色，从此便和电影与表演有缘，她曾在《熊猫历险记》等多部影片中在著名的导演指导下与一些著名演员一起演出，从而已有丰富的表演经验。剧中被卖进深宅大院做小妾的农村贫苦少女秋明，原是由一个戏剧学院的大学生出演的，但此女拍到一半竟不辞而别，于是能流利运用汉、英双语的丁艺被紧急召来救场。丁艺临上飞机还未读完剧本，一下飞机，赶到苏州外景地的当天，就投入拍戏。作为生长在现代西方国家的大学生，30 年代中国江南深受饥寒交迫的农村少女形象和她本人距离实在太远，她感到这是令人兴奋的挑战，反而兴趣十足。她一面拍戏，一面利用拍片空档阅读有关中国今昔农村的书籍画报，观看妈妈为她借来的类似题材的电影录像带，还曾到家乡杭州乡下去观察少女的生活。她很快就掌握了这个角色的特点，理解了这个角色的心理，故而演得朴实生动，真实自然。

影片其他配角的表演也比较到位，摄影、音乐、美术、录音等也都汇集了中美电影界的优秀人才，还有来自新加坡的演职员，是一部真正的国际制作。全体创作人员仅用两个月时间，就做好了这部中国产的好莱坞影片，以中英两个版本向全球发行。

三、情节变动和主题变化

电影《庭院里的女人》改编自赛珍珠的长篇小说《群芳亭》[4]，与原作相比，电影在人物、情节方面作了很大的改动，作品主题也因此而有了极大的变化。

人物方面的最大改动是吴太太的四个儿子良摸、泽摸、峰摸、彦模改成三个儿子，去掉最后一个，而且电影仅突出峰模，淡化长子和次子，又将峰模改为未婚；吴太太的好友康太太有三个女儿：萌萌、露兰和琳嫡，分别嫁给良摸、泽模、峰模，这三个女儿在电影中已不复存在；电影中峰摸的未婚妻，不是康太太的女儿，所以小说中吴太太爱莲和康太太梅贞还是儿女亲家，电影中她俩的这层关系已不复存在，她们仅是闺中密友而已。曾在小说中出现过的康太太的丈夫康先生，电影中仅偶尔一现。电影中偶尔出现的人物还有小说中常来吴太太府上的英国修女夏小姐，但在电影中她依旧是安德雷到吴府当家庭教师的介绍人。

人物的变动是情节变动的结果。与小说原作相比，电影的前半部情节已作了很大的变动，至于后半部情节，可以说是作了根本性的改变。

以前半部来说，电影与小说一开头即是吴太太的40诞辰盛宴，这与小说一样，但吴太太宴前先向大儿子透露、宴后才向丈夫摊牌，要他纳妾以取代自己的决定，在电影中却是她在宴席上当众宣布的。其动因，小说中介绍她因自感年届40，已过了生育期，不应"还缠着男人不放，那是违抗天命。"[5]电影中改为她已厌倦伺侯丈夫的辛苦劳累，而且感到力不从心，想找一个年轻的女子来替代自己。在宴席开始前，有人前来报讯，康太太难产，生命垂危，她不顾丈夫因担忧她来不及在生日宴开席时赶回的劝阻，急忙赶去看望，她乘船来回，终于及时赶回；小说中的这段情节发生在后半部分的第十一章，她乃乘轿赶去，而且是她运用心理和医疗手段，帮助康太太生出死婴，救了产妇的生命。

4 《群芳亭》（the Pvilion of Women，一译《闺阁》），1946年由纽约约翰日出版公司（Zhe John Day Company, New York）出版，中译本的译者为刘海平、王守仁、张子清，编入"赛珍珠作品选集"，漓江出版社，1998。本文所引原作文字据此书。电影中有些人名的音译与此书颇有不同，如"峰镇"作"凤慕"，"安德雷"作"安德鲁"，"梅贞"作"梅珍"等。

5 赛珍珠《群芳亭》，第37页，漓江出版社，1998。

电影中，则是安德雷冲破众妇包括吴太太的阻拦，硬闯入产房，帮助康太太顺利生出小孩，母子都保平安;并增加了一个情节：吴、康二妇泛舟湖上优游闲谈之时，康太太手抱的宠犬跌人湖中，带领孤儿在湖中游泳的安德雷恰巧看见，乐于助人的他连忙救犬，并亲手递给康太太，康太太则以扇遮面，头转向一边，羞得无地自容，因为这个外国男子曾为她接过生。

另外的改动是，小说中的吴老爷极其迷恋妻子，真心地不愿另娶小妾，终因妻子态度坚决，两人只好分居，他才勉强地接纳了妻子觅来的秋明。电影中改为他在宴席上听到太太突然的宣布，喜出望外，愉快地接受贺客的道喜。

以上的改动，有的是为下半部分的情节改动服务，如将峰摸突出为最重要的儿子，而且未婚。有的是为更真实、深刻地塑造人物形象服务，如安德雷闯入接生，表现他的善良、乐于助人的品性和知识广博、才华杰出;如吴老爷听到他可娶小妾的喜不可耐，描写这个百无一能、无所事事的纵垮子弟贪恋女色的本性，比原作真实深刻。有的改动，如吴太太不坐轿而乘船去探望康太太，编导的目的是借此展示江南水乡的美景，增加影片的动人色彩;增添爱犬落水、胖妇害羞的情节是为了增加喜剧色彩。这样的情节增补还有初装电灯的通电仪式和欢庆看戏等。这些变动不仅为电影的上半部分增色即增强可看性，也与下半部分加大了反差，有力衬出后半部分的悲剧性：风景美丽和平繁华的江南水乡横遭日寇铁蹄的蹂躏，景象惨不忍睹;心灵美好的善良教士惨遭杀害，引人无限思念。

影片下半部分的内容则与原作迥然不同，情节和人物的命运都作了根本性的改变。

吴太太的婆母老太太在小说中是因年迈体衰而自然病故，电影中改为她获悉儿子违反家规、颓唐腐化，竟去妓院鬼混而怒极痨死。吴老爷在妓院看中茉莉，在太太的允许下，迎娶回家，电影则渲染他在妓院里鬼混的丑态，而删弃相识、迎娶茉莉的全部情节支线。

后半部分的最大改变是，原本日寇侵华，在江南烧杀劫奸的滔天罪行，在小说中是虚写，将吴太太所居的乡镇作为尚未沦陷的幸存地区，电影则正面描写日寇血洗水乡村镇的惨象，吴太太和全家逃出家园，饱尝战乱。人物的命运和结局也因此有了根本的改变。

安德雷原本因路见青帮抢劫当铺，他为救助受害的典当铺老板而被匪徒打死;电影改为日寇血洗乡镇时，有一个日军士兵听到小儿的啼哭声，他循声搜寻，终于从墙脚处一个暗洞窥见吴太太和一群妇女的藏身之处，他用枪柄狠砸，想破墙而入。危急中，安德雷手举石块，偷偷从背后接近这名鬼子兵，将他砸死，并将其他日军士兵引开。吴太太和众女幸免于难，安德雷被日军开枪打死。

小说中，吴太太在峰摸走后，仍请安德雷为其儿媳琳旖讲课，此时她才开始旁听，领略到安德雷的学识和自由、平等、博爱的进步思想，在他死后，才真切地认识和感受到自己对他的爱，她的爱纯属柏拉图式的精神恋爱。电影中，她陪儿子一起听课，无意中萌发爱意，但两人在送别秋明的归途中，因下雨路滑，吴太太脚踝扭伤，安德雷替她治疗，用手按摩伤处时两人肌肤接触，情不自禁地坠入爱河。

电影中，增加了峰摸与同学在家偷印传单，背着父母参加地下革命活动，在街上贴传单时被警察捕去，安德雷用计将他救出的情节。

小说中，秋明与吴老爷关系不和谐，她怀孕后，老爷漂妓，她气恨交加，上吊寻死未成，生下女儿后要作为孤儿送给安修士，她说："我就是弃婴，她是弃婴的孩子[6]。后来她在吴太太的关心照顾下平安生活，心中又暗恋峰摸。最后她到乡下小学去服务，第二年日本鬼子侵占了大片河山，将无数百姓赶出家园。有一个上了年纪的寡妇带着儿子、媳妇从北方逃难来此，寻找当年丢失的弃婴，与秋明母女相认，秋明母女跟着这位老妇人走了。

小说中，秋明刚进吴府，峰摸来见母亲时看到了她。敏感的吴太太当即意识到："姑娘还没有在家里明确她的地位，峰摸就看到她了，而她也见了他的面。谁能知道这场相遇会生出什么样的感情？她很快就为儿子安排好婚姻，可是婚后峰摸和琳旖感情不好，她又送峰摸到美国留学。峰摸在美国又遇到白人姑娘的热烈追求，他不肯发展婚外恋，只好回国了。回国后他也投入乡村小学，从事平民教育工作。

电影中，他和秋明在家中花园里无意中相遇，后来两人相恋，并请求吴太太成全他们。

吴太太在与安德雷相爱后，理解了爱的真谛，同意峰摸去参加新四军并和秋明结合。

电影结束时，失去安德雷而备感孤独的吴太太在广袤的江南田野中看到身穿新四军军服的峰摸和秋明双双走来。他们随着新四军渡江南下抗日而回

6　赛珍珠《群芳亭》，第 209 页，漓江出版社，1998。

到故乡，来看望挚爱他们、理解并支持他们非比寻常的爱情的慈母。吴太太幸福地陶醉在儿子、儿媳的拥抱中。

后半部分的情节与人物命运和结局的彻底改动，完全改变了原作的主题。

小说中的吴太太原本抱憾："为什么上天不让女人的生命比男人长一倍？这样一来，男人活着的时候，她们的美貌和生育能力可以保持不衰，一直等到一代人都不在时才消失。为什么男人传宗接代的需要是这么长久，单靠一个女人满足不了？[7]所以她想："女人必定比男人更孤独。她们的部分生活必定要在孤独中度过，这是上天为她们预备好了的。"

小说描写她渴求摆脱丈夫性饥渴的自由，在安德雷牧师传播的自由、平等、博爱观念的教育下，她的女性意识觉醒了，用平等、博爱的态度，平息露兰、琳旖这两个儿媳的心理危机，挽救了两对儿子、儿媳的婚姻和爱情，可惜她的次子、露兰的丈夫泽摸即因飞机失事而不幸身亡；她又与儿子、媳妇一起创办乡村学校，给贫苦的农民子弟和孤儿以接受平等教育的机会，撒播爱心。

电影改变了这个主题，将安德雷从一个诚实、乐于助人、有正义感的传教士，提高为帮助中国妇女免受日寇蹂躏，敢于与日寇正面斗争而牺牲自己生命的反法西斯战士。

电影后半部的这种处理，虽与小说原作已完全不同，但并未违背赛珍珠的政治立场和创作思想。赛珍珠在二次大战期间虽身在美国，却心系中国，积极支持中国人民的抗日战争，她多次去广播电台发表援华演说，她领导的东西方协会聘请中共党员王莹在美国各地表演抗日戏剧，在白宫演出抗日戏剧，演唱抗日歌曲；她又为罗斯福总统夫人提供中国的材料，指出中国共产党与农民打成一片，把解除大众的疾苦作为自己的首要议事日程；又出版小说《龙子》（1942），揭露日寇在华犯下的种种罪行，并对中国人民的抗战表示敬意。所以电影的后半部描写都是符合赛珍珠的原意的。

四、异曲同工的思想和艺术成就

小说《群芳亭》象赛珍珠其他名作一样，是在学习中国古典小说的基础上进行独创的产物。全书的情节用顺叙手法，结构简明；善于用人物的言语和行动表现人物的性格；喜用白描手段，不作大段的风景和环境描写，也不作详尽的细节描写，且句型简单，语言通俗平易。所以有的批评家认为赛珍珠的小说

---

7 赛珍珠《群芳亭》，第37页。

是通俗小说，尽管《群芳亭》中已具西方小说惯有的大段心理描绘。

通俗小说一般仅以情节取长或仅表现故事情节，而艺术作品能反映时代、社会和人生的真实面貌，作为现实主义的优秀作品更能刻划典型环境中的典型性格。而这才是两者真正的分水岭。赛珍珠的代表作品显然达到了优秀艺术作品的这些要求。《群芳亭》写出抗日战争初期（电影于片首标出故事发生的年代是 1938 年）江南小镇大族人家的生活真实，并以此表现当时的时代、社会和人生的真实面貌，刻划了一群大户人家知识妇女的形象，尤其是吴爱莲这个大族富户的太太的一种典型，和其丈夫吴兆庭这样一个老爷的典型，弥补了中国文学在这个题材方面的不足。

诚如论者已经指出的，吴太太"是赛珍珠精心刻画的独具风采的女性形象。她出身名门，祖父是省城里的总督，父亲是李鸿章的随员，而丈夫是地主兼资本家，当地的首富。群芳亭是吴宅大院内吴太太及其率领的女眷日常活动的露天凉亭，这里阴盛阳衰如同大观园。如果把六十多人的吴府比做小大观园的话，那么吴太太在她的公婆死后便享有贾府里老祖宗那种支配一切的威望，并有凤姐的机智、谋略和果敢。"但吴太太又是超过王熙凤很多的一个杰出人物，这不仅是因为"赛珍珠笔下的吴太太则是知书达礼，聪慧柔和、且有现代科学知识，遇事总是独立思考，冷静判断"[8]，而且更在人格品质、理财管人方面远远超过王熙凤和大观园中薛宝钗、贾探春等人的总和。

吴太太不仅不贪财、敛财，而且还抚养一群孤儿，兴办乡村小学，贴钱从事公益、慈善事业。丈夫家是工商地主，她精心理财，确保土地和店业的收入，使大家族的日常生活和家族的产业都能正常运转。不像贾府，田产一任庄头照管，所得收益年年减少，府内则王熙凤带头营私舞弊，家用人不敷出。吴太太经管有方，所以在庞大的家用开支之后，尚有不少余钱供儿子出国留学，用于公益事业。她又善于了解实情和理解年轻人的心理，有效地改善了泽模与露兰、峰模和琳琦的夫妇关系。在吴太太的调教下，她的三个已成人的儿子也都有一定的处世、生存能力。良模代替家长在镇上管理店铺而且做得相当不错，泽模在南京能守住一个好职位自己谋生，峰摸留学回国后在乡村办学校，最小的彦模在乡下读书。二媳妇露兰在丈夫亡故后随婆母吴太太下乡，"看上去像个女共产党"，三媳妇琳旖随丈夫良模下乡办学，"看

<hr>

8　张子清《赛珍珠的跨文化创作与跨文化比较》，赛珍珠《群芳亭》，第 36 页，漓江出版社，1998。

起来像个女老师，她的头发剪短了，被太阳晒得发黄[9]。他们将村子弄得干干净净，教育农民识字读书，用实际行动给农民以切实的帮助。峰摸还准备发展农村的医疗事业，给农民以更大的帮助。吴太太是吴府的灵魂，她带领儿媳做善事，造福乡里，又用安德雷的教导贯彻在实践中：“教育人是引导人的心灵上天堂，而不是强迫它。”[10]

吴老爷靠祖宗传下的家业过着豪华奢侈的生活。他从小不喜欢读书，又无能力管理家产和店铺，全靠妻子代替他做这一切，他才可以安逸地在烟酒和温柔乡中逍遥度日。如果没有这个精明贤慧的妻子，他的儿子无人管教，可能成为一无所能的纨绔子弟，夫妇关系僵死而使家庭分崩离析，家业衰败，从富有跌到贫困。小说描写这样的富家子弟庸碌颓废、灯红酒绿的一生，很有现实意义。在旧中国，这种不会创业又不会守业，不肯劳动也不懂理财，毫无男子气、寄生虫式的、废物式的富家子弟，颇为普遍。

安德雷是传教士中的优秀人物。他一方面虔诚地来中国传教，另一方面他善良的天性和引导人向善的教义使他富于同情心，乐于助人，在江南农村真心实意地帮助穷人，抚育孤儿。这样的传教士古今都有，赛珍珠的父母即是此类人物。来华的传教士远非都是受侵华的指派而来，明代的利马窦、明末清初的汤若望等人，他们来华传教，也带来了西方的科学和先进的文化，中国人于此受惠良多。赛珍珠塑造这个传教士，也有一定的典型性。

电影《庭院里的女人》的下半部分虽然完全改变了情节和人物的结局，但前已言及，在思想意义上已高于原作，却并未脱离或违背赛珍珠的创作思想和她本人的思想实际。她在当时高度肯定中国共产党及其领导的军队在抗日战争中所起的伟大作用。影片也没有脱离或违背当时的历史真实。尤其如富家子弟峰模从事革命的地下活动和参加新四军投人抗日战争，在当时也是具有普遍性的。

结合近十余年来，日本右翼势力不断否定侵略、蹂躏东亚和东南亚的罪恶历史，军国主义复活也有死灰复燃之势，电影后半部分的艺术创造，具有很大的现实意义，显示海外华人艺术家的历史责任感和时代责任感。美国环球（银梦）电影公司和中国合拍此片，也显示美国人民在二次大战以来，同情和帮助中国、亚洲人民抵抗日本侵略的伟大精神。在艺术上看，电影后半部的描写自

---

9 赛珍珠《群芳亭》，第 325-326 页，漓江出版社，1998。

10 赛珍珠《群芳亭》，第 327 页。

然真实，且能与据小说改编的前半部结合得天衣无缝，值得称道。

　　导演不用西方电影常见的平行、对比蒙太奇的手法，不用倒叙、插叙或跳跃的叙述手段，用单线顺叙的叙事结构，与小说原著保持风格的一致。整部影片的镜头剪辑流畅自然，画面优美生动，能充分展示江南秀丽的水乡风光，有较强的视觉冲击力。人物形象从大处来说与原作相比毫不逊色。细节描写也生动自然，如吴太太学会望远镜观察天体后，她独自一人正在观赏，无意中摇动望远镜，透过茂密的花丛树叶竟然发现峰模和秋明在花园僻静处单独相处、动作亲昵，于是他俩的秘密相爱被吴太太发觉，他们的命运引发新的根本性的转折。导演又善于恰当运用俯拍和鸟瞰的镜头，尤其结尾处，吴太太与新四军战士峰模和秋明在田野中重逢相拥，镜头逐渐拉远拉高，三人形象逐渐变小，直到他们逐渐融人江南翠绿的大地，富有象征的意义。

赛珍珠对女仆王妈形象的
记叙及其重大意义[1]

中国文学对奴婢的记叙和描写，取得了领先于世界的重大成就。其中尤以《红楼梦》为最，拙著《红楼梦的奴婢世界》已有详论。西方文学也有多部描写奴婢的名作，著名的如意大利哥尔多尼《一仆二主》（1745）、法国博马舍《费加罗的婚礼》等费加罗三部曲（1784）等。赛珍珠的小说也描写了一些奴仆。其中她以独特的立场和视角记叙她的女仆王妈的形象，则有超越以往中西名著的特色，具有重大意义。

一、王妈的来历和人生经历

赛珍珠父母为了忙于传教，并没有住进与中国民众远离的独立的侨民保护区或租界，而是选择了比较落后的中国民众的社区居住和生活。赛珍珠父母的经济条件不允许到美国聘用保姆和家庭教师，她们雇佣了价廉的中国保姆、厨师和家庭教师。

王妈1986年来到赛家当保姆。1902年10月，赛珍珠在美国出生4个月后，由父母带到中国，即由王妈照顾和伺候。保姆王妈跟她家一起生活了18年。

赛珍珠，是由保姆王妈带大的。王妈是赛珍珠童年记忆中最重要的一位中国母亲。

赛珍珠在1933年写的《自传随笔》记述："我决不会忘记在我童年时代

1　2022，赛珍珠诞辰130周年纪念论文；2022，上海比较文学研究会第13届年会论文。

的另一个重要人物，那就是我的中国老保姆。"

赛珍珠回忆保姆王妈的基本状况："天下美女出扬州，我的中国保姆就是其中一个。虽然我记忆中的她已是掉了几颗牙齿的老太婆。"[2]

王妈是江苏江都县（今江苏省扬州市江都区）大桥镇（江苏省历史文化名镇）人。王妈讲的是江北话。

王妈"年轻时是美人，有缠过的三寸金莲。被家人卖做童养媳。婚后没几年，丈夫就在十九世纪五十年代的太平天国运动中丧生。这个原本家道殷实的商人女儿在太平天国运动中失去了赖以依靠的所有至亲，后来三十年间，被迫落风尘。她主要靠风月生意挣扎谋生。（1896年）凯丽把她从街上带回来，让她做保姆照看赛家的孩子"[3]。

王妈沦落风尘，因此有的论者认为从出身来看，王妈属于"扬州瘦马"的一种。扬州瘦马是自幼落入人贩子手中的妇女，人贩子对买来的女子安排严格的形体和技艺训练，为了锤炼动人的身材，还严格掌握其饮食。王妈是已婚的成年良家女子，因丈夫在战乱中丧生，她没了生活来源，才沦落风尘，也从未受过严格训练。王妈不是扬州瘦马，而是下等妓女。

二、王妈在幼少年赛珍珠生活中的地位和作用

赛珍珠1892年6月6月26日出生在美国弗吉尼亚州西部，4个月后，10月，随传教士父母赛兆祥和卡洛琳来到中国，居住在清江府。1894年随父母迁居中国镇江。她到中国后，由王妈照顾和伺候赛珍珠的日常生活，王妈陪伴赛珍珠约15年。

赛珍珠在镇江生活的简历如下：

赛珍珠1992年随父母到达中国，1901年随母亲回美国避难，赛珍珠从襁褓时期到9岁，在镇江生活了9年。

1902年重返中国镇江，受教于前清秀才孔先生。1905年孔先生患病逝世。赛珍珠从10岁到13岁，在镇江生活了3年。

1905年随休假的父母游历欧洲。其间，被父母送往瑞士纳沙特尔附近的一所法语学校寄读。9月，赛珍珠回到美国。最终入弗吉尼亚州林其堡市伦道夫-梅肯女子学院攻读心理学。此后赛珍珠回到镇江，就读于崇实女子中学。

2　赛珍珠《我的中国世界》（尚营林译），第45页，湖南文艺出版社，1991。

3　美保罗·A·多伊尔《赛珍珠》（张晓胜、耿德本、史国强译），第3页春风文艺出版社，1991。

赛珍珠从 15 岁到 17 岁，又在镇江生活了 2 年。

1909 年，17 岁的赛珍珠在上海租界的美侨寄宿学校"朱厄尔女校"开始正规学校的学习生活，不到一年即回镇江；次年，1910 年，去美国读大学。她在镇江不到一年。她去美国读大学，与王妈分手了。

赛珍珠在镇江生活了 18 年，她在镇江经历了她人生的早期岁月，因此她称镇江是她的"中国故乡"。她童年的大部分时光都在那里度过，陪伴她的是王妈。她亲切回忆："我最初的记忆是关于中国百姓的。其中第一个记忆是一张和蔼可亲的中国女性的脸，那张脸并不年轻"。赛珍珠在镇江的岁月里，王妈照顾赛珍珠的日常起居，几乎一刻不离，王妈是赛珍珠的特殊养母。

王妈在赛珍珠家遇到患难时，也寸步不离，同舟共济。在 1900 年义和团运动时期，王妈陪着赛珍珠母亲和孩子一起逃命，母亲和王妈一起带着九岁的赛珍珠和孩子们到上海避难。在上海静安寺路（今南京西路）附近一个教会大院住了不到一年的时间，一起回镇江。

她还是赛珍珠母亲的救命恩人。赛珍珠母亲生下赛珍珠妹妹后，发高烧，重病，医生束手无策。奶水没了，新生的女儿饿得直哭，赛珍珠的父亲外出传教，不在家中。多亏王妈照料，她用特定的鱼加上中国人用来治产褥热的草药做了一种特别的汤（周小英请教祖辈获悉，此即五草红藤汤），赛母喝了这个汤，终于睡个安稳觉，身体后来才日渐康复，母女俩才闯过难关。王妈不仅是赛珍珠母亲的救命恩人，也是赛珍珠姐妹的救命恩人。如果赛珍珠母亲病死，赛珍珠姐妹的命运会遭到重大挫折。

王妈全心全意地照顾和伺候赛家的孩子，赛珍珠为其母亲写的传记《异邦客》记载，在赛珍珠家中，"她很严厉，但是心地善良，值得信赖。她让人感到温暖和安全，是家里唯一给赛珍珠拥抱的人。哄孩子时，她是唯一把孩子抱到她的腿上和床上的人"。赛珍珠母亲很喜欢王妈，有一次她说："我从未见过她对哪个孩子不好，也没听她骂过一句脏话。如果天堂里没有她的位置，我宁愿让出自己的一半位置给她——如果我有一席之地的话！"[4]

赛珍珠在镇江的童年是温暖欢乐的：保姆王妈常牵着她在街头游逛，买路边的烤山芋、纸包着的花生米解馋，带她去寺庙烧香拜佛：下午时光，王妈带她坐在当地小戏院的硬板凳上度过。她还过各种中国传统节日、结交中国小朋

---

4 彼德·康《赛珍珠传》（刘海平、张玉兰、方柏林、江皓云译），第 27 页，漓江出版社，1998。

友、逛热闹的集市。在王妈的照顾和带领下，赛珍珠度过了快乐的童年。

三、王妈的文化根基和她对赛珍珠的精心培育

王妈可以说是是赛珍珠特殊的家庭教师。

王妈是赛珍珠的汉语教师，她让赛珍珠首先学会了汉语和习惯了中国风俗，然后她母亲才教她英语。

赛珍珠没有进过幼儿园（幼稚园）和小学。王妈是赛珍珠的启蒙老师，教她学汉语，赛珍珠从王妈及一起玩耍的中国孩子那里学会了汉语口语。幼年的赛珍珠，自牙牙学语，跟着王妈；3 岁到五六岁左右，当时没有幼儿园（民国时期称为幼稚园），赛珍珠跟着王妈，学习汉语口语。

镇江的方言和王妈的扬州方言相近，都属于苏北语系，也即江北话。可见赛珍珠说的汉语是江北话，或者说是苏北话。

从赛珍珠的这个经历，我们可知，为何赛珍珠的母语并非英语，而是汉语。

赛珍珠幼年的第二阶段，自五六岁左右到十岁左右，上午母亲辅导功课，午后，王妈会领着赛珍珠和她的小弟弟到街上去玩，一逛就是几个小时，她听当地百姓的谈话，看各行各业的市场。

1900 年 8 月，因义和团运动，王妈和赛珍珠全家到上海避难。1901 年 7 月 8 日，全家乘船去美国旧金山，1902 年 9 月 6 日，全家回到镇江。

这次回镇江后，王妈完成了她的启蒙教师的任务，赛珍珠跟随姓孔的家庭教师学习文言文和中国经书。这位孔先生向她灌输孔子的伦理思想，引导她阅读中国传统文学，学习中国历史文化。1905 年秋，孔先生患瘟疫去世。赛珍珠进入中学读书。她一边做学生，一边做英语会话课教师。

赛珍珠少女时代，在始建于 1884 年的镇江崇实女子中学求学。她上午在家随母亲学西方课程，下午到崇实女中就读中文课程。1909 秋，17 岁的赛珍珠到上海租界的美侨寄宿学校"朱厄尔女校"住读。赛珍珠 1910 年到美国读大学，1914 年在美国完成大学学业后，又一度在这所中学授课。

自赛珍珠襁褓时期，到 1910 年赛珍珠 18 岁时去美国读大学为止，王妈陪伴了她 18 年（除去赛珍珠到上海、美国和欧洲，十足 15 年）。

在家的时候，赛珍珠总是呆在王妈身边，王妈一边缝补着赛珍珠一家的袜子和衣服，一边给赛珍珠讲道理，教赛珍珠一些中国得体的举止、女性的生活知识，等等。

在王妈妈身上体现出来的中国人勤劳智慧、善良正直的品质，在赛珍珠幼小的心灵中留下了深刻而美好的印象。

她和王妈的感情，大大超出了主仆感情。她从小培养起来的对中国妇女的敬爱之心，王妈对她的影响是最大的。王妈对赛珍珠就像对自己亲生的孩子一样，有时赛珍珠因不听话或违反家规被母亲分配干活以示惩罚时，王妈总是悄悄地帮她干外，同时对她加以教育。

赛珍珠喝着王妈的精神奶水长大，懂得了许多关于中国日常生活的知识。

王妈除了对她生活上关心照顾外，赛珍珠很小的时候，王妈就教她古老的童谣："小老鼠，上灯台，偷油吃，下不来。喊妈妈，妈妈不理睬。咕咚咕咚，一个跟头滚下来"。"虫虫飞，虫虫飞，一飞一大堆，飞到我家墙角里，喝呀喝露水。"

赛珍珠小时候最爱听别人讲故事，王妈给她讲很多中国童谣和民间故事。她从王妈的口中熟悉了中国的神话、传说与民风习俗。王妈还经常给她讲自己童年的故事，讲自己家和家族遭到的意外事件，讲一些抑强除暴，劫富济贫的武侠故事。除此之外，还教她一些镇江一带的民谣和民间故事。

王妈常牵着她在镇江街头游逛，买路边的烤山芋、纸包着的花生米解馋，听中国老百姓的谈话，让赛珍珠亲眼目睹民间的疾苦。

下午的时光，王妈经常带她坐在当地小戏院的硬板凳上度过。她还经常带赛珍珠到古戏台（今穆源小学内）听说书。

在北固山头，王妈给赛珍珠讲"刘备招亲"等《三国演义》故事。在金山脚下，王妈给赛珍珠讲"水漫金山"、"许仙和白娘娘"、"金山有一个洞直通杭州西湖断桥"等《白蛇传》中的传奇，在赛珍珠幼小的心灵中留下了深刻的印象，以便她长大后专门花时间研究了《白蛇传》传说的由来。王妈还给她讲"武松打虎"、"梁红玉击鼓退金兵"等民间故事。

王妈的坎坷身世、善良心地，让赛珍珠体会到了中国女性的可怜和可爱之处。而她的"三寸金莲"和山野中弃婴的尸骨一样在赛珍珠的幼小心灵中凝聚了中国女性的苦难和忧伤，也训练了赛珍珠"用想象的力量掩饰、包容、或者承受那些丑陋的无法直接面对的事物"。

王妈信奉观音菩萨，她经常给赛珍珠讲观音怎样普渡众生、怎样给很多老百姓送来了儿子和女儿等有关观音的传说。后来，信仰基督教的赛珍珠跟王妈去金山寺烧香时，她觉得观音是那样的美丽、庄严、慈祥、纯洁，她感到圣母玛利亚就是观音菩萨的妹妹。

王妈照料赛珍珠全家，并和他们共同生活了18年之久。赛珍珠日后文学创作获得成功时总喜欢提到王妈，而且总是十分动情。

王妈给赛珍珠以重要的生活指导、社会教育和民间文学熏陶。赛珍珠后来宣称"王妈讲的那些故事是她最早接受的文学熏陶"。

赛珍珠家里的仆人，除了王妈，还有干粗活的男仆，做饭的厨师和厨娘，养花的花匠等等，似乎个个都是说故事的高手。赛珍珠父母雇佣的厨师，是一个又瘦又矮小却兴趣广泛，爱读书，多才多艺的人。他读过《三国演义》《水浒传》等小说。赛珍珠经常跑到他的房间里缠着他，听他讲刘备、关羽和张飞三个加在一起才能打得过吕布；武松喝了那么多的酒才能打死老虎。晚上当大门关上后，赛珍珠就会溜到厨师的房间里，听他吹笛子或用二胡演奏民间的乐曲。她比较喜欢听笛子，怕听拉二胡，因为那二胡声像哭泣似的，让她觉得很伤心。

四、赛珍珠对女仆王妈形象记叙的重大意义

赛珍珠以西方作家客观公正的眼光回忆和记叙王妈。

赛珍珠对王妈的感情大大超出了主仆的感情。她从小培养起来的对中国人特别是中国妇女的敬爱之心与王妈的影响是分不开的。

王妈是一个身份特殊的女仆，她年轻时沦落风尘，被迫做了妓女。

王妈本是小康人家的良家妇女，战乱逼良为娼。王妈为了生存，只能认命，先做了30年的娼妓，如果她是20余岁（婚后没几年）开始沦落为娼妓，后来做了18年保姆，48年后，她已约70岁，过了差不多近半个世纪的艰难生活，一生悲苦。她没有孩子，一生孤苦。

赛珍珠同情王妈作为妓女的经历，继承了中国优秀传统文化的平等精神。

《史记·货殖列传》："夫用贫致富，农不如工，工不如商，刺绣文不如倚市门。"清·吴乔《围炉诗话》卷一："苟为身计，刺绣文不如倚市门。"做刺绣，非常辛苦，赚钱容易不及倚门卖笑、充当娼妓。这是小市民和市侩之徒"笑贫不笑娼"。目前资本主义国家将卖淫列入合法的"产业"，社会上当然大多都"笑贫不笑娼"了。

旧时代大多数的妓女，谈不上做绣工，她们根本找不到工作，也也没有机会得到工作技能的训练，只能当妓女。还有不少妓女本是不肯当妓女的，是被

人卖到妓院被迫当妓女的。

但是旧时代和当今西方国家的正经人家，是看不起和蔑视娼妓的。即使"笑贫不笑娼"，也是看不起和蔑视娼妓的，只是将穷人更看做等而下之罢了。

在西方一般人对妓女是歧视和蔑视的背景下，一些著名作家创作了同情或歌颂善良妓女的作品，如莫泊桑《羊脂球》、托尔斯泰《复活》等。

中国作家对待善良的妓女除了同情，还对沦落风尘的卓具才华的优秀女性表示极大的尊敬。最著者如清代汪中和清末王国维。

清代大经学家、大文学家，清代第一骈文名家汪中（1744-1794），在其名作《经旧苑吊马守真文·序》，描写他客居江宁城南时，出入经回光寺，其左有废圃，是明南苑妓马守真故居。马守真是秦淮八艳中才艺最高的著名画家、戏曲剧作家（中国最早的一位女性剧作家），汪中感慨："秦淮水逝，迹往名留。其色艺风情，故老遗闻，多能道者。余尝览其画迹，丛兰修竹，文弱不胜，秀气灵襟，纷披楮墨之外，未尝不爱赏其才，怅吾生之不及见也。"这样的才女、美女，却受命运的拨弄，身陷娼门，汪中说："夫托身乐籍，少长风尘，人生实难，岂可责之以死？婉娈倚门之笑，绸缪鼓瑟之娱，谅非得已。在昔婕妤悼伤，文姬悲愤，矧兹薄命，抑又下焉。嗟乎，天生此才，在于女子，百年千里，犹不可期。奈何钟美如斯，而摧辱之至于斯极哉！"

汪中之后，20 世纪第一国学大学者王国维（1877—1927）也曾极度歌颂马守真的过人才华和作品，其名诗《将理归装得马湘兰画幅喜而赋此》（二首）说："旧苑风流独擅场，土苴当日睨侯王。书生归舸真奇绝，载得金陵马四娘。""小石丛兰别样清，朱丝细字亦精神。君家宰相成何事，羞杀千秋冯玉英。（原注：马士英善绘事，其遗墨流传人间者，世人丑之，往往改其名为冯玉英云。）"

他们歌颂的是娼妓中少数品质优秀、有杰出才华的姣姣者。

王妈是不识字的下等人，是下等娼妓。赛珍珠记叙的王妈是下等娼妓出身的下等人保姆，她记叙的王妈这个保姆具有以下出色的特点和重大意义。

1. 中国优秀女仆的善良多情，对主人的忠诚，对主人家孩子的精心哺育。王妈对孩子的主动、热情的思想、道德教育和帮助，显示了中国妇女乐于助人的优秀品德。

2. 中国优秀女仆令人钦佩的传统文化自信，以讲民间故事的方式，给幼少年时代的赛珍珠灌输了中国传统文化。

3. 王妈具有极强的记忆力，具有出众的智慧，显示了中国优秀女仆的丰富民间智慧、丰富文化知识。

4. 赛珍珠母亲怀她时，王妈即引导并陪同她母亲去跪拜观音娘娘，祈求菩萨保佑她的顺利出生和成长。中国的做善事求好报的佛教文化，是赛珍珠受到的最早胎教。女仆王妈是世界级大作家赛珍珠的语言启蒙教师、文化启蒙教师、社会知识的启蒙教师，熏陶和培养了少女赛珍珠的丰富感情，熏陶了世界级大作家赛珍珠的创作灵感。赛珍珠曾宣称："王妈讲的那些故事是她最早接受的文学熏陶。"[5]王妈这样的女仆是绝无仅有的！

5　〔美〕保罗·A·多伊尔《赛珍珠》，张晓胜、耿德本、史国强译，第 3 页，春风文艺出版社，1991。

赛珍珠的中文姓名和中文姓名墓碑的意义——答南京电视台编导问

2017 年 9 月 6 日，以"赛珍珠的中西文化观和慈善情怀"为主题的 2017 中国镇江赛珍珠国际学术研讨会开幕。

南京电视台赛珍珠纪录片项目组编导吴江等于 2017 年 9 月 6 日开幕式当天的下午 1 时半在镇江万达喜来登宾馆采访周锡山。

吴江：赛珍珠的墓碑只有 3 个汉字：赛珍珠。你认为它有什么意义？

周锡山：三个中国字有三个意义，一、代表赛珍珠是中国人，是中国的女儿。连鲁迅也知道"她亦曾自谓视中国如祖国"（1933 年 11 月 15 日致姚克信），可见赛珍珠自认为是中国人是广为人知的文坛佳话。二、象征着赛珍珠接受的是中国文化的哺育和教育，在一定程度上，她自认为是中国作家。三、意味着赛珍珠心里终身向往中国，她虽已与世长辞，在美国长眠，她的英魂永远念念不忘的是中国。

赛珍珠此名按照中国的风俗，赛是其父所取的汉字之姓，其父作为来华传教的牧师，与西方汉学家一样，取一个汉字姓名"赛兆祥"，以便于开展工作。而按照一般的做法，他们的汉语之姓，往往是英文原姓的谐音。赛兆祥的原姓是 Sydenstricker，中文就取第一个音的谐音"赛"。作为赛兆祥的女儿，赛珍珠继承了这个姓氏。珍珠在中国和西方都是女性的美名，珍珠与凤凰、孔雀、牡丹、玫瑰等，都是人类喜爱的动植物中的佳品，女性喜欢取做名字，家长喜欢以之为爱女取做名字。《旧约·箴言》有一句名言说："才德的妇人，谁能得着呢？她的价值远胜过珍珠。"（箴言 31：10，和合本）父母对她这个女儿，表示极度的珍爱，而且恰巧姓"赛"，作为传教士的父母给她取名珍珠，正应了圣经此语，巧妙而美丽。

赛珍珠的姓名，英文是 Pearl Sydenstricker，中文音译为波尔·赛登斯特里克，简译为波尔·赛。赛珍珠，姓用直译，直译的姓，恰巧在中文中有"赛过"的意思，就用上了这个意思。名字是意译，珍珠。姓名在英文中按照英文的习惯，名在前，姓在后。中文则按照中国的习惯，姓前名后。

赛珍珠婚后，按照西方的习俗，应该用放弃自己的姓氏，用自己的名字加上丈夫的姓氏做称呼。她的丈夫姓 Buck（布克）。1917 年 5 月 31 日，赛珍珠与布克在父母镇江家中的玫瑰园里举行婚礼。1932 年凭借《大地》，获得普利策奖。1934 年与布克离婚，离开中国，赴美定居。1935 年与约翰·戴公司总经理、《亚细亚》杂志主编理查·沃尔什结婚。

1938 年她获诺贝尔文学奖的姓名是 Pearl Buck（波尔·布克）。她与布克离婚之后，直至和第二个丈夫结婚后，她作为一名作家的签名，在英文世界自始至终都是 Pearl S.Buck。她把"赛"也坚持放在名字的后面，丈夫姓氏的前面。她与熟人交往，就只用名字，自称珍珠。例如她给别人的信的信末的署名总是"永远属于您的珍珠"。

而赛珍珠用中文姓名时，永远按照中国的习惯，用婚前的姓名，不用丈夫的姓氏，一律用"赛珍珠"。因此在中国，作为一个作家，学界和读者都一律称她为赛珍珠。

赛珍珠自出生 4 个月之后，10 月，随传教士父母赛兆祥和卡洛琳来到中国，居住在清江府。赛珍珠故居在江苏省淮安市运河古埠的清江浦御马头的河岸上这条老街的背后。清江浦是赛珍珠在中国的第一站，可以推测赛珍珠的名字是在清江浦起的。

赛珍珠于 1894 年随父母迁居镇江，在镇江度过了童年、少年，进入到青年时代，前后长达 18 年之久。她把镇江称为"中国故乡"。

自 1892 年到 1934 年的 42 年中，赛珍珠在中国生活了近 40 年；1934-1973 年，她在美国生活了近 40 年。

赛珍珠在幼年时，先学、说汉语，后学、说英语。她把中文称为"第一语言"。少女时期，先学习中国文学，后学习英美文学。她在获诺贝尔文学奖时，强调是中国小说教会了她的写作。她的后半生在美国生活，但对中国始终念念不忘。按其遗愿，她逝世后的墓碑上只镌刻"赛珍珠"三个汉字。这意味着她"身虽不能至，而心向往之"，她的灵魂还是回归了中国。

中国杰出女儿赛珍珠在中国故乡的最新研究——评裴伟、周小英、张正欣著《寻绎赛珍珠的中国故乡》[1]

赛珍珠是中国杰出的女儿，镇江是赛珍珠的中国故乡。

镇江作为赛珍珠的"中国故乡"，自1990年代初起，一直给予她各种样式的关怀，市委和市府历届领导极其重视赛珍珠研究和交流。镇江市自1991年举办赛珍珠研讨会以来，引领了中国对赛珍珠及其文学创作的重新评价，组织丰富多彩的文化活动，举办多次国际学术研讨会，取得令人瞩目的成果；并及时成立镇江市赛珍珠研究会，规划、领导和组织了赛珍珠研究，也起到了培养和凝聚全国赛珍珠研究力量的作用。

镇江市的专家学者在赛珍珠研究领域做出了很大的令人瞩目的贡献。刘龙为赛珍珠研究做出奠基性的贡献、董晨鹏的《走向世界的中国与世界主义的赛珍珠》是一部颇有成就的研究专著，都得到很高评价。2015年，镇江市赛珍珠研究会组织、讨论、审稿和推出的裴伟、周小英、张正欣著《寻绎赛珍珠的中国故乡》一书，是中国杰出女儿赛珍珠在中国故乡的最新研究著作。

这部著作是镇江市赛珍珠研究会集体智慧的体现，是镇江的赛珍珠研究者的力作，为赛珍珠研究做出很大的贡献。纵观全书，此书在总体上取得颇高

---

1 裴伟、周小英、张正欣著《寻绎赛珍珠的中国故乡》，江苏人民出版社，2015。本文为"上海高校高峰高原学科建设计划"资助项目；2017·镇江·赛珍珠国际研讨会论文。

成就之外，尤其在赛珍珠的中国文化根基和赛珍珠对女性地位和命运的思索这两个方面的记叙和评论，有突出的贡献。今略作评论，与赛珍珠研究者共享这个优秀成果。

一、《寻绎赛珍珠的中国故乡》的总体评价

本书围绕赛珍珠与其"中国故乡镇江"生活、成长、成功的动人经历，梳理研究大量资料，既有对近 20 年来国内外赛珍珠研究有关信息资料进一步的采集整理，也有对晚清本地报刊新闻、教会英文文献、地方志以及其他口碑和档案资料的探索考据。书中吸纳了许多新的资料信息，还订正了一些延续多年的错误说法。

本书分上、中、下篇，从赛珍珠在镇江的足迹、在镇江度过的时光和赛珍珠与中国故乡镇江三个角度记叙和论述赛珍珠青少年岁月的人生道路，脉络清晰，叙述精当，观点新颖。

裴伟（镇江市赛珍珠研究会副秘书长）著上篇《赛珍珠在镇江的足迹》首次清晰叙述和描绘赛珍珠早年的足迹，是一个首创性的学术成果。

镇江是赛珍珠的"中国故乡"。她在这里长大成人，接受了最初的中美语言、文化的教育和熏陶，并在日常生活中，和中国普通百姓打成一片，了解他们生活中的喜怒哀乐，以及与此相关联的民风习俗，这些元素在她后来的中国题材创作中均有真实而生动的再现。

裴伟著上篇《赛珍珠在镇江的足迹》，用文化地理学的研究方法，以扎实的考证，详实而精细地记叙了赛珍珠幼少年时代生活过的镇江的当时风貌、赛珍珠故居的多处遗存；赛珍珠的足迹所至，赛珍珠接受中国文化熏陶的书场和戏台、赛珍珠接受教育和任教过的学校、与赛家有关的医院，以及赛珍珠亲人的墓地。此篇是全书中功力最为深厚、见解卓特的精粹部分，尤其是强调书场、戏台对赛珍珠的熏陶和教育，是她的文学创作取得巨大成就和获得诺奖的重要基础，极有见地。此篇是赛珍珠研究中具有首创性意义的重要研究成果。

周小英（镇江高等专科学校外语系）著中篇《赛珍珠在镇江的时光》，完整、清晰记叙赛珍珠出生不久，在襁褓中漂洋过海来到镇江，度过幸福充实的童年，直至青年时期婚后离开镇江的生活历程。在赛珍珠的各种传记中，此篇是赛珍珠在镇江生活的最为明晰和详尽的记叙作品之一。

张正欣（江苏大学文学院）著下篇《赛珍珠与中国故乡》，从赛珍珠与中国的大地情缘、见识中西两个世界，以中为主的中西两种文化的英才教育和以此为背景的爱心事业，赛珍珠的故乡意象所表征的文化梦想角度，论述赛珍珠在中国的文化和精神成长历程，及其对赛珍珠创作的不可磨灭的深刻影响。此篇呼应赛珍珠本人强调的中国文化对其成长和创作的伟大影响，并做了较已出版著作的更为精要的介绍。

此书在写作中还充分引用赛珍珠的自传《我的中国世界》和中外著名学者的赛珍珠传记等著作的关键资料，乳水交融地结合作者的论述，记叙赛珍珠在镇江的人生历程。

二、赛珍珠的中国文化根基

本书全面梳理有关资料，以令人信服的事实叙述了赛珍珠深厚的中国文化根基及对其创作的意义。

赛珍珠自小处于汉语学习的环境。赛珍珠自 4 岁起在镇江生活，打开了生活的万花筒。她自小和中国的仆人一起生活，她第一次走路牵起的是一位中国阿妈（王妈）的手，她说的第一个字也是中文（王妈所教），甚至她小时候听得最多的故事也大多是中国的神仙鬼怪、英雄豪杰[2]。她和中国人鱼水相融般地生活在一起，在讲英语之前先学会了讲汉语，所交的第一批朋友也都是中国孩子[3]。学的是最地道的汉语。

她在幼年时就开始溜出家门，自由地出入于家门口小山上的农人世界，她自小和中国的孩子们玩在一起[4]，一起欢快地度过中国的每个节日[5]。她热爱热闹的中国节日[6]，在中国度过了丰富多彩的童年生活[7]。

镇江为她提供了一个温馨的生活和社会环境，赛珍珠回忆幼少年在镇江，仆人的友善是家中的温暖，邻里的情谊是世界的温暖[8]。

在一个中国庭院里，中国仆人的爱、王妈的教导以及中国故事，让她对这个奇异的世界充满了好奇。赛珍珠在镇江的最初日子，上午母亲辅导功课，午

---

2 《寻绎赛珍珠的中国故乡》，第 99 页。
3 《寻绎赛珍珠的中国故乡》，第 18 页。
4 《寻绎赛珍珠的中国故乡》，第 129 页。
5 《寻绎赛珍珠的中国故乡》，第 100 页。
6 《寻绎赛珍珠的中国故乡》，第 130-131 页。
7 《寻绎赛珍珠的中国故乡》，第 130-134 页。
8 《寻绎赛珍珠的中国故乡》，第 127 页。

后，王妈会领着赛珍珠和她的小弟弟到街上去玩，一逛就是几个小时，她听当地百姓的谈话，领略各行各业的街景[9]。

在家的时候，赛珍珠总是呆在王妈身边，王妈一边缝补着赛珍珠一家的袜子和衣服，一边给赛珍珠讲道理，教赛珍珠一些中国得体的举止、女性的知识，王妈有时给赛珍珠讲故事，王妈似乎有讲不完的神话故事[10]。

不仅王妈，她家里的厨师是个兴趣广泛，爱读书，有点文化的中国人。他经常"给大家将他从书本上读到的历史故事，他读过《三国》《水浒》，还有《红楼梦》，他屋子里还放着其他一些书"[11]。家里的仆人，干粗活的男仆，做饭的女厨娘，养花的花匠等等，似乎个个都是说故事的高手[12]。

赛珍珠在这个基础上，又接受了说书和戏曲的艺术熏陶。本书指出这与清末民初镇江发达的说书业和戏曲业有关。"听书长智，看戏习礼。"100多年前，人们把听书看戏视为生活中兴趣最浓的乐事，从书及戏里得到人生阅历的体悟。晚清之际，镇江戏园书场，遍布大街小巷。城郊山谷，草台班子是赛珍珠童年接受中国文学启蒙的重要场所。无论是聚焦演员，还是旁观看客，所听的书、所看的戏是赛珍珠学习中国叙事文学、了解中国社会，吸收中国市井文化、乡村文化养料滋养的重要载体[13]。

本书论证镇江是扬州评话艺人常年演出的大码头，光绪年间王玉堂（评话大家王少堂之父）等众多名家来此演出。赛珍珠小时候和中国小孩一样，"听周游四方的说书人讲故事，他们在乡村道边走边敲小锣，到了晚上，就在乡村中打谷场说书。一些江湖戏班也常到村里来，在大庙前找个地方唱戏。这些艺人的演出，使我早就熟悉了中国历史以及历史上的英雄豪杰。"[14]当时镇江的黑桥五十三坡书场、露天书场都离赛珍珠家很近。赛珍珠回忆"打谷场上听敲铜锣的说书艺人讲故事是终生难忘的趣事"[15]。更有趣的是，老舍在1958年曾向王少堂提起在镇江南门书场，15岁的赛珍珠听过他的书，并说："你说书影响了一个外国作家，还获得诺贝尔文学奖。"[16]

9　《寻绎赛珍珠的中国故乡》，第123页。

10　《寻绎赛珍珠的中国故乡》，第123-124页。

11　《寻绎赛珍珠的中国故乡》，第58、125页。

12　《寻绎赛珍珠的中国故乡》，第125-126页。

13　《寻绎赛珍珠的中国故乡》，第50页。

14　《我的中国世界》，第25-26页。

15　刘龙主编《赛珍珠研究》，第232页，云南人民出版社，1992。

16　《扬州时报》2011年5月9日。

　　赛珍珠自小是个戏迷。不过父母无闲暇更无闲钱带她到戏园子里看戏，于是，戏台和草台两种"听戏的人里，她是唯一的外国人，她要么蹲在寺庙院子里的角落里面，要么在打谷场的地上看戏"[17]。

　　本书向读者介绍，打谷场上演出的是中国社会最底层的文化工作者的"草台班子"民间戏曲[18]。当时清代扬州、镇江一带流行的香火戏是一种充满乡土气息是民间小戏。从时间和香火戏发展进程来看，赛珍珠童年坐在打谷场看到的这些"小戏"，大概就是此类余绪[19]。作为一个历史名城，镇江及其周围的乡村里到处都是故事，尤其是反映到戏曲里的《白蛇传》和描写刘备在镇江甘露寺招亲的《三国演义》戏剧等等。赛珍珠瞪大眼睛看着一出出嘈杂的戏曲，为戏中好人战胜坏人而欢欣鼓舞[20]。

　　到了读书的年龄，赛珍珠幸遇德才兼备的孔先生，他给赛珍珠讲解儒学经典，赛珍珠得到颇为完整的儒学熏陶。赛珍珠深受孔孟的影响，接受了儒家和而不同、和谐理念，胸怀天下，忧世爱民的崇高思想[21]。赛珍珠熟读四书五经，又深受中国哲学的影响：天人合一、阴阳谐调的哲学观，自强不息、厚德载物的人生观和世界观，宽容和包容的处世心态。

　　由于疾病的肆孽，造成孔先生之死，赛珍珠不仅感到极大的伤痛，而且也因突然失去良师益友而留下极大的遗憾[22]。

　　本书突出记载了王妈和塾师孔先生，对中国文化有着天然的文化自信、文化自觉，主动热情对赛珍珠予以无微不至的中国文化教育。

　　本书突出记载了赛珍珠热爱和全面接受中国文化，受到中国儒家经典、古代诗词小说等文学名著、戏曲和说唱、民间故事、民间语言的全面教育。

　　本书清晰描绘了赛珍珠在镇江生活阶段受到全面、完整和深入的中国文化熏陶，是天时地利人和的产物。

　　全书论证中国文化和文学对赛珍珠的哺育，使赛珍珠不仅成为一位学贯中西的文学大家，也是一位博古通今的文化大家。

　　纵观赛珍珠的著作，可知美国文学家赛珍珠和英国历史学家汤因比是评

17　〔英〕斯波林《埋骨》，张秀旭译，第18页，重庆出版社，2011。
18　《寻绎赛珍珠的中国故乡》，第59页。
19　《寻绎赛珍珠的中国故乡》，第59、60页。
20　《寻绎赛珍珠的中国故乡》，第140页。
21　《寻绎赛珍珠的中国故乡》，第156-160页。
22　《寻绎赛珍珠的中国故乡》，第163页。

价中国文化水平最高的两大家。

三、赛珍珠的女性地位、命运和智慧的思索

赛珍珠从少女时代起，就有意无意地注意女性地位、命运和智慧的观察和思索。

她对中国女性在战乱中命运充满了同情的观照，本书以王妈为典型，做了有力论述。对于女性在中国社会和家庭中的地位，本书以彩云为例，给以分析和评论。彩云是赛珍珠父亲赛兆祥的中国助手 Chang 牧师的妻子，因为连生 6个女儿，生不出儿子而备受歧视。赛珍珠母亲和彩云姐姐的经历让她进一步观察中西妇女的地位和现状，她发现她们都被困在一种性别歧视的等级制度里[23]。

但必须强调的是，赛珍珠的这些回忆，证实妇女地位的低下，不仅是旧时中国的单独现象，同时期的西方也一样。赛珍珠记载的其父对赛珍珠母女的态度，显示西方社会妇女地位低下的真实面目。赛珍珠说：对其父赛兆祥来说，妻子凯丽只要管好家，为他生孩子，服侍他就够了。他满脑子装满了女人从属于男人的保罗教义。在他的心中，女人从没有灵魂，"要是有，一个女人的灵魂也很难算是完全的灵魂"。在他收到的信徒的记录中，"只有女人所占的比例低才算是收获巨大的年头"，他歧视女人到那样的地步，以至于赛珍珠写道，"如果早二三十年出生，他会赞成焚烧女巫的"。赛珍珠家的父权统治也从没有间断过。"父亲从不装出像喜欢儿子那样喜欢女儿。女儿和妻子都是为了照顾他而存在的。""在我们家里，父亲是一家之主。尽管母亲不时地向他发起进攻，但他的家长地位始终没有动摇过。"[24]

本书记载了在教育不够发达的时代，西方和中国一样，母亲对幼儿的教育起了极为重要的作用。母亲的美式教育，让赛珍珠成功学习英文和西方文化；有着同情贫弱平民心肠的赛珍珠，在西方文学中最喜欢狄更斯的小说[25]。

赛珍珠记载了她的母亲的宽容和谅解[26]，以热情的笔调，记叙妇女面对生活困境的智慧和勇气。当赛珍珠母亲陷入无药可救的绝境时，是王妈用中国的

23　《寻绎赛珍珠的中国故乡》，第 113 页。
24　《寻绎赛珍珠的中国故乡》，第 112、114 页。又参见本书所引用的〔美〕赛珍珠《我的中国世界》，尚营林等译，第 98 页，湖南文艺出版社，1991；〔美〕赛珍珠《战斗的天使》，陆兴华等译，第 248、326、263 页。
25　《寻绎赛珍珠的中国故乡》，第 154、155 页。
26　《寻绎赛珍珠的中国故乡》，第 155 页。

民间秘方救活了垂死的赛珍珠母亲[27]。后来赛珍珠母亲不怕自己受到传染，冒着风险，毅然出手救治重病中的王妈[28]。

赛珍珠对女性智慧和勇气的推崇，甚至表现在"过家家"扮演女皇时，对慈禧也肯定她"总是有英雄的一面"的评价[29]。本书挖掘的赛珍珠回忆当年与中国女孩一起"过家家"扮演女皇的游戏，让我们了解到慈禧在清末民间尤其在女性心目中的影响和评价，是弥足珍贵的历史资料。

四、中国文化根基对赛珍珠创作的意义

一个人的幼年学习，即"幼功"是最重要的。赛珍珠最早学习的是汉字，学会的是中国话，听的是中国故事。最早结交的是中国朋友。因此她形成了中国的思维方式[30]。她的中国思维方式，使她的人生观和创作观，都形成了故国回望，终身坚持自己是贫困人民文化的代表，具有推己及人的仁德思想。

王妈故事中的情节为赛珍珠以后形象思维的建立，建筑了坚实的基础。她后来宣称"王妈讲的那些故事是她最早接受的文学熏陶"[31]。

她自幼就阅读了《水浒传》等中国小说原著，"由于儿童读物的匮乏，小小年纪的我只好读成年人的书，结果是，我，我还远远不到十岁，就已决定当一名小说家了。"[32]

儒家文化的熏陶使赛珍珠成为一位描写中国题材最为出色的西方作家。而且——

赛珍珠在受奖演说时说："中国小说主要是为平民高兴而写的。"她承认自己就是一个通俗小说家，甚至称自己就是"说书艺人"。[33]漓江出版社1998年出版的彼得·康《赛珍珠传》刘海平译本中，插图页有一幅"说书艺人"的照片，照片下面的说明："赛珍珠从小在镇江就爱听说书，得诺贝尔奖时亦称自己是个'说书艺人'。"[34]赛珍珠专门研究过讲史与小说的关系，她说："中

---

27 《寻绎赛珍珠的中国故乡》，第114页。
28 《寻绎赛珍珠的中国故乡》，第162-163页。
29 《寻绎赛珍珠的中国故乡》，第129-130页。
30 《寻绎赛珍珠的中国故乡》，第169页。
31 〔美〕保罗·A·多伊尔《赛珍珠》，张晓胜、耿德本、史国强译，第3页，春风文艺出版社，1991。
32 《寻绎赛珍珠的中国故乡》，第80页。
33 《寻绎赛珍珠的中国故乡》，第50页。
34 〔美〕彼得·康《赛珍珠传》，刘海平译，漓江出版社，1998。

国的著作中很早就开始包含故事素材，除开说书人和巡回演出的艺人，多少世纪以来，也一直写下来故事素材。"[35]赛珍珠自命为说书艺人，与此有关。

作为一个女性作家，兼之她受中国社会文化的影响，赛珍珠对中国妇女的命运表现出极大的关注和深切的同情，她写出了众多真实生动的中国妇女的形象，主要是农村妇女和知识妇女两类。赛珍珠同情她们在婚姻和生活中的种种不幸。赛珍珠的小说《东风·西风》和《大地》等，都对妇女不幸的命运充满怜悯和叹息。同时，她对这些普通贫民身份的妇女身上体现出来的美好品德和聪明才智加以热情颂扬。《大地》中的阿兰、《龙子》中的林嫂、《同胞》中的梁太太等都是没有接受过任何教育的农村妇女，但是，她们凭借天然的世代相传的智慧、后天摸索的经验生活和坚强的性格，在不少时候还比她们的丈夫更有聪明才智。在此同时，赛珍珠对五四新文化运动对传统妇女的伤害的观察和描写，也是眼光独到的。

此外本书还注意到镇江的山水文化，给青少年的赛珍珠以有力哺育，为她今后的创作起了江山之助的作用。例如本书引用她的自传中回忆父母带着她和妹妹游玩金山，看到："很久以前，由于河水改道，金岛四周没有了水，已不复为岛了。明朝帝王修建的庙宇（按指金山寺），如今只剩下些破碎的青黄瓷片，然而那座古塔（按指金山塔）依然存在，刚劲洒脱，直冲云霄。"游览焦山，"堪称销魂夺魄：狭窄的小道通向陡峭的山崖；这一带河水宽阔如海，当我爬上山顶，俯视山下河中湍急的漩涡时，兴奋中夹杂着一丝恐惧。"[36]

少女赛珍珠领略的这种属于崇高范畴的镇江风景，对赛珍珠带有阳刚之气的创作，有着很大的潜在影响。

综上举例所述，《寻绎赛珍珠的中国故乡》一书结构严谨，叙述清晰，论证严密，新见迭出，是镇江学者一部赛珍珠研究的力作，是镇江赛珍珠研究会的一个出色的新成果，对赛珍珠研究者有着很大的参考价值，在赛珍珠研究史上占有重要的地位。

---

35 《中国早期小说源流》张丹丽译，《镇江师专学报》2001 年第 2 期。
36 赛珍珠《我的中国世界》尚营林等译，第 25 页，湖南文艺出版社，1991。

陆、神秘现实主义和西方、拉美气功特异功能文学名著研究

气功、特异功能与天才杰作和对文学的重大推动作用[1]

　　梅新林先生以《红楼梦》研究为例，指出文学作品一方面固有其"三维向度，即时代精神、民族精神与人类精神"，"任何伟大的作品都是这三者的合一，是从前者向后者的不断超越"。另一方面，"与此同时，在从时代精神向民族精神、人类精神的不断超越过程中，还必须同时还原为与原始神话沟通的原型象征。20 世纪生命意识及神话原型批评与创作的同时崛起并风靡一时，决不是偶然的巧合。实际上，人们只要环视一下世界文学史，伟大的天才杰作几乎都不同程度地同时具有超现实的神秘主义色彩，这同样也不是偶然的巧合"。"《红楼梦》永恒魅力的奥秘，归根到底即是以上二者的完善结合，因而具有典范性的意义。"[2]我与梅新林先生的看法相同，但对上论中"还原为与原始神话沟通的原型象征"等西方术语之运用，感到有辨正的必要。上论所指实又称为"神话模式"，为现代小说表现技巧之一，指创作一部文学作品，有意识地使其故事、人物、结构，大体上与人们已知的一个神话故事相似或平行。它实际上是以神话故事为骨架的整体性象征。《红楼梦》就是如此，它用女娲补天的神话、三世轮回的宗教神话等为全书的框架和整体象征。实际上中国古代作家并不以此为神话，而将其看作真实，以王国维为代表的现代史学家也认为中国上古神话至少是部分地记录了上古的史实。

　　伟大的天才杰作几乎不同程度地具有超现实主义的神秘主义色彩，中国

1　原刊《神秘与浪漫——文学名著中的气功与特异功能》，百花洲文艺出版社，1999。
2　梅新林《红梦哲学精神》，337-338 页，学林出版社，1995。

文学史即是明证。中国长篇小说中最重要的几部，如《三国演义》《水浒传》《封神演义》《西游记》《红楼梦》都是如此，短篇小说中最重要的"三言二拍"和《聊斋志异》也是如此，它们都是天才之作，只是"三言二拍"的内容和气功和特异功能描写联系较少。20 世纪中国小说的天才之作——金庸武侠小说也是如此。可见中国小说的天才之作，都热情地用其大手笔生动地描写气功和特异功能的神奇人物和事迹。

但是另需指出，根据西方文论对超现实主义的神秘主义的概念界定，由于气功和特异功能属于生活的真实，因此描写此类内容的中国作品不能划入这个范畴，此类作品实际上仍属于现实主义的范畴。但其所描写的人物和事迹确带有神秘性，故而我们不妨称之为神秘现实主义更为确切，西方则称为魔幻现实主义。

气功、特异功能对文学有重大的推动作用，这主要表现在三个方面。

首先，有关气功、特异功能的真实而又神秘、精彩的故事，常给作家以创作启示和灵感，或者激发起作家的创作冲动。

中国古代的哲学家，自上古的老子、孔子、庄子直到宋代的朱熹、晚明的王阳明，都练气功（主要是打坐）。中国古代的小说家，由于小说没有地位，小说家不受重视，他们的人生经历没有什么翔实记载，故而是否练气功，不得而知。但从其作品看，小说家对气功和特异功能的原理，都是非常或者比较精通的。中国古代的诗文创作属于文学的正宗，故而著名诗人的经历一般通过其诗文可以大致了解。唐代大诗人李白相信道教，热心于炼丹活动；王维、白居易相信佛教，坚持参禅；北宋的苏轼、黄庭坚等都"诗人老去皆参禅"，当时信佛参禅成为文学家的时代风尚；欧阳修、陆游也喜静坐；明代汤显祖精通释道经典，并有很深的研究，主张养气。[3]。他们都坚持长年练气功。其中李白、王维、白居易、汤显祖四人，他们练气功和研读释道经典的深厚学养，与其诗歌、戏曲的创作成就有很大的关系，苏轼也是如此。当代作家中，拙著《神秘与浪漫》中列专章介绍的何士光练气功；沈善增通过练太极拳后来有了特异功能；余纯顺的走路和静坐，他也自认为是修炼，即炼气。他们中何、沈两位有特异功能，但他们的特异功能对其创作尚无决定性影响。但不管程度如何，气功和特异功能肯定对这些诗人、作家起了激发创作智慧的作用。

---

3 详见拙文《论汤显祖的文学理论及其文气说》，《华东理工大学学报》1997 年 1 期；《古代文学理论研究》第二十六辑，华东师范大学出版社，2008。

　　而西方作家中，根据可靠的资料和研究，有两位作家的特异功能对其创作有决定性的影响。他们即是凡尔纳和博尔赫斯。

　　法国伟大的科幻小说家儒勒·凡尔纳（1828-1905）1863年写成的小说《二十世纪的巴黎》从未发表，直至1994年，这部作品的手稿才偶然被人发现，公布于世。其所描写的20世纪的巴黎与当今巴黎的现实十分吻合和相似。譬如在描写1960年巴黎的夜景时说："一座没有很大实用价值的灯塔刺向夜空，高达五千法尺，这是世界上最高的建筑物。"结果就在凡尔纳小说中描述的位置附近，于1889年造起了艾菲尔铁塔，并在三十多年的时间里确实是当时世界上最高的建筑物。为了纪念他的预言的惊人正确性，从1998年5月27日起，法国在艾菲尔铁塔上举行为期三年的纪念凡尔纳的活动。由于新发现的《二十世纪的巴黎》的正确预见性，并由此联想到凡尔纳的众多作品中的想像和幻想，在此后的一百多年中相继被人类实现，小至电视机的出现，大至潜水艇之原理与《海底两万里》中的描述相同，《飞向月球》中的宇宙大炮成功地预言了运载火箭的诞生，而《征服者罗布尔》的人造飞行器与当今的宇宙飞船的设计不谋而合，不少西方科学家和研究家认为凡尔纳是一位具有预知功能的特异功能者。与其他科幻小说家相比，他的正确性和预见性令人难以思议，西方科学家和研究家的这个推断是有说服力的。

　　如果凡尔纳有此特异功能，他本人当然是有可能有自知之明的，而其之所以能获得这种能力的缘由也应自知，对此一切他都讳而不言，包括他眼见艾菲尔塔之建立，对于所藏之手稿与有关描写，皆秘而不宣。

　　特异功能的产生，一般有三种途径：先天生成、后天修炼和特殊机遇。特殊机遇比较复杂，或高手相助，或雷打摔跤、或生病、发烧，等等。世界上最杰出的幻想小说家之一、阿根廷的博尔赫斯（1899-1986）虽与比奥伊·卡萨雷斯夫妇早就开始了幻想小说研究，并于1935年发表了第一部短篇小说集，但直至1938年他才有了一个真正的起点。此年圣诞节这天，他奇怪地摔了一跤，受伤并进医院治疗，高烧不退，神志不清，却于此时萌发了写一篇幻想小说的念头，此即他的第一篇此类名作《特隆·乌克巴尔，奥尔比斯·特蒂乌斯》，由此一发而不可收，接连发表了大量的令人惊叹的幻想作品。他的作品全都指向过去，从书本到古人，正好与凡尔纳的作品指向未来相反。博尔赫斯迷恋于"复活"过去，甚至认为"我们有时都会发现此生的某时与前生的某时非常相似"（《七夜·佛教》）。可见他的摔跤、发烧很可能给他带来捕捉昔时信息的特异功能，从而开发了他的智慧，激发了他的创作能力。同时他深入研究神秘文化的中西经典，自《易经》、老庄、佛经、《圣经》直至近现代的西方玄学和非理性主义哲学名著，学问渊博，有精深的理论修养。此类著作，尤其是佛老经典，与气功和特异功能有密切关系。博尔赫斯的创作成就，与此关系密切。

其二，气功和特异功能的现象，激起作家的创作冲动，引发作家的创作欲望，从而写出成功的作品。

古代作家这方面的情况很多，从其作品的有关描写也可明显地看到。难得的是当代作家直接作此声明。著名女作家竹林的力作《女巫》自 80 年代至 90 年代初历时十年才完成定稿。她于 1993 年 1 月 7 日《文学报》发表《憨人有憨福》、1993 年 9 月 7 日《解放日报》发表《从生活到艺术》，介绍这部名著的创作缘起，都谈到她偶然目睹上海嘉定一个农村妇女因鬼魂附身而具有特异功能，代表这个鬼魂讲出一件多年前发生的凶杀案的全过程和她核实此事之真实性的过程，她因此而萌发了创作一部反映中国农村社会的历史长卷。她果然写出了这部名著，人民文学出版社出版此书时召开专家座谈会，受到一致的好评。

拙著《神秘与浪漫》在关于竹林的专章中，抄引了她的这两篇创作谈，我之所以讲她直接作此声明是难得的，是因为她的这种声明容易被人指责为"宣传封建迷信"。90 年代的中国大陆，政治清明，气氛祥和，对文艺界的"左"的干涉已基本肃清，所以文坛上容许此类作品和创作谈的出现；同时也因为气功、特异功能经过众多书籍和报刊的宣传，已深入人心，人们业已见多不怪。同理，柯云路《新世纪》、何士光《如是我闻》、沈善增《我的气功记实》和陈忠实《白鹿原》等，皆出现于 90 年代，并非偶然。他们都在前言、后记中声明气功和特异功能对写作本书的激发作用。除小说之外，八九十年代众多记叙当代气功家、特异功能者的纪实文学作品，包括书籍和文章，当然更是如此，作者无不在前言、后记中表达了传主的气功和特异功能事实引起自己写作热情的感想。

限于条件，和一般的大陆学者一样，我们很少能读到西方的当代最新著作。有的书译过来，也难以知道此书有否作者的前言、后记，因为译本一般都删弃了此类的文章，也不介绍创作谈，所以西方作品因受气功、特异功能的激发而创作的情况无法知晓。但如斯蒂芬·金《起火者》（中译本名为《神秘火焰》）以及拙著《神秘与浪漫》专章介绍的布尔加科夫《大师和马格丽特》，也如拉美魔幻小说家所宣布的，作者都因神秘现实（其中包括特异功能现象）而激发起创作冲动。

其三，气功、特异功能的瑰奇故事，丰富充实了文学作品的内容，增强了作者的艺术表现力，同时又增添了作品的艺术魅力。

关于气功和特异功能在文学作品中的作用，我们可以借用傅惠生对《三国》《水浒》的有关评价："与《易经》、战阵相关连的另外一部分是术数，具体地说有卜筮、星相、命相、释梦、奇门遁甲、占候等等，这些在《三国》《水浒》中几乎都有表现。"[4] "二书中有关术数方面的描述几乎包揽了术数的方方面面，作为传统智慧的组成部分，其中有经验智慧的成分，迷信多一些。但从整体上来看，作者的态度并非一味迷信，其用意还是利用术数来显示兵家诡道在战争中的应用。利用术数欺骗敌人，发展点缀故事情节，烘托气氛，刻划人物，显示智慧者的聪明通灵，未卜先知或卜乃知，为本来就是描述战争谋略的二书披上了一件炫丽神秘的彩衣，增强了对读者的吸引力。"[5] 此论基本上讲清了包括气功、特异功能在内的神秘文化对文学作品的良好推动作用。有的作品如《封神演义》，因为商周战争的史实细节荡然无存，作者只能将气功和特异功能作为全书的主要情节来描绘这场战争。有的作品如《尘埃落定》，全靠特异功能来描写主要人物的性格和命运，其在书中作用更大。

气功和特异功能描写不仅在文学描写内容和创作手段方面，而且还在文学作品思想意义方面也有巨大作用，这主要体现在中国当代名著如《白鹿原》《女巫》等和西方魔幻现实主义的文学名著之中。

魔幻现实主义作家颇喜特异功能题材，特异功能描写便成为魔幻现实主义作品的重要内容之一。英国著名作家兼学者戴维·洛奇指出："魔幻现实主义（即原本是现实主义的叙事中发生了不可能的神奇事件）是与当代拉丁美洲小说有着特别联系的一种创作流派。但其他各大洲的一些小说，如巽特·格拉斯、塞尔曼·拉什迪和米兰·昆德拉等人的作品中也可找到魔幻现实主义的痕迹。所有这些作家都经历过巨大的历史性动荡，个人生活中都曾有过不幸遭遇。对于这些动荡和遭遇，他们感到正常的现实主义的话语完不成充分表达这一任务。大概是因为英国现代史相对来说少一些动荡，所以英国作家仍然坚持传统的现实主义。因而，现实主义的魔幻变体是从外部引进的，

---

4 《宋明之间的社会心理与小说》，第 119 页，东方出版社，1997。
5 《宋明之间的社会心理与小说》，第 125-126 页。

不是自然而然形成的，尽管一些英国本土作家对这一风格表示欢迎，特别是那些对性别有很强烈看法的女性小说家，如费·威尔顿，安吉拉·卡特和杰内特·温特森。"6

戴维·洛奇的分析是正确的，中国、俄苏、拉美和捷克的著名作家竹林、布尔加科夫、马尔克斯、米兰·昆德拉等用魔幻手法创作现实主义作品，的确具有"经历过巨大的历史性动荡，个人生活中都曾有过不幸遭遇"这个规律，这些作家也的确有意用魔幻的手法来弥补现实主义表现力的不足。

戴维·洛奇又以米兰·昆德拉《笑与忘却之书》中描写主人公"我"眼看着广场上围圈而舞的人们升上天空，自己则无法一起腾飞而深感悲哀的情节为例介绍作家其人其书："米兰·昆德拉当年像许多其他捷克青年一样，热情欢迎一九四八年的共产党政变，希望政变会带来一个充满自由和正义的崭新的美好世界。但没过多久他大失所望"，"说了一些不该说的话"，"并被开除出党。他后来的经历成为他第一部优秀小说《玩笑》（一九六七）的素材。《在笑与忘却之书》中，他以一种更松散、更零碎的叙述方式探访了战后捷克历史中发生的一系列事件，这些事件中有些对个人而言是悲剧性的，有些对公众而言则是嘲弄性的"。"该书的叙述者有一种不仅被排挤在党外，而且被排挤在人类之外的感觉，感到自己是一个'非人'，这种感觉的象征就是，在按常规庆祝党批准的节日时，他被排挤在跳舞的学生圈之外。"被排挤在圈外的昆德拉在街上放荡之时，看到一个不肯援救被捷共冤杀的艺术家朋友的西方世界的共产党诗人在一圈青年人中跳舞，这位诗人"开始背诵他的一首关于欢乐和兄弟友谊的高尚的诗。就在这时，人物开始'起飞'了，这种'起飞'即有其字面意义，也有隐喻意义。跳舞者的人环开始离开地面浮到空中，这是一件不可能的事。然而，我们不再怀疑，因为这件事有力而尖刻地表达了前几页叙事所积累起来的一种情感。跳舞者升入空中后仍然还在步调一致地抬着他们的脚，与国家的两名火化了的牺牲品的烟升入同一个天空，这一情景集中体现了同志们自我欺骗的愚蠢性，体现了他们急于表白自己纯洁和无辜的那种迫切心情，体现了他们决心对自己所维护的政治制度的恐怖和不公正视而不见的坚定态度。同时它也表达了作者本人因被永远逐出舞蹈群体之外而不能分享其乐趣和安全感而产生的忌妒心和孤独感"。7

6　《魔幻现实主义》，载《小说的艺术》，第127页，作家出版社，1998。
7　《魔幻现实主义》，载《小说的艺术》，第128-129页。

戴维·洛奇的以上分析眼光独特，见解精辟。但我认为昆德拉的这段艺术描写还有更深的一层意思。那位西方共产党诗人"太忙于背诵"的"他那美丽的关于欢乐和兄弟友谊的诗篇"，在捷克和整个东欧世界来说，非常不切合当时的实际；昆德拉让这位诗人和同舞之人环"起飞"升天，暗喻诗人歌唱的理想，对于捷克和整个东欧来说，无疑是"此曲只应天上有，人间那得几回闻"——是不可能的事，只有离开地面和尘世，飞到天堂内才可能实现此类乌托邦理想。

另需指出的是，气功、特异功能仅是中国神秘文化中的一部分，作家和作品在具体描写时还往往将气功、特异功能与其他神秘文化诸如宗教、梦异等结合起来。因篇幅和论题的限制，本书于此不作展开。另外，并非有气功、特异功能描写的都是好作品，叙述气功、特异功能的故事并在作品中起作用，其手段有高下优劣之分，本书讨论的是文学名著中的气功、特异功能描写所起的良好推动作用。

文学作品是气功、特异功能的
重要历史记录[1]

　　气功、特异功能是历史的真实存在，但在西方文化和印度、伊斯兰文化中，真实、生动的故事、事迹记载都比较少，甚至十分罕见。在中国文化中，自先秦的诸子（《老子》、《庄子》为最杰出的代表著作）和史书起，则历代皆有生动、详实的记载，以后的《二十四史》和一些优秀野史类的历史著作也都有记载。文学作品，长、短篇小说和笔记小说，包括方志，记载尤多。这是中国文化的一个独特现象，也是中国文化对世界文化史的一个巨大的贡献。至于产生这么丰富巨大的这类作品之缘由，鲁迅先生的观点是："中国本信巫，秦汉以来，神仙之说盛行，汉末又大倡巫风，而鬼道愈炽；会小乘佛教亦入中土，渐见流传，凡此，皆张皇鬼神，称道灵异，故自晋讫隋，特多鬼神志怪之书。其书有出于文人者，有出于教徒者。文人之作，虽非如释道二家，意在自神其教，然亦非有意为小说，盖当时以为幽明虽殊途，而人鬼乃实有，故其叙述异事，与记载人间常事，自视固无诚妄之别矣。"巫风、灵异皆与特异功能相表里，而又与释道二教及神鬼世界有密切关联，鲁迅此论实际亦探讨了特异功能小说大量产生的成因。但是巫风并非仅"汉末又大倡"，而是五千年的中国一直颇为兴盛，全今犹远未绝迹。

　　中国文坛产生了大量的描写气功和特异功能的作品，其原因，一是作家的好奇性特别强烈，二是作家的责任感特别强烈。

1　原刊拙著《神秘与浪漫——文学名著中的气功与特异功能》，百花洲文艺出版社，1999。

　　好奇，是人类的天性之一，但作家的好奇性比常人更强烈。中国古今作家既关心历史、时代、社会，忧国爱民，也关心社会上的奇异人物和事迹，将历史和时代的风云摄于笔底，同时也将奇人异事用生花妙笔予以再现。正因中国古代小说家对奇人奇事特别感兴趣，所以唐宋时代索性称小说为"传奇"，学术界也称唐宋小说为"唐宋传奇"。气功和特异功能的奇人异事，由于古代大哲的记录、倡导和身体力行，在中国特别多，而中国的作家对之特别有兴趣。中国作家对历史、时代和民族的责任感也特别强烈，他们搞文学创作，将文章看作是"经国之大业"，抱游戏和自娱态度的观点不占主流，诗文和戏曲、小说常以批判政治、社会黑暗，宣扬道德伦理为宗旨。小说往往与历史相比附，小说家大多自认为自己在记录真人真事，为一代社会、历史存照。因此，小说家往往抱着不让有气功、特异功能的奇人及其奇事湮没，将其人其事记录下来与时人共赏，与后人共赏的态度来记叙和描写。有的诗文家也如此，如拙著《神秘与浪漫》引录的钱谦益歌颂玉真子之诗。钱谦益是明末清初公认的有相才、史才的人物，即学问深广全面，识见非凡，如无缘当首相即可修国史，又是文坛领袖，他对特异功能之士也抱此创作态度、很有典型意义。

神秘现实主义文学简史¹

神秘现实主义、浪漫主义与魔幻现实主义

文学的基本创作方法一般来讲主要是两种：现实主义和浪漫主义。这也是文学艺术上的两大主要思潮。

现实主义侧重如实地反映现实生活，客观性较强。它提倡客观地、冷静地观察生活，按照生活的本来样式精确细腻地对其加以描写，力求真实地再现典型环境中的典型人物。浪漫主义在反映客观现实上侧重从主观内心世界出发，抒发对理想世界的热烈追求，常用热情奔放的语言、瑰丽的想像和夸张的手法来塑造形象。西方浪漫主义由浪漫传奇发展而来，并奉这些富于幻想、传奇色彩的文学题材和风格形式为典范。

另有一类文学作品描写地狱、鬼魂、魔鬼，描写有超人本事的奇人异事，学术界有时又将此类作品称为神秘主义文学作品，或消极浪漫主义作品。在 20 世纪 30 年代拉丁美洲描写此类奇人异事的作品崛起并风靡世界后，由于拉美作家强调其此类描写的真实性，西方学术界于是称其为"魔幻现实主义"。"魔幻"一词是西方语境的产物，20 世纪八九十年代的中国学术界也借用来称呼中国当代有此类描写的作品，这是很不恰切的。所谓魔幻，实即神秘，因此本书认为，确切的称呼应为神秘现实主义。

对于特异功能描写的真实性，西方作家和理论家一般认为是不可能的。描写特异功能情节的西方文学作品，理论家一般都归纳入魔幻现实主义之中。英

1　《神秘与浪漫——文学名著中的气功与特异功能》，百花洲文艺出版社，1999。

国作家兼研究家戴维·洛奇的观点即可作代表：魔幻现实主义"即原本是现实主义的叙述中发生了不可能的神奇事件"。[2]他又将超现实主义与之比较："超现实主义与魔幻现实主义不同，尽管二者之间有着千丝万缕的联系。""在魔幻现实主义中、现实与幻想之间总是紧密相联。作家用不可能发生的事实来比喻现代历史中那些极端的奇情怪事。在超现实主义作品中，比喻变成了现实，把理智世界与常识一笔勾销。"[3]

戴维·洛奇的以上观点发表于 1990 年代初，《小说的艺术》出版于 1992 年，可见西方研究家至今普遍认为魔幻现实主义包括特异功能一类的神奇内容，是"不可能发生的事实"，无视马尔克斯在 1968 年获诺贝尔奖的演说中的郑重宣告："我的所有小说，没有一行文字是不以真事为基础的。"而对于了解特异功能之真实性的人来说，洛奇评论超现实主义的作品，"比喻变成了现实，把理智与世界与常识一笔勾销"，移来评论特异功能之描写，倒反而非常之确切。

受西方影响，20 世纪的中国文学史家和文学理论家认为古典文学名著中有关气功和特异功能的描写，是生活真实中不可能存在的，纯粹是作家艺术想像的产物，故而将其归入西方文艺理论中的浪漫主义一派，将《西游记》《封神演义》和《聊斋志异》中的一些作品等都称为浪漫主义作品。后又套用西方文艺理论的术语，称之为幻想文学作品。

幻想文学（Fantasy）是西方文学中的一种文体称谓。这种文体具有三个要素：

1. 表现的是超自然、超现实的，即幻想的世界；

2. 采用的是小说式的开展方式，即将幻想描写得如同发生了一样；

3. 与童话将现实世界与幻想世界是混沌处于同一次元不同，幻想文学中的现实世界与幻想世界则分化为二个次元，有着复杂的组织结构。定义虽然明确，分类却十分困难。

托多罗夫在《幻想文学导言》中，将非现实的文学分为三类：神奇、怪谲、幻想。神奇属于不可理解者，比如原始社会的初民由于无知而产生的自然崇拜及神话传说。怪谲者是可以理解的，比如梦境。幻想属于超现实，也是不可理解的，而且与人们的认知水平无关。此论相当混乱，因为他所分别的三类，从

2　《魔幻现实主义》，戴维·洛奇《小说的艺术》，第 127 页，作家出版社，1998。

3　《超现实主义》，戴维·洛奇《小说的艺术》，第 193 页。

中国文学的立场看，实际上都可归属为一类。

另一法国学者罗歇·卡约斯在其所编的《幻想文学选编》根据其自立的定义"异常在习常中的突现"将世界文学史上的幻想文学作了如下分类：

1. 有关天神的，如神话；

2. 有关地狱的，如《神曲》；

3. 有关魔鬼的，如《浮士德》；

4. 有关灵魂的，如《哈姆雷特》；

5. 有关幽灵的，如王尔德《坎特镇的幽灵》；

6. 有关女鬼的，如中国的志怪小说；

7. 有关巫术的，如纪伯伦的作品；

8. 有关死亡的，如爱伦·坡的《红色死亡假面舞会》；

9. 有关吸血鬼的，如霍夫曼的作品；

10. 有关生命物体的，如梅里美《伊尔的美神》；

11. 有关看不见、摸不着的存在物的，如莫泊桑《奥尔拉》

12. 有关时间停滞、倒退或超前的，如威尔斯的《时间机器》；

13. 有关不明外来物或世界之外的世界的，如科幻小说；

14. 有关现实与梦境的转换或二者界线消解的（在卡约斯看来，这类作品始终十分少见）……等等。[4]

关于气功、特异功能的，既未单独列出，也未作任何说明，而以上十五类，实多属气功和特异功能之表现，可见西方文论家和绝大多数文学家至今对气功和特异功能缺乏认识，甚至完全不了解，故而他们将有关气功和特异功能及其他神奇描写内容的文学作品都归入到魔幻现实主义范围之中。

"魔幻现实主义"小说基本特征是神秘、神奇，这个认识和中国古今研究家的观点一样；而其神秘、神奇则来自印第安人文化，本书前已转引他人观点指出，印第安人可能是中国远古至殷商和此后远征美洲之移民。中国文化在殷商之后的周代建立了中国哲学，中国哲学中的道家、佛家一派，现代学者归之为神秘主义哲学。20 世纪中国最杰出的哲学家之一冯友兰指出中国哲学比西方哲学更神秘一些，西方哲学比中国哲学更科学一些，两者各有

---

4 托多罗夫《幻想文学导言》，巴黎，1970 年，第 109 页；卡约斯《幻想文学选编》，巴黎，1966 年，第 12 页。转引于陈众议《博尔赫斯与幻想文学》，第 2-4 页，《博尔赫斯文集》小说卷、海南国际新闻出版中心，1996。

所长，21 世纪的世界哲学应将科学和神秘两者结合而获得重大发展。此言极为精辟。中国文学受中国哲学的全面指导，文学作品中的神秘、神奇内容，皆是中国神秘主义哲学指导的产物；而作家与读者又多公认此类神秘、神奇之描写内容多是真实的，因此我认为将其称之为神秘现实主义似乎更为恰切和精当。

神秘现实主义文学简史

拙著《神秘与浪漫——文学名著中的气功和特异功能》[5]的上、中两编实已相当于神秘主义文学的简史，其目录为：

上编　古典名著新解

一、《老子》与《庄子》：最早的气功文献

老子为何能"看"到地球形成前后之景象？

《老子》的气功理论和实践总结

《庄子》对气功理论和方法的记录和总结

上古时代的大气功师：天人、至人、圣人和真人

二、《史记》：记录特异功能的最早信史

中国第一位名医扁鹊的神技

开国军师张良为何长期绝食？

胡巫治好汉武帝的重病

汉武帝与巫蛊之祸：冤案之中的气功原理

三、《三国演义》：特异功能的翻新之作

方士左慈戏弄奸雄曹操的神奇本事

小霸王孙策与百岁老道于吉的生死冤结

诸葛亮的特异功能

《后汉书》和《三国志》是《史记》的继承之作

四、《水浒传》：特异功能的创新之作

戴宗神行的真实性

公孙胜的阵上斗法

罗真人的同步思维和气功移物手段

与《一千零一夜》中飞行故事之比较

5　拙著《神秘与浪漫——文学名著中的气功和特异功能》，百花洲文艺出版社，1999。

五、《封神演义》：特异功能与战争描写之结合

　　神魔参战、斗法宝与炼气修行

　　世界上最早的科幻小说

六、《西游记》：学习气功的形象课本

　　孙悟空的修炼经过和气功根底

　　八戒、沙僧和妖怪们的修炼根底

　　筋斗云与随往无碍

　　拨毛变猴、分身法和身外身

　　咒语的神奇威力及其科学根据

　　气功修炼与道魔之争

七、《聊斋志异》：特异功能的瑰丽再现

　　特异功能人物的描写

　　动物的"特异功能"

　　特异功能的情节描写

　　练功修行是最高的人生境界

八、《红楼梦》：气学理论的经典演绎

　　后四十回的平易描写

　　风月宝鉴和叔嫂中邪之秘密

　　宝玉含玉而生与胡适的怀疑

　　"宇宙之大著述"中的气学理论

中编　现代名著新论

一、布尔加科夫《大师和马格丽特》：特异功能描写中的现实批判

　　公猫大摇大摆地走在莫斯科街头上

　　外国魔法教授的特异功能表现

　　马格丽特的飞行经历

二、拉美魔幻小说：特异功能与"神奇现实"

　　卡萨雷斯小说的精彩内容

　　《百年孤独》的神奇描写

三、金庸武侠小说：气功武学的经典

　　神功和绝技：天才想像和可能实有之结合

　　秘籍之威力：世代智慧的结晶和练武之捷径

悟性和哲学：学武和武学之根本

四、竹林《女巫》和陈忠实《白鹿原》：描写特异功能的农村史诗

亲睹奇事与创作缘起

白鹿原上的神奇预知

鬼魂附体与冤冤相报

五、沈善增《我的气功记实》：作家气功治病纪实之作

沈善增耳闻目睹的特异功能

调气呼风与意念搬移法

默念经咒

六、何士光《如是我闻-走火入魔启示录》：作家气功修炼的纪实之作

惊世之言：外星人的来信笔录

灵魂附体：是鬼是神还是人？

听到古怪声音：走火入魔的典型表现

遭逢特异功能的途径

七、余纯顺《壮士中华行》：云山万里与人生修炼

20 世纪 90 年代的独行侠：余纯顺的人生修炼

余纯顺的静养修炼

余纯顺所见到的特异功能

余纯顺自己的特异功能

八、马瑞芳《天眼》和阿来《尘埃落定》：描写特异功能的最新之作

猫开天眼，反添烦恼

开眼灵猫的思考和观梦

"尘埃落定"中的巫术

傻子的眼光与特异功能

以上这是从气功和特异功能这个特定角度梳理神秘现实主义文学的名著，远非是神秘现实主义文学的全部内容。如笔者《〈水浒传〉的神秘主义描写述评》[6]，内容要比此书上编第四章更丰富。

另需说明的是：

《老子》《庄子》，古代列为子书类，近人列入哲学类，由于其文学性强，

---

6 刊于中国水浒学会会刊《水浒争鸣》第 12 辑，团结出版社 2010；中国社会科学院网 "中国文学" 转载。

文笔隽美，又作为文学作品的名著，中国文学史著作一般都作此观。《二十四史》中的《史记》《汉书》也同时列入文学名著中，《后汉书》《三国志》则部分篇章被列入文学名著之中。

自汉代至唐五代的大量短篇文言小说，都汇编于北宋初年的《太平广记》之中，其中记叙、描写气功和特异功能的篇目颇多。可贵的是，众多文言小说集今已失传，全靠《太平广记》而保存了不少篇目。全书留传至今的尚有旧题西汉刘向《列仙传》、旧题东汉班固《汉武帝内传》、三国时《列异传》、晋葛洪《神仙传》、王嘉《拾遗记》、干宝《搜神记》、《搜神后记》，南朝宋代刘敬叔《异苑》等，文学史著作皆将其列为汉朝神仙、六朝志怪小说。另有佛教著作《高僧传》。这些著作多记叙神仙方术、修炼符箓，颇有气功和特异功能方面的描写。继承这个传统的唐宋明清文言传奇小说，如唐张读《宣室志》《古镜记》、牛僧孺《玄怪录》、李复言《续幽怪录》，南宋洪迈《夷坚志》等皆是此类名著。清代王渔洋的几种著名笔记、纪昀《阅微草堂笔记》、袁枚《子不语》等，也皆有此类内容。文言短篇小说此类内容甚多，本书限于篇幅，难以罗列；而且除《聊斋志异》外，此类作品内容简略，文字变化少，描写功夫不够，不能算中国文学的一流名篇，并非本书评述之范围。另一类作品也如此，白话小说中的《平妖传》（元末明初罗贯中作）和大名鼎鼎的《济公传》以及其他众多同类作品，都属于通俗文学范围，其描写功夫和文学语言未臻上乘，也并非本书评述之范围。

20 世纪初以来的武侠小说，包括大陆、港台和旅居西方的作者之作品，只有金庸的武侠小说属于文学精品，在艺术成就上已臻中国和世界文学之一流，本书作者另有论文专论此题，此不赘述。

五四以来，文学界崇奉西方科学，将神秘主义文学作品斥之为迷信，因此文学名著远避此类题材；50 年代以后的中国大陆，此类作品更难存身。自 80年代中期起，记述气功大师的纪实文学作品应运而生，从中尚未产生文学名著。1989 年柯云路的长篇小说《大气功师》为首创，描写气功和特异功能的小说成批产生，中短篇小说中尚未形成名篇，而长篇小说的此类名著，本书已作全面介绍。

除中国之外，东方文学家罕见有注意气功与特异功能者，尽管印度自古至今瑜珈修炼术盛行不衰，有神功者不少，佛教更是古代印度创始的，古代阿拉伯的民间文学巨著《一千零一夜》略有这方面的描写，但仅局限于人物飞行等

很少内容；虽是千古文学名著，但毕竟是民间文学的水平，对特异功能事迹之
描写远未及小说名著之细腻生动和富于深意。

自古希腊至 19 世纪末的西方文学家亦罕见有注意气功与特异功能者。到
20 世纪二三十年代，西方作家开始描写特异功能题材，其中有俄苏文学大家
布尔加科夫的《大师和玛格丽特》和拉美魔幻现实主义的一些作品，美国当代
惊险、恐怖小说，如斯蒂芬·金的《起火者》（中文又译作《神秘火焰》），等
等。俄苏文学和拉美魔幻现实主义文学描写特异功能的一些文学名著业已进
人经典行列，而中国的 20 世纪文学包括描写气功与特异功能的多数名著未臻
世界一流，倒反而落后于西方文学了。

20 世纪的西方小说在气功和特异功能描写方面，涉及最多的是飞行。当
代西方著名学者型作家、英国伯明翰大学教授戴维·洛奇列举和总结了"人之
飞翔"在西方文学中的艺术表现：

> 不受引力束缚一直是不可实现的人类之梦，因而飞翔、漂浮和
> 自由降落的图景经常发生在这样的小说里也就不足为怪了。在马尔
> 克斯的《百年孤独》中，一个人物在室外往绳上晾衣服时升上了天
> 空。塞尔曼·拉什迪的《撒旦的诗篇》开始时，两个主要人物从一
> 架爆炸了的喷气机上掉下来，他们相互抱在一起，唱着对立的歌，
> 毫无损伤地落在了大雪覆盖的英国海滩。安吉拉·卡特的《马戏团
> 之夜》中的女主角是一个表演空中飞人的演员，名叫"费佛尔斯"，
> 她那华丽的羽毛服装不只是一件舞台服饰，而是可以使她飞翔的翅
> 膀。杰内·温特森的《性樱桃》中有一个漂浮的城市，城市里住着
> 漂浮的居民，——"经过几次简单的试验，证明抛弃了引力的人们
> 也为引力所抛弃"。从这——引自《笑与忘却之书》的片段中，作
> 者声称看到了跳舞者围成圆圈升入了天空，漂离而去。[7]

米兰·昆德拉《笑与忘却之书》中有关人之飞翔的这段描写，戴维·洛奇
特地作了摘录：

> 接着，他们突然一齐再次唱起那三四个简单的音符，加快了舞
> 步，逃避着休息和睡眠，超越着时间，用力量去充实自己的天真。
> 人人都在笑，艾鲁阿德依靠在他搂着的一位姑娘身上说：
> 心中充满和平的人总是面带微笑。

7　《魔幻现实主义》，戴维·洛奇《小说的艺术》，127-128 页，作家出版社，1998。

她大笑起来，脚更用力地踏着地，拉着其他人与她一道，升到人行道上空。不一会儿，所有的人都离开了地面，他们脚不沾地原处顿两步，再向前跨一步；是的，他们都从温斯劳斯广场上升了起来，围成的圆圈像一个正在腾空的巨大花环。我在地上奔跑着，追随着他们，一直仰着头看着他们；他们浮起来了，开始是一只脚，然后是另一只脚，脚下是布拉格；那里有挤满诗人的咖啡馆和挤满叛徒的监狱。在火葬场，他们结果了一个社会党人的代表和一个超现实主义者；这两人火化后的烟冉冉升空，像是一个吉兆。我听到艾鲁阿德那刺耳的声音在吟诵：

爱在工作着，永不知疲倦。

我穿街走巷追逐着那个声音，希望能跟上腾起在城市上空的神奇的人体花环。我心中极度痛苦地认识到，他们在像鸟一样地翱翔，而我却像石头般地下坠；他们长有翅膀，而我永远也不会有。

戴维·洛奇分析此段文字的艺术特色："我不知道这一段在捷克原文中读来如何。但作为译文依然非常精彩，或许是因为原文的视觉化处理非常出色。昆德拉在布拉格一度教授电影课，而这一段描写显示出创作中的电影意识，其表现方式是画面切换频繁：一会是布拉格全景鸟瞰，一会是奔跑在大街上的叙事者那种饥渴的仰视画面。漂浮着的舞蹈人环本身就像一种电影'特技'。从语法上讲，这一段主要是由一个奇长的句子组成，众多的从句相当于一组组'镜头'，由简单的联词 and（和）编排在一起，形成一个流动的序列；这一序列既不强调叙事者的嘲讽，也不强调他的失落感-二者是交织在一起的，无法分割。"[8]

这是西方著名作家兼研究家对西方另一著名作家的著名作品所作的出色艺术分析，故而弥足珍贵。他对此段文字的思想分析也极有见地，本书前已引述，读者可以参看。

关于人物飞行的描写，布尔加科夫的《大师和玛格丽特》、马尔克斯的《百年孤独》和米兰·昆德拉《笑与忘却之书》可谓是三大名著，但其远离气功和特异功能的真实性之处颇多，艺术虚构和浪漫描写的成分比较多。

比较中西文学名著中的气功和特异功能描写，中国文学名著在表现此类内容的广度和描写手段的多样性方面，尤其是真实性方面，皆超过西方。因此，

---

8 戴维·洛奇《小说的艺术》，126-127 页、129 页。

在气功和特异功能题材的领域中，中国在古代独领风骚，20 世纪所取得的艺术成就也超过西方，取得了无可争辩的领先地位。

总之，中外古今文学名著中的气功和特异功能描写，多将神秘、浪漫和现实主义的手法相结合，写出人类的智慧和能力以及不足；尤其是探索了人在生前和死后之历程和状态，探索了人类避免衰落、灭亡的途径和未来的发展方向，具有超前和先验意识，非常难能可贵。

本书从文学名著中的一种特定情节和描写内容的角度，将文学名著作一次比较研究：既作跨文化的比较，即神秘文化与文学相比较；又作跨国的比较，即中国和西方的比较。本丛书的第二种《真实与虚幻——文学名著中的梦异描写研究》也是如此。这是一个首创性的尝试，不当之处敬请专家、读者批评指正。

〔苏联〕布尔加科夫《大师和马格丽特》：魔幻现实主义的创始之作[1]

前苏联作家米哈伊尔·布尔加科夫的《大师和马格丽特》被文学史家誉为魔幻现实主义的开山之作和 20 世纪的经典之作。而这部小说的精彩之处，全赖特异功能描写为支撑。

俄国文学于 20 世纪初前后，即黄金时代的巨匠托尔斯泰、契诃夫逝世之前后，即迎来了辉煌的白银时代。俄国文学的白银时代天才辈出，大师名家成批涌现。前辈擅长的现实主义得到很大发展，而现代主义的各种流派也蓬勃兴起，名作佳构，灿若繁星，蔚为大观。至 20 年代末，白银时代结束，苏俄文坛进入了一个新的严峻时期。

米哈依尔·阿法纳西耶维奇·布尔加科夫（1891-1940）即是"白银时代"的经典作家之一。他出生于乌克兰基辅，父亲是神学院教授。1916 年于基辅大学医学系毕业后，他行医约四年。时值战乱年代，几次被白卫军征为军医，又屡次逃出。1920 年来到莫斯科，弃医从文，开始其二十年的文学生涯。20年代的主要作品有自传性质的短篇集《一个青年医生的札记》（1923）、中篇小说《袖口上的札记》（1924）、《吗啡》（1927）；战争题材的长篇杰作《白卫军》和据此改编的剧本《屠尔宾一家的命运》（1926）；用魔幻手法描写莫斯科生活的中篇小说《魔掌》（1924）、《狗心》（1925）、《不祥的蛋》（1925）等。十年中，布尔加科夫的作品数量巨大，其全集十卷中有九卷是 20 年代创作、发表的作品，成就杰出。

1　《神秘与浪漫——文学名著中的气功与特异功能》，百花洲文艺出版社，1999。

作为著名作家，他同时却又受到控制前苏联文坛大权的极左"拉普"的严厉批判和打击。据作家自己统计，十年中评论其作品的文章多达三百零一篇，而其中谩骂、批判的竟有两百九十八篇。在极其沉重的政治、精神压力下，布尔加科夫从 1927 年开始沉默。在沉默中，他潜心酝酿新的杰作。他自 1928 年起着手创作《大师和马格丽特》，完成后不断修订润色，直至 1940 年患重病去世，惨淡经营达十四年之久。《大师和马格丽特》（又译《撒旦起舞》）在作者生前无法发表，作家逝世二十六年后，即 1966 年才首次发表删节本，西蒙诺夫以"布尔加科夫遗产委员会"的名义作序，苏联立即兴起一股"布尔加科夫"热。1988 年前苏联阿尔季斯出版社出版《布尔加科夫全集》（十卷），其第八卷为《大师和马格丽特》的全本，将被删节的部分全部补齐。

长篇小说《大师和马格丽特》的内容由两条情节主线、三个部分组成，两条主线三个部分错综交叉地有机结合，作品结构巧妙而奇特。马格丽特在阿尔巴特街胡同邂逅一位穷困作家即一见钟情。作家在阴暗潮湿的地下室创作一部描写彼拉多和耶稣受刑的长篇小说，情节奇特、笔力老到、气韵恢宏。马格丽特慧眼识宝，认为此书是杰作，敬称作家为大师，热情鼓励他写完全书。但作品完成后，不仅发表无门而且大遭批判，书稿焚毁，作家被关入疯人院。

另一条情节线是撒旦带着随从们来到 20 世纪 30 年代的莫斯科，以外国教授、魔法师和翻译、合唱指挥、杂要小丑等种种身份出现，其中一位随从还以巨大的老雄猫形象招摇过市。他们原是魔王和恶魔，但在莫斯科，他们成为神仙和法官，善于判断美善和丑恶；他们把人世间的伪善、贪财、好色、怯懦及虚荣揭露殆尽，让市侩、懦夫、伪君子、告密者、变色龙等丑类、败类出丑受罚，有的发疯，有的处死；对大师和马格丽特的遭遇和爱情，则极表同情，给予热情有力的帮助。马格丽特为寻找失踪的大师，答应撒旦的条件，变成一个女妖，在莫斯科上空飞行，寻找诬陷攻击大师的编辑和评论家。她抛弃原先富有的家庭，决心终身追随大师，永不分离。魔王撒旦让大师和马格丽特远离尘世，终成眷属。这是两条情节线交叉归并之处。

小说的另一部分是作品中的"大师"创作的罗马总督本丢·彼拉多处死耶稣的故事。布尔加科夫将这篇小说中的小说，巧妙地分布在全书之中，且赋予这个古老的故事以时代的新意和超逸的哲理，发人深省。

著名研究家和翻译家严永兴（寒青）评论《大师和马格丽特》的艺术成就说："荒诞奇崛的文笔，神奇丰富的想像，怪诞辛辣的嘲讽，旷达不经的诙谐，敏锐犀利的目光和超然物外的冷峻。""长篇中，最辉煌的篇章，则是马格丽特和大师那生死相依、缠绵悱恻的爱情故事，及古罗马总督彼拉多和耶稣那奇瑰雄浑、匪夷所思的神话故事。相隔两千年的两大悲剧，被布尔加科夫魔幻般地衍化为极富哲理的超逸。"（《辉煌的白银时代》，18-19 页）

《大师和马格丽特》于 1998 年出版了两个中译本：《布尔加拜夫文集》本和《白银时代丛书》本（皆由作家出版社出版）。后者即寒青所译，译名为《撒旦起舞》，本书即据此本。

耶稣的"特异功能"

《圣经》中记叙的耶稣，即有特异功能，他在谈笑之间，治好穷人的疾病。小说《大师和马格丽特》中，布尔加科夫继承《圣经》的观点，将耶稣写成有"特异功能"的人物。

古罗马犹太总督本丢·彼拉多身披一袭猩红衬里白色斗篷于孟春正月十四日清晨，来到希律一世宫邸两栋侧楼间的带顶柱廊上。此时他还在发偏头痛，无法遏止的可怕疾病，发作时半个脑袋疼痛难熬，无药可治，无计可施，只能试着不动脑袋。但是他还要审犯人。

两名兵士押着一名二十七岁的男子，从花园平台来到圆柱下的阳台上，让他站立在总督座前。此人身穿一件浅蓝色破旧亚麻无袖长衣，头缠白布，额上勒着皮条，双手反缚，嘴角有擦伤，凝着血块。押来后，他既好奇又忐忑不安地注视着总督。这便是耶稣。他被人告发"在集市上煽动民众闹事"，耶稣强调其原话是"旧信仰的神庙将要倒塌，真理的新神庙将要建立。这样说是为了更明白易懂"。

经过一番审讯和辩白，总督自感"我已经智穷力竭"，头痛得厉害，这时他问："流浪汉，你为何要在集市上煽劝民众闹事，宣讲连你也闹不清的真理？真理究竟是什么？"耶稣针对此话，回答："真理首先就是你头疼，而且疼得那么厉害，使你胆怯地想死。你不但无力同我说话，而且连看我一眼都很困难。眼下，我无意中成了你的迫害者，这使我很难过。你甚至已经无法思索，只想让你的狗来，看来这是你唯一依依不舍的生物。不过你的痛苦将结束，头也不会再疼了。"

耶稣感应到总督的头痛病，又用同步思维方法了解到总督心中的念头。他又用"特异功能"为他治病，因此向他宣布："你的痛苦将结束，头也不会再疼了。"

耶稣利用彼拉多总督的审讯提问，不断宣传、申说自己的观点，后来，"你会释放我的，大人"，他突然请求道，而且声音显得惊慌不安，"我意识到有人想杀我"。他的这两个预感都是对的，彼拉多后来确想宽恕、赦免他，但长老会坚持要处耶稣·伽诺茨里死刑，总督提请大司祭重新考虑决定，结果长老会第三次宣布坚持处死他。于是"全结束了，不用再说什么了。伽诺茨里永远消失了，总督那可怕而可恶的疼痛无人能治了，除了死，无可救药"。总督的偏头痛病，现代医学也无法根治，的确只有气功师有时可能治好。

公猫大摇大摆地走在莫斯科街头上

撒旦在 20 世纪 30 年代来到莫斯科室，共带来三个恶魔当侍从，一个女妖当侍女；其中一个侍从是别格莫特公猫。

春日黄昏，诗人伊凡和莫斯科文学协会主席别尔利奥兹正在莫斯科牧首塘畔交谈一篇有涉耶稣的稿件，一位外国教授参与他们的交谈，又与别尔利奥兹争论并预示他的死亡，不一会儿他果然死亡。伊凡想抓住外国人，又被突然出现的合唱指挥挡住，他追上去，发现外国人与合唱指挥合在了一起，并已有三个人一起在走，这一伙里还有一只不知从哪儿冒出来的公猫，大得像头猪，黑得像烟油子或是乌鸦，长着无所顾忌的骑兵小胡子。一伙三人朝牧首巷走去，公猫竟然也是用后脚掌走路。

三个坏家伙转眼穿过小巷来到斯皮里多尼耶大街。无论伊凡怎么加快脚步，他们之间的距离一点儿也没缩短。他失去了追踪目标，便把自己的注意力集中到公猫身上，发现这只奇怪的公猫走到一辆停靠在站台旁的电车第一节车厢的踏脚前，厚颜无耻地推开一个突然尖叫的妇女，一把抓住了把手，甚至试图通过因为闷热而开着的车窗，把十戈比硬币硬塞给女售票员。公猫的行为使伊凡大吃一惊，他站在拐角上一家杂货店门前一动不动惊呆了，接着女售票员的举动再次让他大吃一惊，而且更加强烈。她一见爬上电车的公猫，气得直哆嗦，恶狠狠地大叫大嚷：

"猫不许上车！带猫不许上车！去！爬下去！不然我叫民警了！"

无论是售票员，还是乘客，都没有对事情的最本质之处感到吃惊：不是指公猫上车，这算不了什么，而是它竟然打算买票！

原来公猫不仅具有支付能力，而且还是一种守纪律的动物。女售票员刚呶喝了一下，它就不上车了，从踏脚上下来，坐在站台上，拿硬币不时地蹭胡子。但只要女售票员猛然一拽铃绳，电车一开动，公猫就像所有被赶下车又得乘车的人那样行事。公猫先把所有三节车厢从自己身旁放过，然后跳上最后一节车厢的弓形滑接器，用爪子抓紧从侧板上伸出的某根带子，随车而去，这样还省去了十戈比。

杂耍游艺场经理斯乔帕的家，在花园街上一栋六层大楼里的一套与已故的别尔利奥兹各占一半的那个单元里。那天上午十一点他隔夜的酒醉刚醒即发现一个陌生人站在镜子旁边。他头晕难熬，陌生人指出："还是应该照聪明的老规矩——以毒攻毒。唯一能让您回生的，是两杯伏特加和一盘又热又辣的小菜。"斯乔帕睁大眼睛，发现小桌上已有面包和丰盛的酒菜，两人边吃边谈。这位陌生人是外国魔法教授沃兰德，双方洽谈演出事宜，斯乔帕到前厅打电话给财务经理里姆斯基后，回到卧室发现客人已经并非一人，而是一帮。更糟的是：在珠宝商太太的软座凳子上，以十分放肆的姿势懒洋洋地手脚伸开躺着第三位，就是那只肥胖的大黑猫，一只爪子举着伏特加杯子，另一只爪子举着把叉子，叉子上还叉着块醋渍蘑菇。斯乔帕又惊又吓，公猫还与伙伴们批评斯乔帕之流："最近他们尽干卑鄙下流勾当。酗酒，利用自己的地位搞女人，什么事也不做，什么事也不会做，因为对委托给他们的事情一窍不通。花言巧语蒙骗上司！""他还白坐公家汽车东跑西颠！"公猫嚼着麻菇敲边鼓。新进来一个小丑说："我，一点也不明白，他怎么当上了经理"，他又恳求沃兰德："大人，请允许我把他扔出莫斯科，去他的吧？""去！"公猫大吼一声，毛都竖了起来。这时卧室在斯乔帕四周旋转起来，他一头撞在门框上，失去了知觉，心想："我死了……"但他没有死。他微微睁开眼睛，发现自己坐在一块石头上，四周发出哗哗的响声。当他尽可能睁大眼睛，才发现那是大海在喧哗，而且波涛就在他脚边翻腾，他正坐在防波堤的最尽头，头上是光彩夺目的蓝天，远处是座屹立在群山之中的美丽城市。他请教附近唯一的一个粗野游客，方知这里是雅尔塔！黑海边的一个著名风景城市。

以后公猫跟随主人做了不少事，如用俄语讯问特地从基辅赶来想抢占房子的已故文协主席的姑夫，并赶他回基辅；与主人一起变戏法；配合主人帮助马格丽特，等等。

但当撒旦和随从们撤离莫斯科时，公猫和官方侦破人员发生激烈的枪战。起先它对便衣警察不友好地说："我不淘气，谁也不招惹，我在修汽油炉子，"

"我还认为有责任提醒你们，公猫是一种古老的、不容侵犯的动物。"警察用网捕，开枪都无用处，公猫跳窜、假死，然后，"我要求决斗"！公猫大吼一声，在晃晃悠悠的枝形吊灯上，从众人头顶上飞过去，这时它的爪子上又有了一支勃朗宁手枪，而把汽油炉子稳稳当当放在枝形吊灯的支架中间。公猫挂在吊灯上，在来人们的头顶上像钟摆一样飞行，朝他们开枪射击。双方近战、激战，准确地遍射在对方身上，妙的是双方都一无伤亡。双方又经多个回合恶斗，黑猫点燃汽油，在熊熊大火中安然出走，侦破人员只能逃避烈火，仓皇奔出。

公猫和它的主人安然撤退，侦察机关继续在追捕。小说《尾声》写道："但是还有些受害者，那已经是在沃兰德离开莫斯科之后，这些受害者，说起来令人难受，全是黑猫。大约有一百只这样温和、忠实于人、对人有益的动物，在全国各地遭枪杀，或是用其他方式遭杀戮。有十五只公猫，有的长相极其丑陋，被送进了各个城市的民警局。譬如在阿尔马维尔，就有一只毫无过错的公猫被一位公民捆上前爪牵进了民警局。……公猫被释放和归还给女主人，也确实在实践中经历和了解了什么是错误和诬陷。""除了那些公猫，一些人也遇到了某些不愉快的事情。发生了一些逮捕。……还有许多事情，无法全记住。总之，人心惶惶。"

作者借莫斯科和全国侦捕公猫及其主人和同伙的事件，揭露和批判30年代大规模捕杀无辜知识分子、干部、群众的事实，用荒诞形式写出历史真实，显示这位自己处境危难的天才作家依旧具有时代责任感的伟大气魄。

本书描写、塑造一个有特异功能的并且性格鲜明、栩栩如生的动物形象，在西方文学史上是一个杰出的创举。在中国文学史上，《封神演义》中的不少动物，尤其是《西游记》中的孙悟空、猪八戒及其众多更是天才作家的伟大创造。布尔加科夫笔下的公猫，性格鲜明，形象生动，文笔充满机趣和幽默，亦非大手笔所不能。

外国魔法教授的特异功能表现

莫斯科文协主席别尔利奥兹和诗人伊凡正坐在莫斯科牧首塘畔的临池长椅上交谈，他突然感到心脏非常难受，同时被一种毫无根据、却十分强烈的恐惧感所笼罩，想立刻从牧首塘畔头也不回地跑开。这时一股热气聚在他跟前，并幻化出一个模样古怪的透明公民。他小脑袋上戴顶瓜皮似的骑手帽，穿件方格薄纱短上衣，身高两米有余，可肩膀很窄，瘦得出奇，而且脸上一副嘲弄人的表现。透过长长的身影可见一位公民，足不触地悬在他跟前，左右摇晃着。别尔利奥兹吓得闭上了双眼，待到他睁开眼睛，此影完全消失。他俩继续交谈，一位相貌极为怪异的外国人走来，并不知不觉地渐渐加入他们的谈话，他们在争论之后，外国人突然高兴地大声宣布："您将断头而死！"他问："那么砍我脑袋的是谁？是敌人？还是武装干涉者？""不是"，外国人回答说："是个俄罗斯女人，共青团员。"外国人问他晚上有什么活动，他讲晚十点去文协开会，"不，这会无论如何开不成"。外国人斩钉截铁地说。"为什么？"因为，"外国人眯起眼睛朝天上望了一眼，几只黑鸟预感到夜晚的凉爽正在那儿无声无息地飞翔"，"安努什卡已经买来葵花籽油，不但买了，而且灌在了瓶子里。因此会议便开不成了。"

别尔利奥兹和伊凡怀疑此人是外国间谍或疯子，别尔利奥兹找借口离开，找电话报告警察局，结果在街上被一个叫安努什卡的女店员不巧打碎瓶子漏在地上的葵花籽油滑了一下，倒在地上，被急驶而来的电车轧死："电车盖住了别尔利奥兹，牧首塘林荫道的栅栏下，一个黑黑的圆东西被抛上鹅卵石斜坡，在布龙街的卵石路面上跳动起来。这就是别尔利奥兹那颗被轧断的脑袋。"

伊凡远远望街上出了人命祸，便追踪起外国教授及其同伙，他先跟踪公猫，公猫搭电车逃走后又赶快追外国教授。但是尽管加快脚步，继后开始小跑，推搡行人，与教授依然一厘米也没有接近。

无认伊凡如何心绪不佳，在跟踪追击中产生的那种超自然速度，还是让他感到吃惊。此前，伊凡还在尼基塔门，二十秒钟不到，阿尔巴特广场上的灯火已经照得他目眩。又过了几秒钟，已是一条黑漆漆的小胡同，……接着是一条灯火通明的大道——克鲁泡特金大街，然后是小巷，再后来是奥斯托仁卡大街，随后又是条凄凉、龌龊、灯光幽暗的小巷。也就是在这里，伊凡彻底丢失了那个他最该抓住的人。教授消失了。

伊凡在追踪期间跌破了膝盖，光着脚，衣着狼狈，介绍文协主席之死和事件经过时，语无伦次，内容荒诞得无法令人置信，于是被送入疯人院。在疯人院里，面对精神学教授他依旧回忆了一大套令人莫名奇妙的经过，包括那个大得不可思议的公猫，唯一讲得清的是："于是这个可怕的家伙，他撒谎，说他是顾问，具有某种特异功能……比如你在他后面追，可是根本无法追上他。"这番话也难以令人置信，他只能永远留在疯人院里，正如沃兰德预示的那样。

外国教授及其随从借住到已故文协主席的套房里，并将合住套房的游艺场经理斯乔帕用特异功能中的搬运法、瞬息位移手段，摔到南方黑海边的雅尔塔。借住时，房管主任鲍索伊要了高价房钱，并接受了翻译给他的贿赂，"这时出了件怪事，正如后来主任一口咬定的那样：这叠钱自己钻进了他的公文包"。翻译事后立即打电话举报："我们花园街副 302 号楼房管所主任鲍索伊，在倒卖外币。目前在他的 35 号单元厕所的通风装置里，有用报纸包着的四百美元。"差不多与此同时，鲍索伊"把自己反锁在家里的厕所里，从公文包里抽出翻译塞给他的那叠钞票，令他惊奇的是里面竟有四百卢布，鲍伊索把它用报纸包好，塞进了通风道"。过不久，他正在吃美味的晚餐，两个侦查人员冲进他家，"头一个人边走边向鲍索伊出示证件，而第二位已经站在厕所的凳子上，把手伸进了通风道。鲍索伊两眼发黑。他们打开报纸，但那一叠钞票原来不是卢布，而是种陌生货币，不知是蓝色的还是绿色的，还带有某个老头像。其实，所有这些鲍索伊都看不清楚，他眼前飘浮着某些斑点"。"通风道里是美元"，头一个沉思地说，并温和有礼貌地问鲍索伊："您的？"他们又要他把其余的也交出来，"他打开公文包，看了一眼，把手伸进去，脸色发青，公文包掉进菜汤里。公文包里什么也没有，无论是斯乔帕的信，合同书，外国人的护照，钱，还是免费入场卷，总之，……什么也没有。"于是他被逮捕并带走了。

房管所主任在办借房手续时向外国人讨来的魔术表演免费入场券被没收，本人被逮捕，而魔术表演则如期开演了。游艺场经理突然失踪，接待演员们的财务经理里姆斯基和工作人员极感惊奇："到来的名魔法师以自己那样式古怪、长得出奇的燕尾服和半截面罩令所有人目瞪口呆。但最令人吃惊的是魔法师的两位同伴：穿方格衣、戴有裂缝夹鼻眼镜的细高个和肥胖的大黑猫。公猫后腿直立着走进化妆室，十分随便地往沙发上一坐，眯起眼睛瞧着不带罩子、化妆用的小灯。"他们空手而来，里姆斯基问他们道具何在。

> 魔术师的助手用颤抖的声音回答说："我们的道具总是随身携带。瞧它！一、二、三！"他用德语数到三，当着里姆斯基的面转动着骨节粗大的手指，突然从公猫耳朵里掏出里姆斯基带链子的金表。在此之前，金表是放在财务经理西装背心口袋里的，西服扣着纽扣，表链穿在扣眼里。

在场者都高兴得叫起来。接着大幕拉开——

　　　　魔法师带着他的细高个助手和公猫上场，用后爪直立登上舞台的公猫，使观众非常喜欢。

　　　　"给我椅子"，沃兰德轻声喝令，刹那间舞台上出现了一把扶手椅，不知它是怎么和从何而来，椅子上坐着魔法师。

魔法师和助手法戈特就莫斯科的变化作了一番对话后，法戈特和公猫顺舞台各自往不同方向分开。法戈特弹指打响，豪放地叫道：

　　　　"三、四！"他从空中抓来一副纸牌，洗过牌，像连成一条带子似的把牌一张张抛给公猫。公猫抓住，又抛回去。像缎子一样光亮的长蛇发出嘶嘶声。法戈特张开嘴，像个黄毛孩子，把整副牌，一张接一张全吞了下去。

　　　此后公猫鞠躬、谢幕，左右掌喀嚓碰了一下，激起一阵难以置信的掌声。而法戈特指着池座说：

　　　　"现在这副牌，尊敬的公民们，在第七排一位公民帕尔切夫斯基身上，恰巧在一张三卢布钞票和一张因偿付女公民泽利科娃赡养费通知出庭的传票之间。"池座里观众骚动起来，人们开始欠起身子，并且最后某个确实叫帕尔切夫斯基的公民，惊奇得满脸通红，从皮夹子里抽出副纸牌，把它往空中比划着，不知拿它怎么办。接着魔法师又变出纸币和"妇女商店"：

　　　　他手中有了支手枪，他叫道："二！"手枪往上举。他喊："三！"火光一闪，砰的一声，顿时从圆顶上，从秋千之间飘飘扬扬开始往大厅里落下白色纸币来。

　　　　它们旋转着，向四处飘散，落满了楼座，撒进了乐池和舞台。几秒钟后，钱雨越来越密，撒到池座，观众们开始抓钱。

　　　　千百条手臂高高举起，观众们对着灯火通明的舞台照着钞票，看清了最可靠、最公正的水印。气味同样没有任何可疑之处：这是只有刚开封的钞票所持有的、什么也无法相比的美妙气味。先是欢乐，后是惊讶笼罩了整座剧院。到处嗡嗡响着一个词"十卢布纸币，十卢布纸布"，到处都传出"啊，啊"突然的叫声和欢笑声。有人已经在过道上爬行，在座位底下摸索。许多人站在坐椅上去抓好动任性的纸币。有人为抢钱而发生争执、殴斗。报幕员讲了几句令观众愤怒的不合时宜插话，被公猫拧下了头颅，吓得剧场里二千五百名观众像一个人似的突然大叫一声。观众看到血淋淋的场面，吓坏了，公猫又受令将头回到他的头上……

立刻舞台的地板上铺上了波斯地毯，出现了几面巨镜，两侧亮着浅绿色灯管，镜子之间是陈列柜，观众惊喜地发现玻璃陈列柜里是各种色彩和样式的巴黎女装。这是一部分陈列柜，别的陈列柜里是成千上万各式女帽，有带羽毛的，有不带羽毛的，有带扣环的，有不带扣环的；还有成千上百的女鞋，黑的、白的、黄的、皮的、缎子的、麂皮的，带小皮带的，镶小宝石的。鞋之间是小盒，里面水晶玻璃香水小瓶的晶面闪烁着亮晶晶的光芒。女用小手提包堆得如座座小山，有羚羊皮的，麂皮的，丝绸的，而它们之间则是成堆压镍镀金的长方形小匣，里面放着口红。

法戈特得意洋洋宣布，这家商行进行的交换是完全免费的，可以用旧女装和女鞋换取巴黎时装和鞋子，同时他还补充道，手提包和香水之类也同样可以交换。

观众们情绪激动，不过暂时谁也拿不定主意走上舞台。终于池座第十排有个黑发女人走出来，微笑着，好像说她豁出去了，什么也不在乎，并从侧梯登上了舞台。

"好啊！"法戈特叫起来，"向第一位女客人致敬！别格莫特，椅子！我们从鞋子开始，夫人。"

黑发女人坐到椅子上，法戈特立刻在她面前的地毯上倒上一大堆鞋。

黑发女人脱下自己的右鞋，试了试雪青色的，在地毯上顿了顿，看了看脚后跟。

"它们不会挤脚吧？"她沉思地问。

对此法戈特委曲地大叫。

"哪能呢，哪能呢！"公猫也委曲得叫了一声。

黑发女郎的旧鞋被扔到了帘幔后面，她也走了进去。一会儿帘幔后出来的黑发女人，身上那件时装引得整个池座的观众响起一片叹息声。勇敢的女人显得惊人的漂亮，她站在镜子前，耸耸裸露的双肩，摸摸后脑勺上的头发，弯过身子，极力想看一眼背后。

"商行请您收下这留作纪念"，法戈特说着递给黑发女人一只装有香水的打开的匣子。

"谢谢，"黑发女人傲慢地回答，并顺着侧梯回到池座。当她走过时，观众们都跳起来，去摸小匣子。

这时全乱了套，女人们从四面八方朝舞台拥了过去。在一片激动的话音、笑声和叹息声中，传来一个男人的声音："我不许你去！"和女人的声音："暴君，市侩，别拽我的胳膊！"女人们消失在帷幔后面，在那里脱下自己的衣服，换上新的走出来。描金腿的凳子上坐着整整一排女士，用穿上新鞋的脚使劲在地毯上踩着。

未赶上的女人们冲上舞台，幸运儿们穿着舞会盛装、绣龙睡衣、端庄的会客服装，戴着遮住一条眉毛的礼帽从舞台上离去。

这时，法戈特宣布因时间已晚，商店一分钟后准时关门，直到明晚，舞台上顿时出现难以置信的混乱。妇女们不用任何试样，一把抓起鞋子。一名妇女旋风似的冲到帷幔后面，在那里扔掉自己的衣服，从一大摞服装中，随手抢了件丝绸长袍，此外还来得及抓了两瓶香水。

一分钟后，准时响起一记枪声，镜子消失了，地毯像帷幔那样在空气中慢慢散去最后高山似的旧衣旧鞋也消失了，舞台上又变得严肃、空荡和光秃。

这时候，有位新人物参与进来。二号包厢里传来一个男中音悦耳而坚定的声音：

"演员公民，最好请您立刻当着观众的面把您的魔术技巧揭底，尤其是大变钞票的绝技。……"这位男中音不是别人，正是今晚受人尊敬的客人阿尔卡基，莫斯科戏剧声响委员会主席。他的身旁坐着夫人和他的远房亲戚，一位年轻漂亮的初登舞台寄予希望的女演员。

他逼着要揭底，法戈特便说："遵命。那么请允许我提个问题，您昨晚在哪里？"他夫人回答在开会。法戈特说："说到开会您完全误解了。阿尔卡基乘车去开您提到的那个会，顺便说一句，这个会并未预定在昨天，到了清水塘声响委员会大楼房，他让自己的司机开车回去了，而自己乘公共汽车到叶洛霍夫斯基大街区流动剧院女演员米莉察家中去做客，在她那里呆了大约四个小时。"

阿尔卡基年轻的亲戚突然哈哈大笑起来，笑声低沉可怕。

"全明白了！"她叫喊道："这件事我早就有怀疑。现在我明白了，为什么这个无能的女人得到了路易莎的角色！"

说着她突然挥起一把短而粗的淡紫色雨伞朝阿尔卡基头上打去。

可恶的法戈特，也就是科罗维耶夫叫道：

"瞧，尊敬的公民们，这就是阿尔卡基那么死乞白赖想得到的揭底！"……舞台上响起了歌声："清天大老爷，爱吃时鲜鸭。迷人大姑娘，他都保护下！！！"……

可以看到，突然间舞台空了，骗子法戈特和厚颜无耻的公猫别格莫特也融化在空气中消失了，如同先前魔法师和那把面子退色的椅子再也不见踪影时那样。

布尔加科夫按照特异功能的原理来虚构以上情节，包括预知功能（知道文协主席的车祸死状及其原因）、追视功能（知道剧协主席昨夜在女演员家"逍遥"的全过程）、搬运功能（椅子和时装及旧衣旧鞋等突然出现和消失），等等。

在实际生活中，的确有一些高明的魔术师是特异功能者。如当今闻名世界的美国魔术大师大卫·考柏菲儿，能将吊在半空的汽车失踪，即是搬运法；让远处的自由女神像看不见，用的是障眼法。他来中国表现穿过长城，中央电视台也直播过这个表演，即穿墙法。魔术表演，能用科学道理解释，别的魔术师也可学会重演。而特异功能者的"魔术表演"，科学无法解释，别人也无法学会并重演。特异功能和魔术表现的区别即在此。

马格丽特的飞行经历

撒旦的侍人阿扎泽洛奉命来找马格丽特，他能背出"大师"所著小说中的内容，告诉她失踪的"大师"还活着，马格丽特求他告知"大师"的消息，阿扎泽洛给她一个圆圆的小金盒："今儿晚上九点半，请您费心脱光衣服，把这个软膏涂在脸上和身上。十点我给您打电话，把需要说的全告诉您。您什么也不必操心，有人会把您送到该去的地方，不会使您受任何麻烦。"马格丽特准时抹雪花膏，先抹脸上，马上显得年轻十岁，她涂抹在身子的皮肤上，整个身子立刻变得绯红，发出亮光，四肢的肌肉变得强健有力，而接着，马格丽特的身体失去了重量。她轻轻一跃，便悬在离地毯不太高的半空中，然后她缓缓往上飘，降落下来。

十点钟，电话来："到时间了！请飞吧"，阿扎泽洛在听筒里开始说："当您在大门上空飞过时，喊一声：'隐身！'然后在城市上空飞一阵，习惯一下，接着朝南飞，出城，直接飞到河上。有人在等您。"马格丽特见一根地板刷，刷毛冲上，跳着飞进了卧室，踢着冲向窗口，她便跳上刷子，像女骑手似地飞了出去。她把地板刷往上一提，"隐身，隐身"，大声地叫着，穿过抽打着她脸的槭树枝，飞过大门，飞进了小胡同。

马格丽特飞过几个小胡同后来到阿尔巴特街。她飞得无声无息，很慢，进入灯火通明的阿尔巴特街时，还是稍稍一不留神，肩膀撞在了一个画着箭头的灯光明亮的圆盘上。马格丽特的下方，浮动着一辆辆无轨电车、公共汽车和小汽车的车顶，而在人行道上，正如马格丽特从上面感到的那样，浮动着帽子的洪流。从这些洪流中分出道道溪流，流入夜间商店那一张张火红色的大嘴里。她在飞过"剧文之家"的豪华八层大楼时，找到了84号批判过"大师"的小说原稿的评论家拉通斯基的寓所，就飞进去报复。正好家中无人，她就打坏钢琴，敲碎书橱、窗后的玻璃，打碎灯泡，放水淹没房间。

后来她飞出莫斯科，慢腾腾地在荒无人烟的陌生地方飞行。山峦重叠，巨大的松树间，砾石林立。她又轻轻凌空飞近一座白垩岩峭壁。峭壁后面山脚下的阴影里，躺着一条河流。雾气弥漫，缭绕在陡立的峭壁下面的树丛中，而对岸地势平坦、低矮。岸上，孤零零的几棵枝叶扶疏的大树下，篝火的火苗被风刮得跳跃不停，看得见几个活动的身影。马格丽特飞临地面后不久，遇到迎接她的人，由一辆浅黄色敞篷汽车用飞行方式送到目的地，最后终于飞到撒旦的盛大舞会上。

沃兰德帮助马格丽特将"大师"从疯人院送回地下室，两人重聚，被禁毁的小说原稿也重新恢复原样，大师已能将全书一字不漏地记在脑子里。最后，沃兰德又安排他们到世外桃源去永度甜蜜宁静的时光，于是他们俩骑着黑骏马在天空飞向远方。

整部《大师和马格丽特》的情节发展，全由特异功能的原理作支撑，尽管小说中也在此基础上结合了神话、幻想的方法：耶稣的同步思维和气功治病手段征服了残暴凶狠的彼拉多总督；沃兰德对文协主席死亡及其原因、结果，诗人伊凡将被送入疯人院，有预知功能；卢布、时装服饰和皮鞋皆用气功移物手段搬运来，后来又搬回，所以那些换衣妇女在街上行走时又成了赤脚、半裸时模样。马格丽特飞行后，被送到目的地，她进入莫斯科的一个普通单元的前厅里，里面有看不见但很好感觉的没有尽头的楼梯，成为一个非常大的，简直是无边无际的带柱廊的大厅里。她深感诧异，沃兰德的侍从回答、解释说："这最简单不过了！谁精通五维空间，轻而易举就能把住所扩大到所需的程度。我还可以告诉您，尊敬的太太，大到鬼知道有多大的程度！"现代的人一般都只认识到三维空间，即用长、宽、高三维组成的空间，爱因斯坦将三维空间结合时间，成为四维空间。五维以上的多维空间是现代科学无法达到、理解和认识的，只有高功夫气功师和少数特异功能者才能进入的境界。小说中借书中人物之口谈到五维空间及其能无限扩大空间的效果，可见布尔加科夫对特异功能原理有颇为精深的认识，从而在书中得心应手地根据人物塑造、情节设计和批判现实的需要，作丰富多彩、变幻莫测、亦庄亦谐的精细生动描写。

小说中除以上例举的特异功能描写外，另有呼风唤雨、气功感遇小说的艺术水平高低等，描写的内容颇为全面。另有"克隆人"（当时尽管没有这个名称）出现：马格丽特进入大客厅的那个大楼大门的门口时她遇到"第二个人，与前一个人出奇地相像。这样的情景又重复了一次"，"第三个人简直就是第二个人，因而也是第一个人的复制品，守在三层的楼梯口上"。（二十二《烛光下》）天才作家的想像力、预知功夫实在伟大，竟然写到了他逝世半个多世纪以后的科学上"克隆"发明。

此外，骑地板刷飞行和《后汉书·方术·费长房传》骑竹杖飞回家乡的飞行工具略同，而沃兰德表演魔术时大批卢布飘飘扬扬落下"钱雨"与《聊斋志异·雨钱》篇描写铜钱锵锵而下，皆有异曲同工之妙，令我们感叹天才作家英雄所见略同的艺术想像力和高明描写手段。

拉美魔幻小说：
特异功能与"神奇现实"[1]

　　拉丁美洲魔幻现实主义，原为拉丁美洲现代文学中的一个流派。"魔幻现实主义"之名，首先由德国批评家弗朗茨·罗于 1924 年提出；1940 年，委内瑞拉作家乌斯拉尔·彼特里将其引入到拉丁美洲文学之中，很快被接受并形成一个庞大的文学流派。彼特里强调魔幻现实主义的基本特征是神秘，古巴著名作家阿莱霍·卡彭铁尔则称之为"神奇现实"。他在魔幻现实主义小说《这个世界的王国》的序言中指出："神奇乃是现实突变的必然产物（奇迹），是对现实的特殊表现，是对丰富的现实进行非凡的，别具匠心的揭示，是对现实状态和规模的夸大。"

　　拉美魔幻现实主义形成的文化土壤是拉丁美洲最早的居民——以印第安人为主的土著民族的民间文化。拉丁美洲的三大印第安文化：墨西哥南部的阿兹特克文化、中美洲的玛雅文化、秘鲁的印加文化，每个部落都有丰富的神话、传说、巫术，还有共同的宿命观念、轮回思想等，这些给魔幻现实主义文学以丰富的养料。魔幻现实主义小说中，经常穿插古老的神话、民间传说和神魔鬼怪的故事，将这些神话传说与现实生活巧妙结合；打破生和死、人和鬼的界限，把现实和非现实的事物错综地交织在一起，将神奇的妙与与现实的反映巧妙地结合在一起；大量运用征兆、预言、谶语、暗示、象征、隐喻，以增强作品的神秘气氛，又经常使用时空交错颠倒和意识流的手法，表现复杂的事件和人物隐秘的内心世界。

1　原刊《神秘与浪漫——文学名著中的气功与特异功能》，百花洲文艺出版社，1999。

魔幻现实主义可以说代表着拉丁美洲现代文学的最高成就，在世界文坛产生了巨大的影响。早在 30 年代，拉丁美洲已产生具有魔幻现实主义色彩的作品，危地马拉的安赫尔，阿斯图里亚斯和阿根廷的比奥伊·卡萨雷斯是其中的杰出代表，40 年代阿根廷的路易斯·博尔赫斯崛起，50 年代墨西哥胡安·卢尔福以《佩德罗·帕拉莫》蜚声文坛，60 年代哥伦比亚的加西亚·马尔克斯的《百年孤独》被公认为典范之作。阿斯图里亚斯（代表作为 1946 年的《总统先生》和 1949 年《玉米人》）和马尔克斯先后荣获诺贝尔文学奖。

魔幻现实主义小说在 60 年代引起世界性的拉美文学热；到 70 年代，魔幻现实主义的创作方法进入历史小说、城市小说、反寡头政治小说的领域，进入新的发展阶段。至 80、90 年代，马尔克斯和新一代的魔幻现实主义小说家连续有佳作问世。

魔幻现实主义作品中，有关特异功能的描写颇为出色。

〔阿根廷〕阿道夫·比奥伊· 卡萨雷斯小说的精彩内容[1]

　　〔阿根廷〕阿道夫·比奥伊·卡萨雷斯（1914-1999）出生于阿根廷首都布宜诺斯艾利斯，是当代拉美最著名的作家之一，1990 年荣获西班牙语文学最高奖——塞万提斯奖。

　　《莫雷尔的发明》（1940）是卡萨雷斯第一部重要作品。一个逃亡的死囚来到大洋中一个因某种奇怪瘟病而成的荒无人烟的孤岛，企图借此藏身。岛上有一座博物馆，一个小教堂，虽可住五十人，却已久无人迹。他住在博物馆，几天后突然发现一群人入住，他只好仓皇逃到海边野外露宿。他又发现每天有一女子到海边崖岸远眺。他竟暗恋起此女，于是又在深夜为跟踪她而重入博物馆。奇怪的是，他虽撞见多人，对方却没有看到他。经过长期观察、思考和摸索，他终于发现一个叫莫雷尔的人发明了一种能使人们永生永存的机器。他看到、听到的这群人，便是他在地下室中无意中触摸开关、发动机器而展示出来的已故人群的形象及其行动和谈话。"这种循环轮回式的永生永存现象"[2]运用的是特异功能中收集、重聚过去的人物及其言行的残留信息而使之在特异功能者的内视中复原的原理，加以艺术的表现。这部中篇小说妙在将死囚的现在式时空与过去人物及其言行的过去式时空交错而不重叠的手法，让两者各行其事，发挥了高度的艺术想像力，并作了精彩迷人的描写。

1　原刊《神秘与浪漫——文学名著中的气功与特异功能》，百花洲文艺出版社，1999。

2　《英雄梦——比奥伊·卡萨雷斯小说选》，毛金里译，第 66 页，云南人民出版社，1994。

　　长篇小说《英雄梦》(1994)描写汽车修理厂年仅 21 岁的青工高纳,于偶然中赢得了马赛的大奖,便宴请以巴莱加博士为首的朋友在 1927 年的狂欢节欢度三天。他喝得酩酊大醉而不省人事,醒来时发觉自己躺在城外湖畔的破屋之中,除了一些零碎的模糊记忆和零乱不清的幻觉,他对这三天三夜所经之事竟一无所知。带着强烈的好奇心,他对这三天三夜的空白耿耿于怀,总想将失踪的时日追寻回来。三年后的狂欢节前夕,他恰好第二次赢钱,他再请原班人马欢度狂欢节,而且照三年前的路线和活动重复一次,终于揭开三年前的谜,同时发现被他看作"勇敢"的化身和"英雄"的榜样的巴莱加博士原来是个为非作歹的恶徒。为伸张正义,高纳毅然向巴莱加和他的狐群狗党挑战,终于惨遭杀害。高纳用生命来实践自己长年幻想成为侠义英雄的梦想,丢下新婚不久的爱妻,踏上勇敢者的黄泉之路。

　　小说的另一条情节主线是描写巫师塔伏亚达和其女儿克拉拉设法改变高纳的命运。塔伏亚达预知高纳在狂欢节的第三天下午将面临死亡。1927 年的狂欢节由于克拉拉的成功救援,高纳逃脱巴莱加及其一伙的魔掌而安全生还。在以后的三年中,高纳不断得到塔伏亚达的指点,并与克拉拉喜结良缘。可惜塔伏亚达在第二年冬天病故,无法亲自监护高纳,在临终时他托梦给女儿:"第三个晚上的情况将重现。看好米埃利奥(高纳)。"1930 年春天的狂欢节,克拉拉再次亲身相救,可惜因一个偶然的打扰,在她"强烈地感到自己非常幸福"之时,竟然"忘了谨慎二字。这就足以使命运从他们的手中溜走"。悲剧终于发生了。

　　这位家里挂着孔子像的巫师塔伏亚达是位神奇人物。他有透视功能,佩戈拉罗去拜访他,没有拉起裤腿,他就知腿上长着丘疹(疖子);又有气功治病的功能,在空中划了两个圆圈,嘴里咕哝儿声,第二天佩戈拉罗腿上的疖子全没有了。巫师预知高纳的结局,企图改变他的命运,他的预知功能高明,能正确、具体地预测高纳的命运,他在世时有效地保护住了高纳的生命。高纳自己也有预知功能。小时侯他每次都能猜中钻进云里的月亮什么时候能重新钻出。在重度狂欢节并揭出秘密后,他觉得在幻觉中看见了上次应该发生的事,看到了这次正在发生的事。最后,"在一片林间空地上,他像被一群怀有故意的凶狗一样被那帮小伙子围在中间,面对着巴莱加的刀子,感到很幸福"。"他恍惚觉得来过这个地方,就是在那个时刻,那片空地,在那些树木之间,晚上这些树木显得特别高大,他早已经历过这一时刻。"

　　这部小说的故事，尽管可以分为现实部分和魔幻部分，但作者在叙述中多次强调情节的魔幻性，甚至"可以说，整个故事充满了魔幻的情节，只是我们没能看到它的实质。也许是布宜诺斯艾利斯这种庸俗、纷乱的气氛蒙住了我们的眼睛"。蒙住读者眼睛的是阿根廷首都的现实场景和生活的描写。其实质是，整部小说都是以高纳和巫师对高纳的结局之预见及其预防为基点，所以"整个故事充满了魔幻的情节"。

　　卡萨雷斯的这部《小说选》，另有三个短篇，都写特异功能的魔幻故事。

　　《纪念保利娜》记叙"我"极其珍惜与保利娜之间的从小时即建立的友谊和爱情，但在"我"留学英国的前夕，她竟与蒙特罗一见钟情并随他而去。两年后"我"回到原来住所，看到景物依旧又怀念起昔日的恋人。突然有人敲门，开门一看，正是保利娜。他在惊喜之余感到她在细微处都变得与情敌的神态相似。原来她在两年前他去伦敦前的那个晚上，被妒忌的蒙特罗杀害。出现在他面前的只是幻觉、幽灵，是蒙特罗灵魂载体中的保利娜。

　　《影子的一边》描写英国绅士维布伦在伦敦的一次舞会上与英国的美丽少妇勒达相爱，由于维布伦的猜忌，勒达撞车自杀。维布伦为此昏沉潦倒，沦落在非洲的一家咖啡馆里当杂务工，痴痴等待勒达的归来，他等到的仅仅是勒达的宠物——拉维尼娅，一匹花猫，这个猫随着主人在欧洲埃维昂莱班的罗亚尔饭店经历过火灾，"它逃出了埃维昂莱班的火海，不知怎么搞的又在另一次火灾后到了非洲这个小咖啡馆"。"如果你要我解释，我就请你考虑尼采和其他人所说的'永恒的回归'。我们有一种有限的永恒回归，眼前就是只猫的回归。原来构成这只动物的各种成分在饭店的大火中分散了，某种意外的冲击又原样把它们重新聚合起来。"

　　《别人的女奴》讲述青年律师乌尔维纳爱上了在执行公务时结识的少女弗洛拉。他设法弄清了有关弗洛拉的流言和她居住的神秘庄园的一切真相并赢得了弗洛拉的爱情。可是他还是在恋爱失败并被刺瞎双眼后丢弃在驰向欧洲的旅船上。从中作梗者是庄园的神秘的主人——去非洲冒险的德国探险家鲁道福。他被非洲人抓获后被上著用缩骨法缩成只有几公分高、性格暴戾、活蹦乱跳的小人。弗洛拉最后选择了陪同这个主人度过一生的生活道路。

　　以上的描写皆十分新奇和神秘，现实生活中似不可能出现。但实际上的确能出现。以黑猫被烧死后又"回原"来说，1988 年 12 月 29 日《新民晚报》记者唐宁的《作家沙龙内奇特一幕》记载：昨天下午，作家程乃珊的客厅里一下来了好多文艺界客人，家中的椅子全搬来还不够停当，内有张瑞芳等。原来是来自深圳的 30 岁的刘学武来作表演，其中一个节目便叫"燃纸复原"：上海人民艺术剧院的"老谢取出一张钞票，刘学武说先把那钱的号码写在一张大纸上，让所有人都看清楚。然后把它烧了！学林出版社的周清霖自告奋勇，按亮打火机，那张钞票便在托盘上在众目睽睽中烧成了一撮纸灰。刘学武从小型号码箱里取出一张白纸包住纸灰，折得像钞票一般大，再夹到一些厚些的淡黄色纸中。然后就在那上面不停地移动手掌，时而抚着纸面，时而隔着十公分的距离。记者蹲在小桌前很近地察看，突然感到有些眩晕。掌着机器的摄像师叫道：'摄像机怎么停了？'再看时，却又动了。'好！现在请你们把纸打开，去对那个号码！'刘学武说完，一张完整的钞票就从纸包里取了出来！那一张在众人的眼底下由纸灰复原的钞票奇妙地放着簇新的光洁，硬硬朗朗的原先的污浊旧气都没了，可号码一个不差，原来的一条折缝还隐约可见。"

钞票烧成灰与黑猫火灾中丧身又复原，在复原原理上完全一致。还有不同情况的复原实例。台湾著名作家琼瑶第一次访问祖国大陆时，特作《大陆行·剪不断的乡思》一文记录大陆之行，连载于《新民晚报》。1988 年 11 月 14 日刊出此文的第六则《奇人张宝胜》记载张宝胜表演特异功能，张宝胜从在座的众人当场交给他的七八张名片中选了承赍的一张有金边的名片，"他把名片交还给承赍：'撕了它！'承赍连忙撕名片，撕碎了，奇人又说：'放进嘴里，嚼碎它！'承赍立即应命，他努力地嚼名片，偏偏他的名片又原又硬，嚼得十分辛苦。嚼了半天，张宝胜说：'够了，吐出来！'承赍很不好意思地吐出他那堆'名片残渣'。张宝胜接了过来，开始又揉又捻，揉捻了好一会儿，他抬头看承赍：'不全，还有些纸渣渣在你嘴里！'承赍忙着检查嘴里，果然还有纸渣，慌忙再吐出来，接着，张宝胜又说不全，承赍可累了，三番两次，用牙签从齿缝中挖出残渣来，终于，名片全了。张宝胜揉着捻着，我坐过去，盯着他的手指看，只看到他的指间，一张名片逐渐还原，上面的字，也从没有变成模糊，从模糊转为清楚，最后的金边，也逐渐出现，一张完好如初的名片，天衣无缝地回来了。大家都喘了口气，不约而同地鼓起掌来了。奇人耸耸肩，一副'小意思'的样子"。

这是台湾作家琼瑶描写的名片撕碎以后重又复原的生动真实的场景，在场者很多，其中有琼瑶的丈夫、著名出版家平鑫涛。

朱炳荪《特异功能一席谈》则介绍特异功能者请人在名片上签了名，再请

另一人撕碎后嚼成纸浆，他把纸浆放在手心里揉搓成原状时，上面仍有本人签名。（《新民晚报》1998 年 6 月 28 日）

纸币、名片还是没有生命的物品，1986 年 10 月白求恩医科大学请李展茹做特异功能实验。主持人当众将一片海桐叶撕断成两段，然后放入李展茹手中，让她握拳捏住叶片，二十三分钟后树叶修复，两段断片又连成一体。白求恩医科大学王重远、寿祝民、朴相根《人体特异功能修复植物断叶实验研究》的"提要"说：

> 本文报告人体特异功能修复人工离断植物叶片。实验是通过现场录像，并将此断叶作生物学连续切片，用光学显微镜及电子显微镜观察。证实了海桐花叶表现上皮及植物细胞的修复与复原。实验是在不同时间、不同地点重复了三次，皆获成功，最短时间为二十三分钟，最长时间为四小时左右。作者在细胞学超微结构领域里证实这一事实，将会对机体创伤修复机制的传统概念，有着重要意义。

这篇论文的"实验结果"指出：

> 显微镜下见海桐叶对端接合良好，没有叶片重叠痕迹。从叶脉来看，主脉和脉枝以及微纹吻合准确，复原完好。虽然有的段尚未完全接合留有小缝隙，但叶脉连牵，对端没有错位就如同原来没有断离过一样。

论文指出李展茹的"特异功能是多方面的，诸如耳朵认字、遥感、思维传感、透视人体等。论文作者对李的特异功能，从 1980 至 1986 年（实验时为止）连续考查达七年之久"。"这个实验共三次（不包括实验之外数十次），而三次皆获成功。事实说明可重复性。"[3]

---

3 原载于《中国人体科学》1 卷 2 期，《严新气功科学实验纪实》转载，268-277 页，中国友谊出版公司，1998。

〔哥伦比亚〕加西亚·马尔克斯
《百年孤独》的神奇描写[1]

〔哥伦比亚〕加夫列尔·加西亚·马尔克斯（1927-2014）自小在外祖父家中长大。外祖父曾是上校军官，外祖母博古通今，经常给马尔克斯讲神话传说和鬼怪故事，这对他成为作家和写出多种文学名著有极其重要的影响。《百年孤独》（1967）是马尔克斯最重要的著作，也是拉美魔幻现实主义的典范之作，马尔克斯因此而荣获诺贝尔文学奖。

《百年孤独》通过革命军总司令奥雷良诺·布恩地亚上校一家七代人的经历，描绘了加勒比海沿岸哥伦比亚小城镇马贡多从荒漠的沼泽地上兴起到最后被一阵旋风卷走，布恩地亚家族的最后一代被蚂蚁吃掉，以至完全消亡的一百年历史演变过程。评论家认为这部篇幅仅二十八万字（指中译文）的小说"描写的历史长、人物多、场面大，堪称再现拉丁美州历史社会图景的世界文学巨著"。[2]

《百年孤独》中描写了许多怪异的故事和事物，如马贡多流行集体失眠症和健忘症，雨一下就是四年十一个月零二天，等等，马尔克斯《在接受诺贝尔奖时的讲话》郑重声明："在我写作的任何一本书里，没有一处描述是缺乏事实根据的。"他又反复强调："我的所有小说，没有一行文字是不以真事为基础的。"因此，阿根廷文学史家安德孙·因贝特在评论《百年孤独》时说："魔

---

1 原刊《神秘与浪漫——文学名著中的气功与特异功能》，百花洲文艺出版社，1999。

2 林一安《拉丁美洲的魔幻现实主义及其代表作〈百年孤独〉》，《世界文学》1982 年第 6 期。

幻因素是日常生活的组成部分。"

《百年孤独》的"魔幻因素"中颇多特异功能方面的内容。

受《一千零一夜》的影响，《百年孤独》首先描写飞毯。在西方世界无国不存在的吉卜赛人也来到马贡多镇，并带来种种神奇的事物，吸引了大人和孩子，其中最令人惊奇的便是飞毯：

> ……这一次，除了别的一些机巧玩意外，还带来了一张飞毯，但不是当作发展交通的一项重大贡献，而是作为一种供消遣的东西介绍给大家。当然，村里人挖出了他们的最后几小块金子，用来享受一次越过村舍的短暂飞一天下午，孩子们望着风驰电掣般掠过试验室窗户的飞毯，只见驾飞毯的吉卜赛人和本村的几个小孩正在飞毯上洋洋得意地招手，他们喜欢极了。

以上关于飞毯的描写，从西方科学和现实主义文学理论的角度看来，纯粹是文学幻想手法。

《百年孤独》又描写人的飞升。来马贡多传教布道的尼卡诺尔神父在镇民们看来，"他瘦得皮包骨头，肚子老是咕咕作响，脸上的表情俨然像位老天使，但他的神态与其说仁慈，毋宁说无知"。神父想募款造教堂，但募到的钱款太少，神父便想用神通来宣传上帝的威力，有一天，神父读毕福音书——

> 正当望弥撒的人想散去的时候，神父举起双臂请大家注意。
>
> "等一等，"他说，"现在让我们来亲眼看看上帝有无限神力的无可辩驳的例证！"
>
> 做弥撒时给他当助手的小伙子给他端来了一杯冒着热气的巧克力浓茶，神父一口气喝了下去。然后他从袖管里抽出块手帕擦了擦嘴唇，伸开两臂，闭上双眼。于是尼卡诺尔神父离地升起十二厘米。这一招可叫人心服口服了。一连好几天，他走东家，穿西舍，重复着这一借助巧克力刺激而升腾的试验。这一来，那位小侍童的布袋里就装满了钱。不到一个月，教堂便开工兴建了。除了霍塞·阿卡迪奥·布恩地亚，谁都不怀疑这一源于神灵的表演。一天早晨，霍塞·阿卡迪奥·布恩地亚不动声色地注视着，一大群人聚在大果树周围，再次来观看显灵。当尼卡诺尔神父连同他坐的椅子一起升离地面的时候，他在板凳上只稍稍挺了挺身，耸了耸肩。
>
> "这非常简单，"霍塞·阿卡迪奥·布恩地亚说："这个人处

于物质的第四态。"

尼卡诺尔神父一抬手，椅子的四只脚便同时着了地。

"不，"他说，"事实证明上帝无疑是存在的。"

神父利用神通来证明上帝的存在，以神其教。耶稣也是如此，他用神通即特异功能治病，使民众信从崇拜，从而达到传教的目的。这其实是佛教、道教都用的方法，尤其是用特异功能方法治病，各种宗教都用。如史书、《三国演义》记载张角给民众治病，本书前面《〈三国演义〉：特异功能的翻新之作》已言及。释迦牟尼本人在讲经时现过神通，但佛教传入中国后，高僧大德一般并不表现神通，完全靠佛教的观念吸引民众信服。

关于物质在固态、液态和气态以外的第四态，当代科学家正在研究之中。物质除固态、液态、气态以外，第四态是什么？指科学无法测知的物质状态。我认为当代科学家所认为的"反物质"和"暗物质"其实即是物质的第四态和第五态之类。《解放日报》1998 年 6 月 3 日国际新闻版"本报专稿"《反物质，你在哪里？——"阿尔法磁谱仪"升空初试身手》报道美国"发现号"航天飞机于 6 月 2 日再次发射升空，携带"阿尔法磁谱仪"进入太空检验性能。"阿尔法磁谱仪"是美籍华裔物理学家、诺贝尔奖金获得者丁肇中教授领导的一个大型国际合作科学实验项目，美、中、俄、德、法等十多个国家和地区的科学家参加了这个项目的工作计划。

目前科学家们普遍认为，宇宙起源于一百五十亿年前的一次大爆炸。我们周围的物质世界正是由大爆炸产生的。根据粒子物理理论，在任何时候，粒子产生的同时必有"反粒子"产生。按照这个理论，大爆炸理应产生同样数量的物质和反物质。这些反物质的原子核由反质子和反中子组成，带负电荷。但是，迄今为止，人类还无法证明反物质的存在。

暗物质是目前困扰天体物理和宇宙论的另一大难题。

天文学上把宇宙中用光学方法看不到的物质称作暗物质。最新研究发现，暗物质在银河系和宇宙中大约占到 90%。这些暗物质是什么？众说纷纭，莫衷一是。

从理论上说，倘若反物质存在，当它与物质发生碰撞而互相湮没时，就会有一种高能粒子射线-伽马射线产生。"阿尔法磁谱仪"的基本原理就是在太空中放一个磁场很强的磁铁，当带电粒子穿越这个磁铁时，受磁场作用，其运动轨迹会发生变化。通过研究粒子运动轨迹的变化情况，科学家们可以搜寻反物质和暗物质的踪迹。

"阿尔法磁谱仪"实验是一项跨世纪的重大国际科学实验项目。几千年来，人类第一次直接观测宇宙空间的带电粒子，开辟了一个全新的科学领域。

《解放日报》的以上独家报道，报告了科学家的最新研究。暗物质这类光学方法看不到的物质，犹如气功学所指的阴性物质，即灵魂之类。当然，物质的第四态也可能不是反、负物质，而是气功态。

总之，当代科学既是发达的，又是低下的。发达之处，航天飞机已登上月球，高科技的成就令人瞩目。另一方面，人类的多种疾病无法治疗，对人类的出生、死亡之谜，大脑思维之谜，等等，都无法完全探清。对气功和特异功能的研究，也无能为力。气功师和特异功能者所发现的四维以上的空间、物质的第四态以上的状态，都未发现。虔诚的教徒，平日静心修炼，有特异功能，故而能处于物质的第四态，即气功态。

《百年孤独》除描写神父外，又描写少女的飞升：

> 直到三月的一个下午，菲南达想在花园里折叠她的粗麻布床单，请家里的女人们帮忙。她们刚开始折叠，阿玛兰塔就发现俏姑娘雷梅苔丝面色白得透明。
>
> "你不舒服吗？"阿玛兰塔问她。
>
> 俏姑娘雷梅苔丝抓着床单的另一端，无可奈何地微微一笑。
>
> "不，恰恰相反，"她说，"我从来也没有像现在这样好过。"
>
> 她刚讲完，菲南达觉得有一阵发光的微风把床单从她手中吹起，并把它完全展开。阿玛兰塔感到衬裙的花边也在神秘地飘动，她想抓住床单不致掉下去，就在这时，俏姑娘雷梅苔丝开始向上飞升。乌苏拉的眼睛几乎全瞎了，此时却只有她还能镇静地辨别出这阵无可挽回的闪着光的微风是什么东西。她松开手，让床单随光远去，只见俏姑娘雷梅苔丝在朝她挥手告别。床单令人目眩地扑扇着和她一起飞开，同她一起渐渐离开了布满金龟子和大丽花的天空，穿过了刚过下午四点钟的空间，同她一起永远地消失在太空之中，连人们记忆所及的，飞得最高的鸟儿也赶不上。

俏姑娘雷梅苔丝白日升天、永不归来，也是一桩奇人奇事。《百年孤独》又顺便提到奥雷良诺上校：

> 在过去，只要他看一眼，椅子就会打起转来……打从他少年时

代开始意识到自己的预感能力起,他就想,死亡该是由一种确凿的、不会搞错和不可更改的信号来宣告的,但是现在他离死亡只有几个钟点了,这样的信号却还没来。以前有一次,一位十分漂亮的女人走进他在图库林卡的营寺,要求卫兵让她去看他。卫兵让她进去了,因为他们知道,这儿一些做母亲的有种狂热的崇拜,她们自己的女儿送到最有名的武士的房里,据她们自己讲,这是为了使后代更加出类拔萃。那天晚上姑娘进房时,奥雷良诺·布恩地亚上校正要写完那首关于雨中迷路者的诗。他背过身去,把稿纸放到他存放诗作的抽屉里锁好。这时他感到死神临头了。他抓起抽屉里的手枪,头也不回地说:

"请不要开枪!"

当他举着子弹上膛的手枪转过身来时,姑娘已经放下她的枪,呆呆地不知所措。就这样,他躲过了十一次暗算中的四次。相反,一个一直没被抓住的人有天晚上进了马努雷革命军的兵营,用匕首捅死了他的亲密战友马格尼菲科·比斯巴尔上校,而这天晚上正是奥雷良诺把行军床让给他,好让他出身汗退退烧。当时,他睡在同一间房里离开几米远的另一张吊床上,却什么也没感觉到。他曾努力想系统地总结这种死亡的预兆,结果却是枉费精力。这些预兆突如其来,发生在清晰得异乎寻常的闪间,它们像瞬息即逝而又确凿无疑的一个信念,但却无法捕捉得住。有些时候,它们来得那么自然,在未付诸实践之前,他都不把它们看作预兆;而另一些时候,它们是那样明白无误,却没有兑现。它们经常只不过是一种普通的迷信的冲动。但是,当他被判了死刑,人家问他临死前有什么愿望,他却毫不费力地辨认出这个预兆,并受到启发,作了这样的回答:

"我要求这个判决在马贡多执行",他说。

……

从那时起,那些预兆仿佛不来光顾他了。

这次之所以没有预兆,就因为他后来果真没有死成,他的枪决之执行被耽搁,他终于得救而逃脱了。星期二早晨五点钟,罗克·卡尼塞洛上尉率领行刑队正在执行对他的枪决任务:

……当行刑队举枪对准他时,他的愤怒已化成粘糊苦涩的东西,使他的舌头发麻，使他不由得闭上了眼睛，于是铝白色的曙光消失了，……当他听到喊声时，以为是行刑队发出的最后一道命令。他怀着胆战心惊的好奇睁开了眼睛，等候炽热的子弹迎面飞来，但却只见罗克·卡尼塞洛上尉举着双手，霍塞·阿卡迪奥端着骇人的猎枪，随时准备射击，正大步穿过街来。

"别开枪。"上尉对霍塞·阿卡迪奥说："您可真是上帝派来的。"

从此，另一场战争又开始了。……

奥雷良诺年轻时有特异功能，他除了眼睛看一眼椅子就会打转外，更重要的是，他对死神的威胁有预感。像一切特异功能者一样，他的预感，有时没有兑现，但有时却正确无误，他因次而"躲过了十一次暗算中的四次"。这一次预感指示他请求在家乡马贡多执行死刑，他果然因此而获救未死，而这次被判死刑，他本以为必死无疑，但却没有死的预兆，他感到奇怪，最后终于未死。

《百年孤独》中那位活了一百多岁的那位乌苏拉，更是一位奇人，听说奥雷良诺被捕的公告后，"她整整哭了三天，一天下午，她在厨房搅拌奶制的甜食时，耳边清晰地听到了儿子的声音，'是奥雷良诺！'她一路叫着奔到栗树前把这消息告诉丈夫：'我说不上这个奇迹是怎么发生的，但是，他确实还活着，我们很快就会见到他了。'她把这个感觉完全当成了事实，她派人洗刷了地板，变换了家具曾放的位置。一个星期后，也没有政府的公告，不知从哪儿传来的消息却戏剧性地证实了她的预感。奥雷良诺·布恩地亚上校被判处了死刑，为了惩成镇上的居民，死刑将在马贡多执行。"

纵观《百年孤独》的以上描写，可知马尔克斯对气功和特异功能中的预知功能、思维传感（包括心灵感应）都十分熟悉。他将其编织在小说中，有力地为塑造人物性格和描写人物命运服务，将魔幻和现实结合得天衣无缝。俏姑娘雷梅苔斯的白日飞升、神父的离地腾空和吉卜赛人的飞毯，是西方作品中描写飞行的三种常见模式，《百年孤独》都描写得生动逼真。

卡萨雷斯和马尔克斯作为欧洲白人后裔，生活在拉美印第安人的故土中，他们汲取和兼取了西方文化和印第安人的文化养料并融合在一起，他们关于特异功能的描写，与拉美魔幻现实主义文学的整体相一致，是西方文化与印第安文化完美结合的产物，为世界文学树立了一个融合两种文化的典范，有很大的借鉴意义。

柒、英国名剧译文和评论

斯坦利·霍顿和他的《亲爱者离去》[1]

　　英国著名戏剧家威廉·斯坦利·霍顿，一八八一年二月生于曼彻斯特附近小城的一个棉花商家庭。他于十六岁那年进他父亲的货栈做店员，并把自己所有的业余时间全部花在业余戏剧活动上。从一九〇一年到一九一二年，他共扮演过七十几个角色，同时写剧本和戏剧评论文章。他的不少剧本供业余和专业剧团演出过。一九一二年发表的剧本《欣德尔的假日》，在短短一年中，连续在伦敦、曼彻斯特、纽约和芝加哥等地上演达两千场，霍顿因此名震剧坛，成为专业作家，先到伦敦，后到巴黎，从事创作。一九一三年，他不幸患传染病，以三十二岁的壮龄逝世。不幸的早夭，使霍顿的艺术才华来不及得到充分的发挥，这是一个令人遗憾的损失。

　　霍顿才思敏捷，创作的速度很快。青年人和成年人的矛盾问题和试图打破人们拜金习俗的思想，是霍顿戏剧的两大主题。他的思想是进步的，但他决不把他的思想硬加给作品。评论家认为他的戏剧有点接近易卜生的现实主义。

　　《亲爱者离去》是霍顿的成名作。由于剧本演出的成功，此剧很快就出现了法文和荷兰文的译本，并在许多国家不断上演。

　　独幕喜剧《亲爱者离去》的故事中心是围绕着两姐妹中的一个错以为她们的父亲死亡而展开，这件乔错的事并不很像真的会在现实中发生，但情节却波澜起伏而逗人发笑。姐妹俩拚命争夺父亲死后并不多的那么一点遗产，结果大家枉费心机，发现父亲并没有死。他们起先为了掩盖自己的丑态，大家联合起来对付这位突然"复活"的父亲，后来为了父亲将来真的死了以后遗产归属

1　原刊《名作欣赏》1982 年第 3 期。

问题，又勾心斗角起来。最后她们的父亲宣布，因为他看穿女儿们自私自利，不肯真心照顾自己，决定"离去"，到愿意照顾他的人那儿去过活——他要与一个寡妇结婚，弄得全家目瞪口呆。全剧到此，戛然而止。

这个戏让我们看到资产阶级社会"金钱就是一切"的生活画面。剧本的题目妙语双关、颇具匠心。"亲爱者"并不亲爱，为了金钱，父女、姐妹和亲属之间仇雠相对，辱骂和挖苦起来不遗余力；为了金钱，大家又可以讲出种种违心之言，不受欢迎的老人竟然成为竞相争夺的宝贝。人们在发笑之余，可以想到在现实生活中不择手段地抢夺遗产这类丑事至今不仅在西方，而且在我们的社会里也时有所闻，可见此剧至今尚未失去现实意义。"离去"这个词，在英语和汉语中都可以作为人"死去"的委婉语，而全剧又以被人误认为死去的父亲的离去而告终，观众和读者在看完全剧或掩上剧本时，回想到作家为剧本所取之名更感到妙趣横生，余味无穷。

由于独幕剧这个艺术形式的限制，剧本的篇幅有限，所以全剧的人物不多，只有六个；有些人物出场和能够讲话的时间也不多。但是作家将这六个人刻划得性格特出，栩栩如生，入木三分，每个人在规定的场景中作了充分的表演。

阿米莉亚和伊丽莎白姐妹是一对大活宝。两人都不肯照顾自己的父亲，为此她们竟然吵架，甚至反脸成仇，长期断绝往来。两人都见钱眼开，唯利是图。父亲死了，不认真讨论如何办理后事，两人竟然尔虞我诈，斤斤计较，互不相让，为抢夺一丁点儿遗物而争吵不休。两人都自以为是，争胜好强，她们互相之间为一点小事也要争长论短，总想抢上风，压倒对方。她们对丈夫都颐指气使，对儿女更是动辄训斥，一副河东狮吼式的泼妇相。这对姐妹浑身散发出一股令人厌恶的庸俗臭味。但两人同中有异，臭味并不相投。阿米莉亚脾气急躁，爽直粗俗，行动迅速，说干就干，不拘形迹。伊丽莎白则表情冷淡，自鸣得意，装腔作势，故作风雅。两人的性格差异是很大的。两个品质相类的人物，而且是亲姐妹，作家把她们写得有同有异，同中有异，显示了剧作家刻划人物的深厚功力。

这对姐妹的丈夫也是一双大好佬。这对连襟也有不少共同点。他们都是严重的"气管炎"（"妻管严"）患者，屈服于妻子的专横和淫威之下，妇唱夫随，毫无主见，丑态百出。这两个做丈夫的和妻子一样庸俗虚伪，一样见钱忘义。女人们吵起架来，他们不但不好言相劝，反而各自站在自己妻子一边，帮腔助威，火上浇油，壁垒分明。最可笑的是四个人坐在那里言不由衷、附庸风雅地草拟讣告的场面。为了使讣告能写得"富于诗意"一点，他们搜肠括肚地杜撰了一些不伦不类的句子，最后竟背诵起无聊小报上半通不通、奇谈怪论式的诗歌来。剧作家把四个角色的丑恶灵魂和低级趣味用巧妙深刻的手段解剖给大家看，令人捧腹，令人深思。

艾贝尔老头儿也是一个很有意思的人物。他表面看上去沉溺吃喝，浑浑噩噩，逍遥度日。实际上他富于心计，善于观察，精明万分。他善于为自己打算：从眼前讲，抓紧时机享受，饱口腹之欲。从长远看，他按时付保险金，以备不测；知道女儿不孝，又及时找好新的归宿。他和那位寡妇早就定了情，但他对女儿、女婿严守秘密。他知道这两对小辈并不容易对付，他们会装控作势、放泼耍刁，如果四个人联合起来对付自己，也是疲于奉陪的。所以他在结婚前夕略施小计，引其上钩，把柄在手，先占上风，然后突然宣布这一特大喜讯，让这几个厉害的对手一时目瞪口呆、束手无策，他就"三十六计，走为上计"，立刻溜之大吉。

我们忘不了那个可爱的小姑娘维多利亚。她只有十岁，所以不大懂事，外公死了，她还穿着花衣服在街上跳跳蹦蹦。她只有十岁，所以看见死人害怕，尽管死的是她可亲的外公。但她毕竟是个孩子，所以她怕死人，她尤怕发火的妈妈，她只好很不情愿地进死人房中去拿东西。当这位聪明伶俐、活泼可爱的小姑娘吓得要命地从楼上跑回来，还精细地"随手关上门"，喊着"妈妈"时，我们对她又是同情，又是爱怜。全剧随着小姑娘的喊声，渐进高潮。小姑娘多么天真，别的人看见这位搞不清是活人还是幽灵的老人唯恐避之不远，只有她亲昵地坐在外公脚前呢喃细语，讲给他听这场闹剧的真情。小姑娘多么聪明，她一眼看出父母在抢外公的东西。当她一语道破天机时，她的父母也为之大吃一惊。这么一对蠢不可言的夫妇竟生出这么一个聪慧过人的女儿来。好心的读者不禁会替维多利亚深深惋惜，如果她生在一个有教养的家庭，大了一定会成才。可见剧作家用生花妙笔塑造出这个生动形象，为的是使剧本趣味倍增，用意更深。

本剧的语言很值得称道。剧中人物的语言无不切合人物的身份、性格和彼时彼地的心理，通过声口毕具的语言又鲜明生动地表现了人物的性格特征和心理活动。而且剧中语言带有强烈的讽刺力量。剧作家并不出面讽刺褒贬人物，他通过合乎性格逻辑、合乎规定场景的对话，让人物互相交锋、揭发和讽刺。更巧妙的是，让剧中人自己在无意中暴露自己真情的方法来揭露自己的虚情假意，自己打自己耳光，就显得非常可笑，加强了讽刺效果。如剧本开头部分阿米莉亚用几乎要痛哭失声的语调对丈夫讲自己要忍住父死之悲痛得花多大代价，讲自己睹物思人，心痛欲裂。讲得声泪俱下，动人至深。接下来却刻不容缓地用活跃口气怂恿丈夫穿父亲刚买来的新拖鞋，竟庆幸起拾到外快来。前后两种语气，判若两人，可见其悲伤是假，因发死人财而感到高兴是真。剧中的对话潜台词多，语言的内涵容量大，耐人思索，也是一大特点。一个剧本的语言能鲜明地反映人物的性格和内心活动，有强烈的讽刺力量，这固然好，但也往往会随之带来一些缺点，如锋芒毕露，一览无余，甚至掌握不好火候，给人以夸张过分的感觉。但本剧作者却同时能注意语言的含蓄蕴藉，使人物语言和全剧的情节发展都经得起推敲和回味。如本和伊丽莎白怀疑镜台的归属问题时，亨利和阿米莉亚解释这个东西是他们在一次拍卖中买来的。本听了后就答了一声："哦，旧货"。这短短三个字既有瞧不起亨利夫妇、瞧不起这个镜台的两层意思，还包含着心中本来的疑问因此而释然的轻松口气。知其夫者必其妻，伊丽莎白马上领会了本的话意，立即针锋相对地驳斥道："不要卖弄你的无知了，本。所有的艺术品都是旧货。看看那些古代名家的作品吧。"这几句话真是妙语连珠，痛快犀利而铿锵有力。但是伊丽莎白不懂装懂、自己也在卖弄无知的憨态，对这个镜台之归属仍属疑团的警觉和对它垂涎欲滴，很想到手而故意抬高此物身价准备进行强硬谈判的焦急也——包含其中

这个剧本的结构严谨而巧妙。独幕剧这个艺术形式决定了本剧的篇幅不长，但剧情的发展却曲折多变、跌宕多姿，而且没有斧凿之痕，剧情的衔接和转折自然巧妙，引人入胜。最后的结局既符合剧目的暗示，又出乎人们的意料。美国著名短篇小说家欧·亨利惯以出奇的结局让人们吃一惊，于是评论家称道其小说常有一个"意外的结局"（surprise ending）。此剧也用了这种艺术手法，以加强其戏剧效果。

〔英〕斯坦利·霍顿《亲爱者离去》

（独幕喜剧）^[1]

人物

阿米莉亚·斯莱特夫人 ⎫
伊丽莎白·乔登夫人 ⎭ 两姊妹

亨利·斯莱特 ⎫
本·乔登 ⎭ 她们的丈夫

维多利亚·斯莱特　　　　　一个十岁小姑娘，斯莱特大妇的女儿

艾贝尔·梅里韦瑟　　　　　一个老鳏夫，阿米莉亚和伊丽莎白的父亲

故事发生在某郡首府一个星期六的下午。

布景是某郡首府下层中产阶级居住区中一座小房子的起居室。观众的左面是窗户，关着百叶窗门。窗前有一只长沙发。右面是壁炉，旁边有一只单人沙发。面向观众的墙中间有一道门通向走廊。门的右边有一只廉价而破旧的五斗橱，右边是一个餐具柜。房间的中央有一只方桌，四面放着椅子。壁炉架上放着装饰品和一只不值钱的美国造的钟，壁炉里炖着一只开水壶，餐具柜边有一双华丽而俗气的新拖鞋，拖鞋是毛毡制的。方桌上已摆好部分茶具，餐用品等放在餐具柜里，上面还有几本晚报、《小马嚼子》和《皮尔逊周报》。出门左转弯通向前门；向右是楼梯。可以看到走廊上的一个帽架。

1　〔英〕斯坦利·霍顿著，周锡山译。原刊《名作欣赏》1982 年第 3 期。

启幕时看到斯莱特夫人正在摆茶具。她是一个精力充沛、有一张红扑扑的脸、爽直而粗俗的女人，为了照自己的意见办事随时随地可跟人争一通。她穿着丧服，但并未穿全套丧眼。她聆听了一会，接着走到窗口，打开窗子，对着街叫喊起来。

斯特莱特夫人，（严厉地）；维多利亚！维多利亚！你听到了吗？进来，你进来吗？

（斯莱特夫人关好窗，检上百叶窗门，然后再回到桌子边忙碌。维多利亚，一个智力早熟的十岁小姑娘，穿着花色衣服走进来。）

我替你感到惊奇，维多利亚；真的。你外公冰冷地躺在楼上死了，在这种时候你怎么能到街上闲逛？我真不明白。现在去吧，在你姨妈和姨夫到来之前换好衣服。千万不能让他们看到你还穿着花衣服。

维多利亚：他们来干什么？他们有好多年没来了。

斯特莱夫人：他们要来商量你可怜的外公的丧事。我们一发现他死了，你父亲就给他们打了个电报。

（听到一阵响声。）

天哪！千万别是他们来了。（斯特莱特夫人赶到门边把门打开。）不是，谢天谢地！只不过是你爹来了。

（亨利·斯莱特，一个弯腰曲背地走路，神情忧郁，长着小山羊胡子的男子，走进来。他身穿黑色燕尾服，灰色裤子，系黑领带，戴着一个圆顶硬礼帽。手里拿着一个小纸包。）

亨利：还没有来，呢？

斯莱特夫人：你可以自己看见他们并没来，你看不见吗？喂，维多利亚，上楼去快点换好衣服。穿好白上衣，配一条黑腰带。

（维多利亚出去了。）

（对亨利说）我虽还不满意，但在我们新的丧服做好前，我们已尽了最大努力了，而本和伊丽莎白绝对还没想到丧服这事呢，因此在这点上我们就会胜过他们。

（亨利坐到火炉旁的单人沙发中。）

把靴子脱下，亨利；伊丽莎白是那种爱盯着人家看的人，一丁点儿小的脏东西她也会注意到。

亨利：我在怀疑他们究竟会不会来。你和伊丽莎白吵架时，她说她永远也不会再踏进你的房子了。

斯莱特夫人：她会尽快赶来争享爸爸遗物的。你不知道她要难弄起来的话有多厉害。我讲不清她打哪儿学来的这一套。

    （斯莱特夫人打开亨利带来的小纸包，里面是切成薄片的舌头。她把舌头放在桌上的一个碟子里。）

亨利：我想这是从家里学来的。

斯莱特夫人：你这样讲是什么意思，亨利·斯莱特?

亨利：我指的是你爸爸，不是指你。我的拖鞋在哪儿?

斯莱特夫人：在厨房里；不过你需要一双新的了，那双旧的马上要穿破了。（几乎忍不住要痛哭起来）看来你并不了解，我象现在这样忍住悲痛，心里有多难受！我一看到四处放着的、我爸爸的那些小东西，想到这些东西他永远也不会再用了，我就心痛欲裂。（活跃地）有了！你最好穿爸爸的那双拖鞋。他刚买来一双新的，真是运气。

亨利：那双鞋我穿实在太小了，我亲爱的。

斯莱特夫人：多穿穿就会撑大的，对不对? 我不想让拖鞋白白浪费掉。（她已布置好桌子。）

    亨利，我一直在想着爸爸卧室里的他那个镜台。你知道我总是在想等他死后把它弄过来。

亨利：分东西的时候你必须和伊丽莎白商定好。

斯莱特夫人：伊丽莎白是一个非常机灵的女人，她看出我急想要这个东西，她就会为这个东西拚命讨价还价。唉，有一个卑下的，只想苦心发财的心理是多么可恶！

亨利：说不定她也已经看中了这个镜台。

斯莱特夫人：打从爸爸买来这个镜台后，她从没来过这儿。只要这个镜台放在楼下这个地方，而不是在爸爸房里，她永远也猜想不到镜台不是我们自己的。

亨利：（吃了一惊）：阿来莉亚！（他站起身来。）

斯莱特夫人：亨利，我们为什么不现在就把那张镜台搬下来呢? 在他们到来之前我们就能搬好。

亨利，（茫然不知所措）：我不想这样做。

斯莱特夫人：不要这样傻。为什么不?

亨利：这么干有点不大漂亮吧。

斯莱特夫人：我们可以把那只破旧的五斗橱搬到楼上现在放镜台的地方。伊丽莎白会拿那个五斗橱，而且会喜欢的。我总想拔除这个东西。（她指指那个五斗橱。）

亨利：不要在我们正搬的时候，他们来了。

斯莱特夫人：我去把前门栓上。脱掉外衣，亨利，我们把这东西换掉。

　　（斯莱特夫人出去栓前门。亨利脱掉外衣。斯莱特夫人重上舞台。）

　　我跑上去把挡路的椅子搬开。

　　（维多利亚出来，照她母亲的指示穿戴好。）

维多利亚：你替我把上衣后背的钮子扣上好吗，妈妈？

斯莱特夫人：我正忙着哪，让你爸爸给你扣。（斯莱特夫人急急地上楼；亨利替女儿把上衣扣好。）

维多利亚：你怎么把外衣脱了，爸爸？

亨利：我和妈妈正要把外公的镜台搬到楼下这儿来。

维多利亚，（想了一想后）：在伊丽莎白姨妈来之前，我们把它抢过来吗？

亨利，（吓了一跳）：不，我的孩子。外公临终前把它给了你妈妈了。

维多利亚：今天早晨吗？

亨利：是呀。

维多利亚：啊！今天早晨他喝醉了。

亨利：嘘！现在你再也不要讲他喝醉了。

　　（亨利给女儿扣好上衣，斯莱特夫人手臂下夹着一只漂亮的钟进来。）

斯莱特夫人：我想我还是把这个也带下来算了。（她把钟放在壁炉架上。）我们的钟不值什么钱，这个钟一直很中我的意。

维多利亚；那是外公的钟。

斯莱特夫人：嘘！轻点！这只钟现在是我们的了。来，亨利，搬起你的那一头。维多利亚，关于钟和镜台的事，你不要在姨妈面前漏出一个字来。

　　（他们把五斗橱搬出门口。）

维多利亚，（自言自语）：我认为我们抢了他们的东西。

　　（稍停片刻后，前门响起清脆的敲门声。）

斯莱特夫人（从楼上）：维多利亚，假使那是你姨妈和姨夫，你别开门。

　　（维多利亚在窗子那儿偷看。）

维多利亚：妈妈，是他们来了！

斯莱特夫人：我下来之前你不要开门。

（敲门声又响了。）

让他们去敲好了。

（传来一下沉重的碰击声。）

注意墙壁，亨利。

（亨利和斯莱特夫人，非常热而且满脸通红，扛着一只漂亮的，带有一只上锁写字台的老式镜台蹒跚而进。他们把它放在原来放五斗橱的位置上，把上面装饰品之类的东西扶扶正。敲门声再次响起来。）

那个五斗橱和这个镜台是差不多的东西。

去开门，维多利亚。

好，亨利、穿上外衣。（她帮他穿好。）

亨利：我们把墙灰撞掉好多了吧？

斯莱特夫人：撞掉点墙灰没关系。我看上去没什么吧？（在镜子面前把头发拉拉直）当伊丽莎白看到我们全都只穿半身丧服时，你只要注意她的面色好了。（把《小马嚼子》扔给他。）拿着这个坐好。试着装作我们好象一直在等他们的样子。

（亨利坐在单人沙发上，斯莱特夫人离开镜台。他们装模作样地看杂志。维多利亚引本和乔登夫人进来。后面那位是一个肥胖、自鸣得意的女人，有一张没有表情的面孔，并且带有一种令人不快的，总是自以为是的神气。她穿着一套新制的死气沉沉的丧服，戴一个有羽饰的大黑帽。本也穿着全套新制丧服。戴一副黑手套：帽子上有一圈镶边。他是一个很快活的小个子、平时富有幽默感，但此时此刻他努力使自己与这么个不幸的场面相适应。他有一副乐呵呵的、活泼的细嗓子。乔登夫人仪态万方地走进来，庄重地径直走到斯莱特夫人面前，吻吻她。两个男人握握手。乔登夫人吻亨利，本吻斯莱特夫人。大家一言不发。斯莱特夫人偷偷地审视他们新的丧服。）

乔登夫人：哎，阿米莉亚。这么说来他终于"走"了。

斯莱特夫人：是呀，他走了。两个星期前的星期天他七十二岁了。（她的鼻子抽搐，强忍住眼泪。）（乔登太太坐在方桌的左面。斯莱特太太坐在方桌的右面。亨利坐在单人沙发中。本坐在长沙发上维多利亚坐在他的靠近处。

本，（快活地）：喂，阿米莉亚，你不必过度悲伤。我们也总有一天要死的。情
　　　况本来也许会还要坏。

斯莱特夫人：我不懂你的意思。

本：本来也许是我们中的哪一个先死了。

亨利：你们到这儿来，路上花了好长时间吧，伊丽莎白。

乔登夫人：哦，我不会做这样的事。我真的不会做这样的事。

斯莱特夫人，（猜疑地）：不会做什么事？

乔登夫人：我不会没买好丧服就开始办丧事。

　　　（眼睛瞟着她的姐姐。）

斯莱特夫人：我们已经在定做丧服了，你尽可以相信。（尖刻地）我决不能想
　　　象竟去买现成做好的东西。

乔登夫人：不能想象？对我自己来说，马上穿上丧服感到很大的告慰。现在你
　　　们也许可以和我们谈谈此事的全部经过了吧？医生是怎么说的？

斯莱特夫人：哦，他最近还没来过呢。

乔登夫人：最近没来过？

本，（同时地）：你们没有立刻去请他？

斯莱特夫人：我当然去请了。你们当我是傻瓜？我马上打发亨利去请普林格尔
　　　医生，但是他出去了。

本：你本来应该另外去请一个。是吗，伊丽莎白？乔登夫人：哦：是呀。这是
　　　一个致命的过错。

斯莱特夫人：他活着的时候普林格尔给他看病，他死了也得请普林格尔来看，
　　　这是医务界的规矩嘛。

本：嗯，你非常清楚你的职责，但是——

乔登夫人：是呀——这是一个致命的过错。

斯莱特夫人：不要这样傻乎乎地谈论下去了，伊丽莎白，医生有什么用？

乔登夫人：你看多少人不是这样么，说是要"死"了，结果不是治活了吗？

亨利：那是指他们喝醉了酒时说的。你的父亲不是喝醉酒，伊丽莎白。[2]

2　陈瘦竹先生指出：周锡山同志的译文显然是将 drownd 误作 drunken。此句应译作：
　　"那些都是在水里淹死的人。你爹不是淹死的，伊丽莎白。"妹夫上场后乱说俏皮
　　话，现在又来一句："那倒不必害怕他会淹死。如果世界上有一件他讨厌的东西，
　　那就是水。"他知道老丈人爱喝酒就挖苦一下，说他只要酒不要水，另外也是指责
　　阿米莉亚刻薄，不让老人随便用水。阿米莉亚听了恼羞成怒地说道："哎哟！他洗

本，（幽默地）：对此不要有很多顾虑。如果说他有一样什么东西打熬不住的话，那就是水嘛。

　　（他笑起来，但无人响应。）

乔登夫人，（感情上受了伤害）：本！（本立即被吓住。）

斯莱特夫人，（被激怒）：我肯定他洗的次数是够勤的了。

乔登夫人：就说他以前时时贪杯过分的话，我们今后也不必再多谈了。

斯莱特夫人：今天早上爸爸有点儿"微醉"。他早饭吃好就出去付保险金了。

本：嗳呀，这件事他干得好。

乔登夫人：在那种事情上他总是考虑得很周到的。他太高尚了，不交好保险金不"走路"。

斯莱特夫人：嗯，这以后他一定到"金铃"那儿去走过一圈，因为他进来时极快活。我说："我们只等亨利来就开中饭。""中饭"，他说："我不想吃中饭，我要睡觉。"

本，（摇头）：啊！哎呀！

亨利：我进去时，我看到他果真脱了衣服，舒适地蜷伏在床上。（他站起来，站在炉前地毯上。）

乔登夫人，（肯定地）：哎，他一定有了一个"预兆"。我坚信这一点。他认出你了吗？

亨利：认出了。他跟我讲了话。

乔登夫人：他说他已有过"预兆"了吗？

亨利：没有说。他说，"亨利，请你替我把靴子脱了；我上床前忘了脱了。"

乔登夫人：他一定已是头脑昏乱了。

亨利：不，他确实穿着靴子。

斯莱特夫人：我们吃好中饭后，我想在盘子里放点吃的东西送上去。他躺在那儿，完全象睡着了的样子，所以我把盘子放在镜台上——（纠正她自己的话）——放到五斗橱上——过去弄醒他。（顿了一下。）他的身体已相当冷了。

亨利：接着我听到阿米莉亚叫我，我就奔上楼去。

斯莱特夫人：我们当然也就无能为力了。

的真是够勤的了！"（《庸人自扰一场空——关于霍顿的独幕喜剧〈亲爱的死者〉》，陈瘦竹《戏剧理论文集》，第 163 页，中国戏剧出版社，1988）

乔登夫人：他"走"了？

亨利：毫无疑问。

乔登夫人：我心里一直很清楚，他最终会突然离去。

　　　　（停顿一下，他们擦眼睛，鼻子抽搐着，强忍住眼泪。）

斯莱特夫人，（最后轻快地站起身来；用一种事务式的口气）：好啦，你们现在
　　　　先上去看看他呢，还是先吃茶点？

乔登夫人：你说呢，本？

本：我无所谓。

乔登夫人，（向桌子看了一圈）：那么好吧，如果水壶差不多准备好了，我们也
　　　　可以先用茶点。（斯莱特夫人把水壶放在炉火上，准备茶点。）

亨利：有一件事我们也可以决定一下吧，就是登报的讣告。

乔登夫人：我一直在考虑这个问题。你们想写点什么上去？

斯莱特夫人：在他女儿的寓所，上科恩班克街二百三十五号，等等。

亨利：你不会搞得有诗意一点？

乔登夫人：我喜欢"永不忘怀"这样的字眼。这样显得很优雅。

亨利：是优雅，不过忘记起来还是很快的。

本：你决不能马上就把他忘了。

斯莱特夫人：我一直在想"亲爱的丈夫，仁慈的父亲，忠诚的朋友"这么几
　　　　句话。

本，（怀疑地）：你认为这种话正确吗？

亨利：我认为这和正确还是不正确没有关系。

乔登夫人：不，这不仅仅是为了装装门面。

亨利：我昨天在《晚报》上看到一首诗。那首诗很适用。押韵的。（他拿起报
　　　　纸读起来。）

　　　　"你也许会被某些人鄙视和忘记。

　　　　但埋葬你的场所给我们神圣无比。"

乔登夫人：决不会那么说的。你不可以讲"给我们神圣无比。"

亨利：报上是那么说的嘛。

斯莱特夫人：你不要讲这种话，要讲就讲正确的话，不过诗歌里的语言嘛又当
　　　　别论。

亨利：诗的特许，你知道。

乔登夫人：不，决不可以那么说。我们想要这么一首诗歌，它既要表达我们是
　　多么爱他，列举他所有的优秀品质，又要表达我们蒙受的损失有多大。

斯莱特夫人：你想要一首完整的诗。那要化好多钱。

乔登夫人：好吧，吃好茶点我们再考虑这件事，这以后我们来彻底清查他的那
　　点儿东西，并且列一张清单。全部家俱都在他房里。

亨利：没有珠宝和别的值钱东西。

乔登夫人：不过有一只金表。他答应把那个表给我们的吉米。

斯莱特夫人：答应给你们的吉米！我从来没听说过。

乔登夫人：哦，但是他说过的，阿米莉亚，是和我们住在一起的时候说的。他
　　可喜欢吉米啦。

斯莱特夫人：嘿。(感到惊愕。)我不知道！

本：不管怎样，还有他的保险金的钱嘛。今天早上他付的保险金收据拿到了
　　没有？

斯莱特夫人：我没看到过。

　　　(维多利亚从长沙发上跳起来，走到桌子后面。)

维多利亚：妈妈，我认为外公今天早上没有去付保险金。

斯莱特夫人：他出去过的嘛。

维多利亚：是出去过的，但他没有进城去。他在街上碰到了老塔特索尔先生，
　　于是他们从圣菲利普教堂那儿穿过去了。

斯莱特夫人：到"金铃"去了，我敢肯定。

本："金铃"？

斯莱特夫人：约翰·肖尔罗克斯的寡妇经营的那个小酒店。他老是钻在那里头。
　　哦，如果他没有付保险金-

本：你认为他没有付保险金？保险金过期未付吗？

斯莱特夫人：我倒是认为过期未付了。

乔登夫人：有个什么东西告知我他没有付保险金。我得到了一个"预兆"，我
　　知道这一点；他没有付保险金。

本：这个醉醺醺的老乞丐。

乔登夫人：他是故意这样做的，就是要气气我们。

斯莱特夫人：我终究为他做过事情，这三年来不得不容忍他住在这座房子里。
　　这简直可以讲是诈骗。

乔登夫人：我不得不容忍他五年啦。

斯莱特夫人：而你一直在动脑筋要把他移交给我们。

亨利：但是我们确实不知道他没有付过保险金。

乔登夫人：我是知道的。我突然感觉到他没有付。

斯莱特夫人：维多利亚，跑上楼去，把放在你外公梳妆台上的那串钥匙拿来。

维多利亚（胆怯地）：在外公房里？

斯特莱夫人：对。

维多利亚：我——我不高兴去。

斯特莱夫人：不要傻乎乎地说这种话。没有人会伤害你的。

　　　　（维多利亚不情愿地出去了。）

　　　　我们来看看他是否把收条锁在这个镜台里了。

本：在哪儿？在这个玩意儿里？（他站起来细细端详这个镜台。）

乔登夫人，（也站起来）：你们从哪儿弄来的，阿米莉亚？这是我上次来这儿以
　　　　后的新东西。

斯特莱夫人：哦——有一天亨利偶然买到的。

乔登夫人：我喜欢这个东西，这是一个艺术品，你是在拍卖时买来的吗？

亨利：是吗？我从哪儿买来的，阿米莉亚！

斯莱特夫人：是呀，在一次拍卖中买来的。

本，（看不起地）：哦，旧货。

乔登夫人：不要卖弄你的无知了，本，所有的艺术品都是旧货。看看那些古代
　　　　名家的作品吧。

　　　　（维多利亚吓得要命地回来了，她随手关上门。）

维多利亚：妈妈！妈妈！

斯莱特夫人：怎么啦，孩子？

维多利亚：外公正在起床。

本：什么？

斯莱特夫人：你说什么？

维多利亚：外公正在起床。

乔登夫人：这个孩子疯了。

斯莱特夫人：不要说这样的蠢话。你不知道外公已经死了？

维多利亚：是的，是的；他正在起床。我看到他的嘛。

（他们惊恐得呆若木鸡；本和乔登夫人在桌子的左边；维多利亚紧贴在斯莱特夫人身上，在桌子的右边；亨利在火炉附近。）

乔登夫人：你最好自己上去看看，阿米莉亚。

斯莱特夫人：这儿来——跟我来，亨利。

（亨利吓得往后缩。）

本，（突然）；嘘！听！

（他们看着门。听到外面一阵轻微的咯咯声。门开了，露出一个披着褪色的灰色晨衣的老人。他没穿鞋，光穿袜。尽管他已年过七十，但还是精力充沛，脸色红润。他那对明亮而心怀恶意的眼睛在粗浓的灰里带红的眉毛下面闪闪发光。一望而知，他就是艾贝尔·梅里韦瑟，或者讲是他的幽灵。）

艾贝尔：小维基（译注：维多利亚的爱称）怎么啦？（他看到了本和乔登夫人。）喂！什么风把你们吹到这里来啦？你身体好吗，本？

（艾贝尔向本伸出手去，后者迅速地跳开，和乔登夫人一起退到与艾贝尔保持有一个安全距离的长沙发那一头。）

斯莱特夫人，（战战兢兢地走近艾贝尔）：爸爸，是你吗？（她用手碰碰他，看看他是否确实是个人。）

艾贝尔：当然是我。不要这样，阿米莉亚，你们这种傻乎乎的举动究竟算是什么意思？

斯莱特夫人，（对其他人）：他不是死人。

本：不像是死人。

艾贝尔：（为这几句低语所激怒）：你们很长时间没来了，利齐；现在你们来了，似乎并不因为看到我而感到非常愉快。

乔登夫人：你让我们吃了一惊，爸爸。你近来好吗？

艾贝尔，（试图听清她的话）：呃？什么？

乔登夫人：你身体很好吗？

艾贝尔：当然，我很好，只不过有点儿头疼。我极有把握可以打赌说，我个是这座房子里第一个被送到公墓去的人。我总认为那个亨利的健康一点也不好。

乔登夫人：哎，我根本不是指这个。

（艾贝尔穿过去，走到单人沙发处，亨利避开，躲到桌子前面。）

艾贝尔：阿米莉亚，我不知怎么搞的，把新拖鞋弄到哪里去啦？

斯莱特夫人，（狼狈地）：拖鞋不是在炉边吗，爸爸？

艾贝尔：我没看见。（注意到亨利正在设法换拖鞋。）怎么，你穿上了这双拖鞋，亨利。

斯莱特夫人：（敏捷地）：我叫他穿上拖鞋，把它们撑撑大，这双拖鞋是新的，太硬了。来，亨利。

　　（斯莱特夫人从亨利脚上拔出那双拖鞋，交给艾贝尔。后者穿好拖鞋，坐在单人沙发中。）

乔登夫人，（对本）：唔，这样急急忙忙地伸进死人的拖鞋里，我看称不上是漂亮的举动。

　　（亨利走到窗那儿，拉起百叶窗门。维多利亚奔过去，到艾贝尔那儿，坐在他脚边的地上。）

维多利亚：哦，外公，你没有死我真高兴。

斯莱特夫人，（用维护的口气耳语）：不要讲话，维多利亚。

艾贝尔：嗯？什么意思？谁死了？

斯莱特夫人，（大声地）：维多利亚说，你的头不舒服，她觉得很难过。

艾贝尔：啊，谢谢你，维基，不过我现在感到好些了。

斯莱特夫人，（对乔登夫人）：他非常喜欢维多利亚。

乔登夫人，（对斯莱特夫人）：是呀；他也喜欢我们的吉米。

斯莱特夫人：你最好问问他，他是否许诺过给你们的吉米金表。

乔登夫人，（感到很窘）：我现在不好问。我感到现在问不合适。

艾贝尔：怎么啦，本，你穿着丧服！还有利齐也穿着丧服。还有阿米莉亚，亨利和小维基！谁去世啦？亲属中有谁过世了。（他咯咯几声。）

斯莱特夫人：一个你不认识的人，爸爸。本的一个亲戚。

艾贝尔：那么是本的什么亲戚？

斯莱特夫人：他的兄弟。

本，（对斯莱特夫人）：糟了，我从来没有一个兄弟呀什么的。

艾贝尔：呵！哎呀！他叫什么名字，本？

本，（不知所措）：哦——哦。（他走到桌子前面。）

斯莱特夫人，（在桌子右边——提词）：弗雷德里克。

乔登夫人，（在桌子左边——提词）：艾伯特。

本：哦——弗雷德——艾伯——伊萨克。

艾贝尔：伊萨克？那么你的兄弟伊萨克在什么地方去世了？

本：在——呃——在澳大利亚。

艾贝尔：哎呀！他要比你大喽，呃？

本：噢，大五岁。

艾贝尔：噢，噢。你们正打算去参加葬礼喽？

本：哦，是呀。

斯莱特夫人、乔登夫人：不，不。

本：不，当然不。（他退到了左面。）

艾贝尔，（站起身来）：好啦，我想你们只等我来就开始吃茶点吧。我感到饿了。

斯莱特夫人，（拿起开水壶）：我来泡茶。

艾贝尔：现在，过来吧；坐下来，让我们快活一下吧。

　　　（艾贝尔坐在桌子的上首，面对观众。本和乔登夫人坐在左边。维多利亚拉了一把椅子，坐在艾贝尔旁边。斯莱特夫人和亨利坐在右边。两个妇女都和艾贝尔相邻。）

斯莱特夫人：亨利，给爸爸夹点舌头。

艾贝尔：谢谢。我来带个头。（他自己拿面包和奶油吃。）

　　　（亨利给大家夹舌头，斯莱特夫人倒茶。只有艾贝尔有胃口地吃着。）

本：看到你胃口好，非常高兴，梅里韦瑟先生，尽管你的身体不很好。

艾贝尔：没什么了不起的病。我已躺过一下了。

斯莱特夫人：睡着过了，爸爸？

艾贝尔：没有，没有睡着过。

斯莱特夫人
亨利 ｝ 哦！

艾贝尔，（又吃又喝）：我不能精确地回忆起每一件事了，但是我记得我有点头昏，好象是这样。我的手脚一点不能动。

本：那么你看得见、听得见吗，梅里韦瑟先生？

艾贝尔：可以，不过我记不得看到过什么特别的事情。芥末，本。

　　　（本把芥末递过去。）

斯莱特夫人：当然没看到什么喽，爸爸。这都是你的幻觉。你一定是睡着了。

艾贝尔，（急躁地）：我跟你讲我没睡着过嘛，阿米莉亚。讨厌，我应该清楚的嘛。

乔登夫人：你看到亨利或者阿米莉亚走进你房间了吗？

艾贝尔，（搔搔头）：且让我想想——

斯莱特夫人：我不想逼他，伊丽莎白。不要逼他。

亨利：不要逼他，我不想使他烦恼。

艾贝尔，（突然回忆起来了）：是了，糟糕！阿米莉亚跟亨利，你们把镜台搬出
　　我房间究竟是什么意思？

　　　　（亨利和斯莱特夫人哑口无言。）

　　　　你们听到我的话了吗？亨利！阿米莉亚！

乔登夫人：那是什么样子的镜台，爸爸？

艾贝尔：怎么，就是我的镜台嘛，就是我买的那一个-

乔登夫人，（指着镜台）：就是那一个吗，爸爸？

艾贝尔：啊，就是那个。放在这儿干什么？嗯？

　　　　（一阵静默。壁炉架上的钟敲六点。）

　　　　（每个人都望着那只钟。）

　　　　如果这个钟不也是我的才怪呢。这座房子里究竟出了什么鬼啦。

　　　　（稍许停顿一下。）

本：咳，该死！

乔登夫人，（站起身来）：我来告诉你这座房子里发生了什么事，爸爸。简直可
　　以讲是抢劫。

斯莱特夫人：安静些，伊丽莎白。

乔登夫人：我不会安静的。哦，我把这个叫做两面派！

亨利：好了，好了，伊丽莎白。

乔登夫人：你也是两面派。你真是一个卑劣的家伙，你一定要做她吩咐你的
　　每一个肮脏勾当？斯莱特夫人，（站起身来）；记住你是在什么地方，伊
　　丽莎白。

亨利，（站起身来）；得啦，得啦。不要吵架。

本，（站起身来）：我老婆有发表自己意见的任何权利。

艾贝尔，（站起身来——猛敲桌子）：都该死！有谁能告诉我究竟是发生了什么
　　事情？

乔登夫人：好，我来讲给你听。我决不能眼看你遭抢劫。

艾贝尔：谁在抢我的东西？

乔登夫人：阿米莉亚和亨利。他们偷了你的钟和镜台。（激动起来）他们象贼一样在夜里摸进你的房间，在你死后偷走这些东西。

亨利

斯莱特夫人 〕嘘！不要胡说，伊丽莎白！

乔登夫人：我决不会被你们挡住不说。我是说在你死了之后。

艾贝尔：在谁死了之后？

乔登夫人：你。

艾贝尔：不过我并没有死呀。

乔登夫人：是的，但是他们以为你死了。

　　　　　（停顿了一下。艾贝尔向他们环视一圈。）

艾贝尔：哦呵！这就是你们今天都穿起丧服的道理。你们以为我死了。（他轻声笑起来。）这是一个大误会。（他坐下，重新拿起杯子。）

斯莱特夫人，（啜泣）：爸爸。

艾贝尔：你们着手分我的东西并不花费很长时间吧！

乔登夫人：不，爸爸；你不要这样想，阿米莉亚一心只为自己打算，一直在抢你的东西。

艾贝尔：你总是一个捷足先登的人，阿米莉亚。我想你大约认为遗嘱立得不公平吧。

亨利：你立过遗嘱了？

艾贝尔：嗯，遗嘱就锁在那个镜台里。

乔登夫人：那么上面写了些什么，爸爸？

艾贝尔：现在这已无关紧要了。我正打算销毁它，另立一个。

斯莱特夫人，（啜泣着）：爸爸，你不会对我硬心肠的吧？

艾贝尔：麻烦你再倒一杯茶，阿米莉亚；放两块方糖，多加一点牛奶。

斯莱特夫人：好的，爸爸。（她倒茶。）

艾贝尔：我不想对任何人硬心肠。我来告诉你们我打算怎么做。自从你们的母亲去世之后，我有几年和你住在一起，阿米莉亚；有儿年和你住在一起，利齐。好吧，我将立一个新的遗嘱，把我所有的那点东西留给我死的时候和我住在一起的人。你们看怎么样？

亨利：有点儿出乎我们的意料，好像。

乔登夫人：那么你打算从现在起和谁住在一块儿呢？

艾贝尔，（一面喝茶）：我正要谈到这个问题。

乔登夫人：你知道，爸爸，现在正是你再来和我们住在一起的时候了。我们要让你过得非常舒服。

斯莱特夫人：不，他跟我们一起住的时间还不到跟你们住的时间那么长。

乔登夫人：我也许把时间弄错了，但我想在发生了今天这种事情之后，爸爸不能设想和你们再一起住下去了。

艾贝尔：那你想和我再住在一起喽，利齐？

乔登夫人：你知道我们已做好准备，让你和我们一起安家，你喜欢住多长时间就住多长时间。

艾贝尔：你对此有什么意见，阿米莉亚？

斯莱特夫人：我所能说的是伊丽莎白在近两年中改变了她的想头。（站起来。）爸爸，你知道我们俩为了什么事而吵起架来？

乔登夫人：阿米莉亚，别做傻瓜了；坐下。

斯莱特夫人：不，我如果得不到爸爸，你也别想。我们吵架是因为伊丽莎白说她不管付多大代价也不愿意从我们手里把你接过去。她说，你那一套她已受够了，不见得还要忍受一辈子，还讲该我们照看你了。

艾贝尔：我看你们都要为你们对待我的这种手段而感到羞愧。

斯莱特夫人：如果我有什么事做得不对，我真的已感到后悔了。

乔登夫人：我要说的也只是这句话。

艾贝尔：你们现在说这个话已经有点儿晚了。你们中没有人愿意供我食宿。

斯莱特夫人、乔登夫人：不，不，爸爸。

艾贝尔：当然这样嘛，你们都说这样的话，是因为我已经告诉了你们留钱的方法。好了，既然你们不要我，我就到要我的人那儿去吧。

本；好啦，梅里韦瑟先生，你总要和一个女儿住在一起的嘛。

艾贝尔：我来告诉你们我必须做的事。下星期一我必须做三件事。我必须到律师办公室去更改遗嘱；我必须到保险公司去付保险金；我必须到圣菲利普教堂去结婚。

本、亨利：什么！

乔登夫人：结婚！

斯莱特夫人：他神经错乱了。

（全体惊惶失措。）

艾贝尔：我说我打算结婚。

斯莱特夫人：跟谁?

艾贝尔：跟开"金铃"酒家的约翰·肖尔罗克斯夫人。这件事到现在我们已合
　　　计了好长时间啦，但是我一直严守秘密，为的是让大家愉快地吃一惊。
　　　（他站起身来。）我觉得我对于你们来说是一点儿负担，结果是我发现
　　　有人却认为照顾我是一件乐事。我们将在婚礼上很高兴地见到你们。（他
　　　走到门口。）那么，星期一见。十二点钟在圣菲利普教堂。（打开门。）
　　　你们把那个镜台搬到了楼下，真做了件好事，阿米莉亚。星期一搬到"金
　　　铃"酒家去就方便多了。

　　　（他出去了。）

（幕落）

附识　陈瘦竹教授的评论和杭州师范大学上演《亲爱者离去》

　　拙译和评论在《名作欣赏》1982 年第 5 期发表后，该刊 1982 年第 5 期发
表南京大学陈瘦竹教授（1909-1990）长篇评论《庸人自扰一场空——关于霍
顿的独幕喜剧〈亲爱的死者〉》，文章开首说：

　　　《名作欣赏》一九八二年第二期刊载的周锡山同志所译霍顿独
　　幕喜剧《亲爱者离去》及赏析文章，读后甚感兴趣。惟觉题目译名
　　尚可推敲，剧名如按原文直译应作《亲爱的死者》。重读霍顿原作，
　　深感此剧思想、艺术上颇多佳胜，似有再行评论之必要，不揣谫陋，
　　遂为此文。

　　　子女非常自私，不愿照料父母，等到老人一死，后辈互相争夺
　　遗产，闹得不可开交。这种败德和恶习，即使在资本主义社会中也
　　为正直的人所不齿，觉得实在可鄙，真是可笑。

　　……早在二十年代，我国就有顾仲彝的改编本《同胞姐妹》（真善美书店
1925 年出版）。听说前几年又有改编本《如此无情》，曾在上海等地演出。周
锡山同志去年又将这篇独幕喜剧译成中文并且写了评论，这是很有意义的工
作。这篇独幕剧极富现实意义，因为霍顿在剧中所讽刺的那种思想和行为，在
我们社会主义社会中还不能说已经绝迹。

　　陈瘦竹教授后又将此文收入其专著《戏剧理论文集》（中国戏剧出版社
1988）。此文发表 30 年后，《〈名作欣赏〉精华读本：外国散文戏剧名作欣赏》

（北京大学出版社 2012 年版）再次收入此文。而拙译在 1980 年代即已收入《名作欣赏》编辑部编的外国文学欣赏优秀著作集。

陈瘦竹先生对拙译及其艺术评论，多加肯定，笔者非常感谢！我的公开发表的第一个译作，就受到陈瘦竹先生重视和好评，当年很受鼓舞；而且这是王智量师看到此文后告诉我，我才知道的。

陈瘦竹先生对拙译的题目，提出不同的意见。他认为按原文直译《亲爱的死者》更好。的确，霍顿的英文题目 The Dear Departed，文字简捷，音调铿锵，意思明朗，而又悬念性强，的确是一个绝佳题目。但是，当初我翻译时——我是在文革中自学英语时，我学习北京大学出版社出版的《英语精读教材》第一册（按文革前，北京外国语大学出版了三册，第一、二册是大三教材，第三册是大四教材）为正确深刻理解原文而试作翻译的。我感到译成中文后，从中国的民族习惯和汉语的文字色彩来看，死气太重，语调灰黑，作为剧名，难以引起观众的好感和兴趣。而意译《亲爱者离去》，比较含蓄委婉。

在拙译、拙评发表近 40 年后，2020 年 10 月 14 日，杭州师范大学流霞剧社迎新专场演出了《亲爱者离去》。该校教授、该剧社导演黄岳杰老师亲自登台演出，饰演剧中阿米莉亚和伊丽莎白的老父亲——艾贝尔·梅里韦瑟。杭州师范大学的大学生剧社演出的剧本，用的就是拙译（文字略有删改），也用了拙译的剧名。可见读者和演出者是认可意译的剧名的。

诚如陈瘦竹先生所指出的，霍顿剧中所讽刺的那种思想和行为，不能说已经绝迹。当今争夺遗产尤其是父母留下的房产的纠纷和案件很多，无理取闹、蛮横争吵和强取豪夺者层出不穷。杭州师范大学大学生的剧社演出这个剧本，是很有现实意义的。

此剧在西方非常有名，甚至还拍了电影。今知捷克斯洛伐克的著名导演弗朗齐歇克·菲利普，拍摄了电影 The Dear Departed（1964），编剧：Stanley Houghton，制片国家／地区：捷克斯洛伐克；语言：捷克语；上映日期：1964。

高尔斯华绥和他的
《最前的和最后的》[1]

　　约翰·高尔斯华绥（John Galsworthy 1867—1933），是英国现代最杰出的批判现实主义作家之一。他出身于一个富裕的资产阶级家庭，父亲是伦敦有名的高级律师。他自已在一八九〇年于牛津大学毕业后也获得律师资格。一年后他放弃律师职务，出国旅行。两年中，他的足迹遍于世界各地。旅途中，他在船上与波兰裔的著名英国小说家约瑟夫·康拉德相识，结为好友。在康拉德和自己妻子的影响下，他开始了文学生涯。

　　高尔斯华绥是一位有世界声誉的大作家，但他的创作成就得之不易。当他发表处女作中篇小说《天涯海角》（1897）时，他正好三十岁。他继续刻苦地向英、德、俄等国的名家学习，他后来说，他大约用了五年时间才掌握了基本的文学技巧。艰苦的努力带来丰硕的成果。一九〇四年，他写出长篇小说《岛国的法利赛人》，初次引起读者注意。一九〇六年，当他的第一部不朽之作，长篇小说《有产者》问世时，他已年近四十，离开初次发表作品也已近十年了。但自此之后他那惊人的才华如火山爆发般喷薄而出，一发而不可收。大量的优秀作品一部连者一部。在二十年的时间内，除了为数众多的短篇小说外，平均每年创作一部中、长篇水说和一个剧本。巨大的成就赢得了人们的崇敬和爱戴，他得到英国多所大学授予的荣誉学位，一九一二年被推选为国际笔会的首任会长，一九三二年又因"其描绘的卓越艺术"而荣获举世瞩目的诺贝尔文学奖金。

1　原刊《名作欣赏》1986 年第 1 期。

高尔斯华绥最重要的作品是关于福尔赛一家的不朽的系列小说。它主要由两个三部曲组成:《福尔赛世家》(包括《有产者》,1906;《进退两难》,1920;《出租》,1921)和《现代喜剧》(包括《白猿》,1924;《银匙》,1926;《天鹅曲》,1928)。作者用深刻犀利的笔锋揭露和抨击资本主义社会的黑暗和资产阶级的罪恶,对劳苦大众表达了深切的同情,展现了十九世纪末到二十世纪初英国社会的史诗般的广阔图景。他在众多的优秀作品中塑造出一大群栩栩如生的典型环境中的典型人物,善于用抒情的笔调描绘绚丽多彩的城市生活和大自然景色,创造性地运用和发展了丰富、优美、动人的英国语言,是一位得到评论家一致公认的风格卓越的艺术大师。

高尔斯华绥作为一个有历史责任感和民族责任感的大文豪,有着明确的宏伟目标。他力图在反映现实生活的同时,再度掀起英国文艺复兴的高潮。在英国批判现实主义小说行将冷落之时,他的作品为英国文坛重振声威。在戏剧方面,他与萧伯纳等人一起,为英国剧坛继莎士比亚之后的第二次具有世界意义的繁荣作出了不可磨灭的贡献。他一生共创作了二十七个剧本,近百万言之多。著名的剧作有《银匣》《斗争》《正义》《群众》《骗局》和《最前的和最后的》等。

《最前的和最后的》是作者的后期戏剧力作,据他自己在一九一四年创作的同名中篇小说改编而成。就作者方面说来,这说明他对这个题材异乎寻常的重视和钟爱,就读者方面说,阅读这位小说和戏剧两擅其美的大作家的手笔,可以欣赏到两种形式异曲同工、各逞千秋的非凡艺术,并可从中学到改编艺术的创作经验。

"最前的和最后的"(The First and the Last)一语原出《圣经》《马太福音》第十九章:"然而有许多在前的将要在后,在后的将要在前。"(But many that are first shall be last;and the last shall be first)原义为:在尘世中贫穷而受轻视的人,是离耶稣最远的人;他们只要遵循基督(即耶稣)的教义,死后就会在天堂上得到多次补偿,并变成最受尊敬的"最前的"(离耶稣最近的)人。作者借用此言为题,并非为了宣传宗教,而是用象征手法表达他对资产阶级不合理、不平等的社会的一种抗议,向读者指出尘世间的黑白颠倒和良莠不分并予以强烈的而又是艺术的批判。

此戏长于独幕剧而短于多幕剧,作者将全剧划分为三场。篇幅虽不多,但气氛紧张,情节曲折,戏剧冲突非常尖锐,作家将人物和故事写得真切动人而又引人入胜。

剧中的矛盾综横交错，异常复杂，为上述的艺术特色提供了坚实的基础。归纳一下，主要矛盾即有以下几对：基思和拉里之间的矛盾——基思荣升皇家法院法官有望，但拉里却沦落为杀人犯，这就严重威胁了他的锦绣前程：拉里和瓦伦之间的矛盾——瓦伦要继续欺凌、蹂躏孤苦无援的弱女，拉里要维护自己的纯真爱情，保护自己的心上人，不让她重堕魔掌；基思和婉达之间的矛盾——基思为使弟弟逃脱法网，要婉达和拉里一刀两断，婉达则要捍卫自己正当的爱的权利；还有拉里、婉达和法院的矛盾，基思和法院的矛盾，等等。如此众多的矛盾错综复杂地交织在一起，酝酿成尖锐激烈的戏剧冲突，显示出作者的艺术匠心。

三场戏中的出场人物仅有三个，三个角色都写得性格鲜明，栩栩如生。拉里是靠自己的劳动收入维待生活的青年，可是受到恶浊的让会风气毒害，他染上不良习性，玩世不恭，行为放荡：酗酒，和异性鬼混。但他为人善良，富于正义感，所以他遇到流落英国的波兰女郎婉达即萌发真挚的爱情，毅然与她结合。热烈深厚的爱和随之产生的责任感，清洗掉他灵魂中的污垢，拉里改邪归正，开始过起严肃的，正常而又偷快的生活。为了维护这一切，面对恶棍的威胁，他奋勇自卫，不想失手杀死对方，铸成大祸。为了妥善对付法律追究，他向哥哥问计求救。但当他得知有一个可怜虫被抓，代他抵罪时，他坚持按正义行动。既要避免让无辜者代己受诛，以维护正义和人的尊严，又要保护爱情免使情人重新跌入苦海，拉里绞尽脑汁。在实在无法两全的情况下，他只好走上绝路，以表达对黑暗社会的抗议。婉达是一个天真、纯洁而美丽的姑娘。十六岁时父亲死了，她只身在异乡他国挨饿受冻，艰难度日。居住在同楼的一个恶棍看到这个孤苦无告、不谙世事而又容貌出众的少女，用欺骗加暴力占有了她。在戏中出场时，她不过二十岁，却已受尽折磨：二次遭人遗弃，死了一个孩子，一度险些饿死，最后沦落风尘，成为一个极其悲惨的私娼。幸亏她遇上善良正直的青年拉里，尝到幸福爱情的甜蜜，过上了差强人意的正常生活。但好景不长，恶势力不肯放过她。蹂躏、践踏过她的恶棍的再次出现和自取灭亡，又连累她跌下担惊受怕的感情深渊。她向往阳光，却逃脱不了黑暗的追捕，终于像羔羊一样被剥夺了生的权利，成为统治者血淋淋的祭台上可怜的牺牲品。吃人的黑暗社会张开血盆大口，吞噬过多少善良的青年，毁灭过多少美好的理想，拉里和婉达仅仅是旧世界的无垠苦难血海中的两滴而已。

　　基思是剧中的反面人物，一个身居高位的伪君子。作者对他不作丝毫脸谱化的处理，而是用传神的笔调将他塑造成一个睿智过人、老谋深算的法律家。在第一场，当拉里告诉他出了人命案时，他不暇思索地接连询问拉里六十余个问题，思路极其清晰，问题非常具体和详尽。拉里离开后，他很快就想出"高明"和"圆满"的解救办法，让弟弟逃脱法网，自己也可保全名誉和地位、前途。这位才华过人的律师为了一己私利，不惜让无辜者被送上绞架，不仅渺视法律，而且缺乏为人的基本道德。这样的高级律师，又逢到这样的草菅人命、糊涂判案的法官（此公虽未出场，但给读者观众的印象却很深），司法界的黑暗由此可见。高尔斯华绥精通法律，又熟谙司法界的种种弊端和黑暗内幕。他对此深恶痛疾，曾在多种小说和剧本中予以有力揭露和鞭挞。在剧本《正义》（又译《诉讼》）中曾描绘过一幅盲目审判的图画。本剧则从律师销毁证据，阻拦案中人出庭为受冤者作证的角度，让我们窥视到貌似公正实则虚伪的资产阶级司法机构的一个侧面。而这一切全是在全剧的各个场面中，在基思这一人物的行动和性格发展中自然而然地流露出来的。

　　此剧在结构上的成就也令人惊叹。全剧无一闲笔，字字句句紧扣主题，构思严谨，转接自然，照应紧密。第一场中作者用基思和拉里的一百几十句问答，迅速交代清情节的开始和发展；第二场又用基思和婉达的几十句问答补叙已发生的案件，同时又迅速推进情节的发展和激化戏剧冲突。两场都用大量的问答，手法相同而读者不嫌重复，已极为不易。而人物的性格乃至灵魂隐寓于简短而急促的对话中，同时又有丰富而又意味深长的潜台词交错其间，更显高明。与此相联系，情节的每一步发展都出乎意料之外而入乎情理之中，具有强烈的吸引力。细节的穿插也非常精采。如第二场基思秘密拜访婉达，在紧张关头警察突然闯来，原来是基思慌张中忘了关上大门，招来警察的善意提醒。一场虚惊既增强悬念，又反衬了剧中人物的心理和性格，有一箭双雕之妙。婉达窗外那棵像吊死鬼似的干枯树影两次偶露峥嵘，将婉达和基思都吓得毛骨惊然、颤栗不已，既烘托环境，揭示人物的心理紧张和情绪失常，又增加作品的情趣，深蕴某种象征意义，前后照应，一景多用，堪称神来之笔。

〔英〕高尔斯华绥《最前的和最后的》[1]

剧中人物

基思·戴伦特　皇家法院的高级律师

拉里·戴伦特　他的弟弟

婉达

第一场　基思的房间。

第二场　婉达的房间。

第三场　婉达的房间。

第一场和第二场之间——相隔三十个小时。

第二场和第三场之间——相隔两个月。

第一场

　　十一月的黄昏，六点钟，在基思·戴伦特的书房里。这是一个挂着深色帘幕的大房间，一盏带罩的台灯发出的光，洒落在土耳其地毯、大扶手椅旁的书堆、暗蓝镶金的咖啡饮具上，在壁炉柴火前形成一个光圈，犹如寒冷沙漠中一片温暖的绿洲。基思·戴伦特穿着土耳其式的红拖鞋和棕色的天鹅线的旧外衣，坐着打瞌睡。他脸色黝黑，容貌端庄，胡子修括一净，头发深灰略带花白，浓浓的眉毛卷曲着。

　　他身后，在房间的阴暗部分，挂着帘幕的门被轻轻推开，他并未惊醒。拉

1　〔英〕约翰·高尔斯华绥，周锡山译，原刊《名作欣赏》1986年第1期。

里·戴伦特进来，站在门边，半个身个遮在门帘中。他身材细瘦，神色憔悴；颧骨很高，碧眼深陷；波浪状的头发皱曲而凌乱，——尽管如此，他的验仍颇为秀美。他贴着墙往里走，又站住，发出一阵急促的喘息声。基思在椅子上动弹了一下。

基思：谁在那儿？

拉里：（用一种透不过气来的声音）只是我——拉里。

基思：（半醒状态）进来！我刚才睡着了。

（他并不转过脸去，睡眼惺忪地看着炉火。可以听到拉里的喘息声。）

（略转过一点脸去。）嗳，拉里，怎么啦？

（拉里在台灯的光圈外，靠着墙走过来，好像极需墙的支撑似的。）

基思：（注视着他）你病了吗？

（拉里再次站住，发出一声长叹）

基思：（半醒状态）进来！我刚才睡着了。

（他并不转过脸去，睡眼惺忪地看着炉火。可以听到拉里的喘息声。）

（略转过一点脸去。）嗳，拉里，怎么啦？

（拉里在台灯的光圈外，靠着墙走过来，好像极需墙的支撑似的。）

基思：（注视着他）你病了吗？

（拉里再次站住，发出一声长叹）

基思：（站起来，背对炉火，直瞪瞪地看着兄弟。）

怎么回事？快说呀！（然后带着神经质地爆发出来的无名急躁）你犯了谋杀罪了吗？

怎么没头没脑地象个木头人似地站在那儿？

拉里：（声音低得如耳语一般）是的，基思。

基思：（厌恶万分地）什么！又喝醉了！（突然理解了他的话，因而改变了声调）你这副模样到这儿来究竟干什么？我告诉你——如果你不是我的兄弟的话——！过来，让我能看到你！你出了什么事，拉里？

（拉里离开靠着的墙壁蹒跚走来，突然坐在灯光照着的椅子上。）

拉里：这是真的。

（基思快步走过去，两眼直瞪瞪地俯视着弟弟的眼睛，拉里的双眼里充满着一种毛骨悚然的惊惧，似乎这对眼睛永远也不会再和谐地镶嵌在这个脸庞上了。）

基思：（愤怒而又不知所措，——低声地）凭上帝的名义，你在胡说些什么？

　　（他赶紧走到门边，撩开门帘的一边，看看门是否关着，然后又回到拉里身边，拉里在炉火边缩做一团。）

　　唉，拉里！你定一定心，不要危言耸听啦！你究竟是什么意思？

拉里：（用一种突然冲口而出的可怕声音）这是真的，我告诉你，我杀了一个人。

基思：（振作起来，冷静地）要镇静！

　　（拉里提起双手扭绞着。）

　　（吓了一大跳）你为什么到这里来告诉我这件事？

拉里：不告诉你，我该告诉谁呢，基思？我来请教我该怎么办——自首呢，还是怎么着？

基思：什么——什么时候——甚么——？

拉里：昨天夜里。

基思：我的上帝！怎么一回事？发生在哪里？你最好能镇静地从头和我谈一谈。给，喝杯咖啡；这能使你的头脑清醒一下。

　　（他倒了一杯咖啡给他。拉里一饮而尽。）

拉里：我的脑袋！是呀！是这么一回事，基思——有个姑娘——

基思：女人！和你在一起的，总是女人！怎么啦？

拉里：一个波兰姑娘。她——她的父亲在她十六岁时死在这里，留下她孤零零一个人。与她住同一幢房子的一个坏蛋娶了她——或者说假装娶了她。她非常漂亮，基思。他抛弃了她，那时她已有孕在身。婴孩死了，她自己也差一点饿死。后来另一个家伙把她要去，她和他一块过了两年，直到这个畜生又回来，把她逼回到他那里去。他常常把她打得青一块紫一块的。他又抛弃了她，这时我遇见她。这时不管是谁，她都只好要了。

　　（他停下来，用手抹抹嘴唇，抬头看看基思，又以反驳的口吻讲了下去）

　　我敢发誓讲，我从来没有遇到过比她更可爱，或者说更真诚的女人了。女人！她现在不过才二十岁！昨夜我去她那儿时，这个恶棍又找到了她。他向我冲来——这个欺人太甚的大笨狗。看！（他摸摸前额上的乌青块。）我掐住了他那醒醒酲的喉头，而当我放开他时——

　　（他停住了，双手垂了下来。）

基思：嗯？

拉里：（透不过气来的声音）死了，基思。我一直到后来才知道，她吊在他的

身背上——为了帮助我，

（他又扭绞起双手来。）

基思：（严厉而喉咙干枯地）那么你们接着做什么？

拉里：我们——我们在尸体旁坐了很长时间。

基思：后来呢？

拉里：后来我把尸体拖到街上，转了一个弯，拖到一个拱道处。

其思：有多远？

拉里：大约五十英尺（译注：1 英尺＝91.4 公分）。

基思：有——有谁看见吗？

拉星：没有。

基思：什么时间？

拉果：清晨三点。

基思：后来呢？

拉里：回到她身边。

基思：这是为什么——我的天？

拉里：她又孤单又害怕。我也是这样，基思。

基思：这地方在哪里？

拉里：在沙荷区（译注：伦敦市牛津街南面的一个地方。意大利等国的外国人在那里开有不少下级餐馆）的保罗广场 42 号。

基思：拱道呢？

拉里：手套巷的转角处。

基思：我的上帝！对，今天上午我在报上看到过此事的报道了。他们还在法院里议论过这件事：（他从大扶手椅上一把抓过晚报，翻了一下，读起来）这里也登出来了。"今天早晨在手套巷的拱道下面发现男尸一具。从喉颈处的伤痕看，可以看出谋杀的重大嫌疑。尸体显然已被搜劫过。"我的上帝！（突然转过身来）你在报纸上看到这段新闻，就梦想自己杀了人。你明白吗，拉里？——你是在做梦。

拉里：（若有所思地）但愿我是做了一个梦，基思。

（基思一时也象他弟弟一样绞弄起双手来。）

基思：你从尸体——身上拿过什么东西吗？

拉里：（从口袋里抽出一封信）这是我们搏斗时掉出来的。

基思：（一把抓过去，读道）"帕特里克·瓦伦"——这是他的名字吗？——"伦敦法里厄尔街旅社。"（弯腰将信丢入火中）不！——这样一来我就成了——（他俯身将信封抢了出来，捏了捏，又突然扔在地上，用脚把信封踢入火中。）以上帝的名义，是什么驱使你跑这儿告诉我？你难道不知道我——我很快就当上法官了吗？

拉里：（坦白地）知道。你一定知道我该怎么做。我并不想杀死他，基思。我爱这姑娘——我爱她。我该怎么做呢？

基思：爱！

拉里：（几乎同时跟一句）爱！那个猪一般的蓄生！每天都有成百万个生灵死去，可没有一个死得象他那样活该。不过——不过我这里觉得不舒服。（摸摸自己的心口）掐得好痛哪，基思。好哥哥，能帮就帮我一把吧。也许我算不上是个好人，但如果能避免的话，我连一只苍蝇也不会伤害。（他用双手捂住脸。）

基思：沉着些，拉里！让我们想个办法出来。你没被人看到，你说？

拉里：那是一个黑黝黝的地方，又是一个阴沉沉的黑夜。

基思：你第二次离开那姑娘是在什么时候？

拉里：七点左右。

基思：你到哪里去了？

拉里：回我自己的房间。

基思：费茨罗依街？

拉里：是的。

基思：从那以后你做了些什么？

拉里：坐在那里——思索。

基思：没有出去过？

拉里：没有。

基思：没有再去见过那姑娘？（拉里摇摇头。）她会出卖你吗？

拉里：决不会。

基思：那么她会泄露自己吗——在歇斯底里的状态下？

拉里：不会的。

基思：有谁知道你和她之间的关系吗？

拉里：没一个人知道。

基思：一个也不知道？

拉里：我不明白别人怎么会知道我们的关系，基思。

基思：昨夜你第一次走进她的住处时有人看见吗？

拉里：没有。她住在底楼。我有钥匙。

基思：把钥匙给我。

　　　　（拉里从口袋里摸出两把钥匙，交给他的哥哥。）

拉里：（站起来）我不能和她一刀两断！

基思：什么！和这种姑娘不能割断关系？

拉里：（抢着说）是的，我离不开这个姑娘。

基思：（用手势，抑制感情冲动）你还有什么跟她有联系的物件？

拉里：没有了。

基思：在你的房间里呢？（拉里摇摇头。）照片呢？信件呢？

拉里：没有。

基思：确实没有？

拉里：是没有。

基思：没有人看到你回到她那儿去？

　　　　（拉里摇摇头。）

也没人看到你在早晨离开？你不能肯定吧。

拉里：我能肯定。

基思：你真是幸运。你再坐下，兄弟，我得思考一下。

　　　　（他转身向着炉火，双手搁在壁炉的面饰上，两手支着头。拉里顺从地
　　　　重新坐下。）

基思：这一切都太不可能了。真可怕！

拉里：（叹息着说出）是呀。

基思：这个瓦伦——是他出走以后第一次露面吗？拉里　是的。

拉里：是的。

基思：他怎么找到她的住处的？

拉里：我不知道。

基思：（粗暴地）你醉到了何种程度？

拉里：我没喝醉。

基思：那么你喝了多少？

拉里：一点点红葡萄酒——算不了什么。

基思：你讲你并不想弄死他？

拉里：上帝可以作证。

基思：这里有点有利之处。

拉里：他打了我。（他举起双手。）我不知道我竟有这样大的气力。

基思：你说她那时正吊在他身上？——真丑。

拉里：她因我而吓坏了。

基思：你的意思是-她爱你？

拉里：（语气绝对地）是的，基思。

基思：（蛮横地）这种女人谈得上爱吗？

拉里：（抢着回答）哎呀，你真是个铁心肠的魔鬼！为什么她不能爱？

基思：（冷淡地）我想了解事情的真相。如果你要我帮忙，我就必须知道一切
情况。你凭什么认为她是喜欢你的呢？

拉里:（伴着一阵狂笑）喔，你这位律师先生！难道你从来没有被女人拥抱过吗？

基思：我讲的是"爱情"。

拉里：（激怒地）我讲的也是爱情。我告诉你，她是忠贞的。你曾收容过遭人
遗弃的狗吗？她就象狗对收容者似的爱着我。我也是以这样的感情爱着
她；我们互相搭救了对方啊。我从来没有体恤过别的女人象体恤她那样
——她是我的救星！

基思：（耸一耸肩膀）你为什么选择这个拱道？

拉里：这是最近的一个暗角。

基思：他的模样看得出是被掐死的吗？

拉里：看不出。

基思：是吗？（拉里低垂下头。）
破相得很厉害吗？

拉里：是的。

基思：你检查过他的衣服上有什么标志吗？

拉里：没有。

基思：为什么不检查？

拉里：（冲动地）我不象你那样，是铁打的人。为什么不检查？要是你杀了人
——

基思：（举起一只手）你讲他破相得很厉害，他还会给人家认出来吗？

拉里：（厌倦地）我不知道。

基思：她跟这个人最后一次同居是在什么时间在什么地方？

拉里：在品立可，我想。

基思：不在沙荷吗？（拉里摇摇头。）

　　　她住在沙荷这地方有多久啦？

拉里：近一年了。

基思：就一直过着这样的日子？

拉里：在跟我相识之前。

基思：在她跟你相识之前？而你相信——？

拉里：（惊跳起来）基思！

基思：（再次举起手来）一直在那所房子里？

拉里：（平静下来）是的。

基思：那家伙是干什么的？一个职业流氓？（拉里点头。）他的大部分时间是
　　　在外面鬼混掉的，我猜想。

拉里：我也这么想。

基思：你知道他是否闻名于警方吗？

拉里：我从没听说过。

　　　（基思转过身去，来回踱步，接着他在拉里坐着的椅子前面站住。）

基思：现在听好，拉里。你离开这里后，直接回到家里去，没有我的允许，呆
　　　在那里别出去。答应我。

拉里：我答应。

基思：你的许诺算数吗？

拉里：（用一句隐语）

　　　"你滚沸如水，必不得居首位。"（译注：此语出自《圣经》第一卷《创
　　　世纪》。《创世纪》反映犹太人早期的历史。其中有个故事说：部落的族
　　　长雅各【以色列人的祖先】在147岁临终前，把十二个儿子一齐叫来，
　　　告诉他们每个人将遇到的结局。他对大儿子鲁滨【一译流便】讲：你"滚
　　　沸如水，必不得居首位。意思是："因为你象水一样软弱和不可靠，所
　　　以你将永不会成功。"）

基思：完全正确。如果要我帮助你，你一定要照我的话去做。我需要有时间想

出个办法来。你没有钱用吗？

拉里：非常少。

基思：（严厉地）一天八分之一镑的收入——是啊，你的钱老是花得精光。要是你决定逃走的话——别着急，我会弄到钱的。

拉里：（温顺地）你太好了，基思；你总是待我非常好——我不知道为什么。

基思：（讥讽地）一个当兄长的特权么。出了事，我要为自己和家庭考虑。你不能奢想杀了人而不招致祸害。我的上帝！我想你懂得你已使我成为你的事后同谋犯了——我，皇家法院的高级律师——宣誓要为法律而献身的人，再过一、两年我将负责审理象你这类案子！天啊，拉里，你显出了平常所没有的本事！

拉里：（拿出一个小匣子）我要是早点用它一下就好了。

基思：你这个傻瓜！把匣子交给我。

拉里：（令人莫测地一笑）不。（他用食指和姆指拣起一片药片。）白色的仙丹，基思！只要一片——人家想对你干什么就干什么，而你却永不知晓了。有痛苦时伸手指拿一片吧。这是极大的安慰。你要在身边放一片吗？

基思：嗨，拉里！把匣子给我。

拉里：（将匣子放回口袋里。）这可不行！你从没杀过人，你明白。（他象刚才那样又狂笑起来。）你还记得那把缒子吗？那时我们还是小孩子呢，在那个长房间里你激怒了我。那次我幸运的。在那不勒斯（译注：那不勒斯，又译作拿坡里，意大利南部的一个海港城市，游览胜地。著名的维苏威火山在城的东南。）我也曾碰到过好运，我差点杀死了一个马夫，因为他毒打他的一匹可怜的马儿。但是现在——！我的上帝！

　　（他捧住验。）

　　（基思感动了，走过去，一只手搭在他弟弟的肩上。）

基思：喂，拉里！鼓起勇气！

　　（拉里抬头仰视着他。）

拉里：好吧，基思；我尽力鼓起勇气来。

基思·不要出去。不要喝酒。不要讲话。控制住自己。

拉里：（向门口走去）不要让我等得太久了，以致超过你能帮助我的限度。

基思：不，不会的。鼓起勇气！

　　（拉里走到门边，转过身来好象要说什么话——但找不到词儿，于是走了。）

（向着火炉）勇气！我的上帝！我也需要勇气啊！

（幕落）

第二场

次日夜里十一点左右，在沙荷区住宅底楼的婉达房内。房内昏暗的一切靠一盏紧套着灯罩的灯泡发的光而勉强可见。左边有一个行将熄灭的火炉，后墙的中央有着一扇挂着帘子的窗。门在右边。家具是极普通的，却盖上了长绒罩子，带有一种寒酸中追求排场的味道。一只睡椅，既无靠背也无扶手，斜放在窗子和火炉之间。

婉达双膝卷紧，坐在睡椅上，望着炉中的余烬。她只穿着睡衣，上面还有一条披肩，一双赤脚伸在拖鞋里。她的双臂交叉着搭在胸前。她惊动了一下，抬头看看，倾听着什么声响。她的眼睛带着诚实而惊恐的神色，脸色苍白得象石骨，淡褐色的头发剪得短而整齐，卷曲着贴在她赤裸着的头颈上。一双惊慌的黑亮眸子和淡玫瑰色的嘴售犹似画在一张乳白色的假面上一般。

一阵警察走过街面的整齐非常的脚步声，时而传来，时而消失。她起身轻手轻脚的溜到窗边，撩起一角窗帘，于是人们可以看到一丝夜色。她又把窗帘拉开些，直到可以看到街对面小广场上一株光秃秃的妖精似的树影。又听到脚步声走近来了。婉达关上了窗帘，转过脸伸着脖子看。脚步声走过去，又消失了。她离开窗子，站住了，低头看着门和睡椅之间的地板，好象在那里发现了什么东西似的。她颤抖着，双手蒙住眼睛，回到睡椅边，照老姿势又坐了下来，凝视着余烬。外面大门被人打开的响声又使她吓了一大跳，她跳起来，奔过去将门边的电灯开关关掉。在炉火的微光中勉强看出她沾在深色的窗帘前，谛听着。

低低的敲门声。她恐怖地屏息站着。敲门声又向了。接着听到钥匙转动门锁的声音。恐惧离开了她。门开了，一个穿着深色毛皮大衣的男子走进来。

婉达：（如释重负、气喘吁吁，带着外国口音）噢！是你，拉里！你敲门干什么？我真吓坏了。进来！（她窜过去，搂住他的脖子。又缩了回来——惊恐得令人毛骨悚然地低声说）啊！你是谁？

基思：（压低了嗓门）拉里的朋友。别怕。

（她又退回到窗边；他这时找到开关，扭亮电灯看到她站在那里，深色的披肩一直拉到了喉咙口，脸上带着惊恐万状的神态，仿佛她的头颅要被人从身体上摘下来似的。）

（温和地）你用不着害怕。我不是来加害于你的——而是恰恰相反。（举起钥匙）如果拉里不信任我，他就不会给我这钥匙的，对吗？

（婉达一动不动，象个从肉体里惊跳出来的精灵似地凝视着。）

（向四周打量一下后）真对不起，使你受惊了。

婉达：（喃喃低语）请问，您是谁？

基思：拉里的哥哥。

　　（婉达如释重负地舒了一口气，轻步走回睡椅，坐下。基思走到她面前。）他已将一切都告诉我了。

婉达：（两手十指交叉，抱着膝盖）是吗？

基思：一件可怕的事！

婉达：是呀，哦，是呀！可怕——真可怕啊！

基思：（再次环顾四周）就在这屋里？

婉达：就在你站着的那个地方。我现在一直看到他在往下倒。

基思：（为她声调中善良，绝望的语气所感动）你看上去很年轻。你叫什么名字？

婉达：婉达。

基思：你喜欢拉里吗？

婉达：我愿为他而死。（沉默片刻。）

基思：我——我来了解一下为了救他，你能做些什么。

婉达：（渴望地）您不会骗我吧。您真是他的哥哥吗？

基思：我向你发誓。

婉达：（两手十指交叉）要是我真能救他，那就太好了！请坐下吧。

基思：（拉过一把椅子，坐下）这个家伙，你的——你的丈夫，在他前天夜里来这里以前——你有多久没见到他啦？

婉达：十八个月了。

基思：这里有谁知道你是他的妻子吗？

婉达：没有。我在这里生活很潦倒。没有人认识我，我孤零零地打发日子。

基思：有人已认出他了——你知道吗？

婉达：不知道：我不敢出去。

基恩：唉，有人已经认出他了，接下来他们当然要找寻跟他有关系的人。

婉达：他从不让人知道我嫁给了他。我也不知道我是否算真的——。

我们去过一个办公处，签了我们的姓名；不过他是个坏蛋。我想，像我这样的女人他搞过好多。

基恩：我的弟弟曾经看到过他吗？

婉达：从来没有！是那个家伙先向他动手的。

基恩：是啊。我看到伤痕了。你有佣人吗？

婉达：没有。有一个女人上午九时来干一小时活。

基恩：她知道拉里吗？

婉达：不知道。他总是九点前走了。

基恩：朋友——熟人呢？

婉达：没有。我很好静。自从我认识您的弟弟后，我不再跟任何人来往了，先生。

基恩：（尖刻地）果真吗？

婉达：噢，是真的！我爱他。好长时期以来，除他之外，没别人来过这里。

基恩：有多长时间啦？

婉达：五个月。

基恩：自从——以后你从来没出去过？

（婉达摇摇头。）

你一直在干什么？

婉达：（天真地）一直在哭。（双手压住胸口。）他因为我，陷在危险中了。我真替他害怕。

基恩：（阻止她的这种激情）看看我。

（她看着他。）

要是发生了最坏的情况，这个人的线索追到了你身上，你能确保自己不会供出拉里来吗？

婉达：（站起来指着炉火说）看！我已把他给我的一切东西——甚至连照片都烧了。现在我这里已没有他的任何东西了。

基恩：（也站起来）好！还有一个问题。因为——你的生活——警方知道你吗？

（她注视着他，接着摇摇头。）

你知道拉里的住址吗？

婉达：知道。

基思：你不可以去那里，他也不可以到你这里来。（她低垂下头，接着突然走近他。）

婉达：你千万别把他从我身边拉走。我一定会非常小心的。我决不会做任何损害他的事。要是见不到他，我有时就真想死掉算了。千万别把他从我身边拉走。

（她的双手抓住他的手，拼命地捏紧。）

基思：这个问题由我来解决。我会尽力而为的。

婉达：（仰起头看着他的脸）你会有慈悲心吗？

（她突然俯身吻他的手，基思把手抽回来，她谦恭地退缩，又抬头看他。突然她身子僵直地呆立着，倾听。）

（低声地）听！有人——在外面！

（她飞快地窜过他身边，熄掉灯。响了一下敲门声，此刻他们两个紧靠着站在门窗之间的地方）

（低声地）嗯，是谁呀？

（低声说）你讲过除了拉里不会有别人来。

婉达：是呀，而你又拿了他的钥匙。啊，大约是拉里来了！我得去开门！

（基思朝后退缩，靠着墙。婉达走到门边，把门开了一道缝）嗯？请问——哪一位呀？

（外面的一盏"牛眼"警灯射来一道微弱的光，照在墙上晃动着。响起一个警察的声音"没什么，小姐。您外面的门开着没关。您应该天黑以后就把门关上，您知道。"）

婉达：谢谢您，先生。

（退出去的脚步声和关外面门的声音。婉达关上房门。）

一个警察！

（从墙边走出来）该死！我一定忘了关上那扇门。（突然——他开了灯。）你跟我说过警察不认识你。

婉达·（叹息）我想他们是不认识我的，先生。我已经许久没有外出上街了：打我认识拉里后就没出去过。

（基思投给她一个急切的目光，然后走过她身边到火炉跟前。他在那里站了一会儿，眼睛望着地面，接着又转向姑娘，此时姑娘已经轻步走回到睡椅处。)

基思：（半自语）照你过的那种生活看，谁能相信？——听着！命运让你们漂流在一起，命运也会让你们漂流开去，你知道。他最好是逃走，和你彻底一刀两断。

婉达：（因伤心而略带呜咽）啊，先生！难道就因为我过去的生活不体面，现在就不能爱他了吗？当那个家伙作践我的时候，我才十六岁哪。如果您知道——

基思：我在为拉里着想。和你在一起，他的危险会大得多。随着事态的进展，现在有一个好机会。你可以毁了这个良机，可是为什么要这样做呢？只要再过几个月——嗯——你知道。

婉达：（站在床前，双手擦着眼睛）哎，先生！听我说：这完全是真话。他就是我的生命。不要从我身边把他夺走。

基思：（感动而不耐烦地）你一定知道他的为人。他决不会永远和你在一起的。

婉达：（真挚地）他会的，先生。

基思：（激烈地）他是世界上最没有恒心的人啦！为了一时的心血来潮，他会用自己的生命和全家的荣誉去冒险的。我了解他。

婉达：不，不，你不了解他。了解他的是我。

基思：喂，喂！他们随时会发现你跟那个人的关系。只要拉里和你在一起，他就脱不了这件杀人案的干系，你不明白吗？

婉达：（走近他）可是他爱我。哦，先生！他爱我！

基思：拉里已爱过几十个女人了。

婉达：是的，不过——：（她的脸抽搐了。）

基思：（粗暴地）不要哭！如果我给你钱，为了他，你能消踪匿迹吗？

婉达：（呜咽了一下）那么我就投水了。那里是不会有恶人的。

基思：啊！起先是拉里这么说，接着你也是这么说！哎呀。这样做对你们都比较好。只要几个月的工夫，你们就会把过去的交往忘个精光啦。

婉达：（抬起头疯狂般地看着他）如果拉里说我必须离开，我就走。不过不是去活。不！（真挚地）我不能活着走开，先生。（基思感动了，默不作声。）我没有拉里就活不下去了。象我这样的一个姑娘，——除了遇到爱情，还有什么指望呢？一切全完啦。

基思：我不是要你再回到过去的那种生活中去。

婉达：不，我今后怎么办，你就别操心了。你干吗要操心我呢？我告诉你，如果拉里说我必须离开，我就走。

基思：不单是这个意思。你是明白这一点的。你必须摆脱他的支配。他决不会为了长远利益而放弃暂时利益的。如果你真象自己所说的那样，是爱他的，你就要帮助救他。

婉达：（屏住气）是的。哦，是呀。不过不要让我们分离得太久了——我求求你！

　　（她跪到地上，抱住他的双膝。）

基思：好了，好了！起来。

　　（有人敲了一下窗棂。）

听！：（一阵轻轻的，奇特的口哨声。）

婉达：（跳起来）拉里！啊，谢天谢地！

　　（她奔到门边，开门，出去领他进来。基思站着等着，面对开着的门。）

　　（婉达紧随拉里而进。）

拉里：基思！

基思：（严厉地）你的所谓保证不出门，原来是这样！

拉里：我等了你整整一天。我再也等不下去了。

基思：真不错啊！

拉里：好啦，判了个什么？"终身流放，还要罚款四十个英镑"？

基思：那么你又可开玩笑了，对不对？

拉里：玩笑是一定要开的。

基思：后天有一条船开往阿根廷，你必须搭这条船去那里。

拉里：（伸出双臂拥抱婉达，婉达站着不动，眼睛盯着他看）我们俩是一起去吗，基思？

基思：你们不能一起去。我将在下一班船送她走。

拉里：这话算数吗？

基思：当然算数。你们的运气好——他们是搞错了线索。

拉里：什么！

基思：你们没看到消息吗？

拉里：我们什么也没看到，甚至连报纸也不看。

基思：他们抓住了一个抢劫这个尸体的流浪汉。他去当卖蛇形戒指时，他们认出这是瓦伦的。我亲自下法庭去看了他受起诉的经过。

拉里：作为谋杀罪吗？

婉达：（无力地）拉里！

基思：他没有危险。他们总是在开头抓错了人。我会让他不受伤害，不过稍许
关一阵子像一只鬣狗一样。关在牢房里只有好，不管怎样总比在这样的
天气睡在拱道下面要好吧。

拉里：他的长相怎么样，基思？

基思：身材矮小，脸色发黄，衣衫褴褛，一腿已瘸，满脸胡子，骨瘦如柴，是
这么个家伙。他们竟认为他有气力去杀人，真是些笨蛋。

拉里：什么！（用一种恐惧的声音）怎么，我看见过他——就在昨夜我离开你
以后。

基恩：你？在哪里？

拉里：在拱道那里。

基思：你又去过那里了？

拉里：忍不住想去看看，基思。

基思：我怕你是在发疯了。

拉里：我和他攀谈了一阵。他还说："谢谢你和我聊了一会儿天。一个人心情
不舒畅的时候，这比钱还受用。"这个小老头，活象一头毛茸茸的畜生。
还有一个报童过来说："师傅们，正是在这儿！他们就是在这儿发现了
尸首——就在这个地方。凶手还没抓到哪！"

（他笑了，而受惊的姑娘则紧紧靠在他身上。）抓了一个无辜的人？

基思：他没有危险，我告诉你。他决不会被绞死的——是呀，他手无缚鸡之力。
好了，拉里，我明天给你搞个卧铺。这是钱。（他拿出一叠钞票，放在
睡椅上。）你们在那里，马上可以在阳光下开创一个新的生活。

拉里：（耳语般地）在阳光下！"一杯酒和你。"[2]（突然地）我怎么能这样做
呢，基思？我一定要看看这可怜的家伙有什么结局。

基思：胡说八道！丢开这个念头；没有证据可以定他的罪。

拉里：没有证据？

基思：没有。你得到了一个机会，拿出男子汉的气魄来，拿去吧。

---

2 爱德华·费兹格拉尔特译的《奥玛·卡扬》里的一首诗之中，有这么几句："一瓶
酒，一本诗集和你／在我身旁歌唱，坐在旷野里／而旷野便是真正的天堂。"这首
宣扬享乐至上的波斯名作，在当时英国资产阶级的大部分人中非常流行。

拉里：（带着一种奇怪的微笑-对姑娘）我们就这么做吗，婉达？

婉达：哦，拉里！

拉里：（从睡椅上拣起钞票）把钱收回去，基思。

基思：什么！我告诉你，没有一个陪审员会定他罪，如果陪审员要定他罪，没有一个法官会判他为绞刑。一个混蛋抢动了尸体，就活该进监狱。他犯的罪比你还重。

拉里：不行，基思。我必须看到事情的最终结果。

基思：不要做傻瓜啦！

拉里：我多少还有一点做人的尊严。如果我在知道结局前就溜之大吉，我将失去一切——心里也不会安宁。收回去吧，基思。否则我要把钱扔到火炉里去了。

基思：（拿回钞票，讥讽地）我想提醒你，不要完全忘了我们家的名誉。难道家庭名誉还配不上你的尊严吗？

拉里：（垂下头）我非常抱歉，基思；非常抱歉，哥哥。

基思：（严峻地）为了我——为了我们家的名誉——为了我们已故的母亲——在此事未见水落石出之前，不要采取任何行动。

拉里：我知道了。没有你在，我绝不会采取任何行动。

基思：（拿起帽子）我能相信你吗？（他牢牢地盯着弟弟。）

拉里：你可以相信我。

基思：保证？

拉里：我保证。

基思：记住，不要采取行动！再见！

拉里：再见！（基思走了。）

（拉里坐到睡椅上，凝视着炉火。姑娘悄悄走过去，轻轻地伸手搂抱他。）

拉里：一个无辜的人！

婉达：哦，拉里！你也是一个无辜的人。难道我们真的想杀掉那个家伙吗？绝对没有！哦！吻吻我吧！

（拉里转过脸来。她吻他的嘴唇。）

我已受了这么多的罪——在遇见你之前。不要再离开我了——不要离开！留在这里。我们在一起不好吗？——哦！可怜的拉里！你看上去多么疲倦啊！和我一起呆着。我一个人实在害怕。我真怕他们会把你从我手里夺走。

拉里：可怜的孩子！

婉达：不，不，不要把我看作孩子！

拉里：你的身子在发抖。

婉达：我把火炉烧旺些。爱我吧，拉里！我想忘记其他一切。

拉里：上帝创造的地球上一个最可怜的家伙——为了我的缘故——关起来了！一个野生的小动物，关起米了。他在那里走着，来来回回地走着，来来回回——在他的笼子里——你没看到他吗？——找一个地方咬出一条通路——小灰鼠。

（他站起身，走来走去。）

婉达：不，不！我再也受不了啦！你别再吓唬我了！

（他走回去，拥抱她。）

拉里：在那儿，在那儿！

（他吻她闭着的双眼。）

婉达：（一动不动）我们睡一会儿——你说好吗？

拉里：睡觉？

婉达：（站起身）你要保证呆在我这儿——为了我们的利益，你呆在这儿，拉里。我会烧饭给你吃；我会使你过得非常舒服的。他们会发觉他无罪。那么——哎哟，拉里！——在阳光下——立刻——离开这个可恶的国家远远的。那有多好啊！（想叫他看着她）拉里！

拉里：（活动一下想挣开去）到世界的边缘——而且——越过边缘！

婉达：不，不！不，不！你不要想叫我去死，拉里，你要我去死吗？如果你离开我，我就去死。让我们得到幸福！爱我吧！

拉里：（笑了一下）啊！让我们过得快乐而闭眼不去看他。那么谁去关心他？千百万人就这样无缘无故地受苦受难。让我们象基思一样坚强起来。不，我不会离开你的，婉达。让我们除了自己之外忘怀一切吧。（突然地）他在那儿走着呢——来来回回地走着！

婉达：（呜咽着）不，不！看着！我来向圣母玛丽亚祷告。她会可怜我们的！

（她跪下去，紧抱双手，祷告。她的嘴唇翕动。拉里木然呆立，两手交叉，脸上交织着渴望和嘲笑，爱恋和绝望。）

拉里：（耳语般地）为我们祈祷吧！好极了！祷告下去吧！

（姑娘突然伸出双臂，脸上浮起微笑，带着一种心醉神迷的目光。）
怎么啦？

婉达：圣母微笑了！我们很快就会幸福了。

拉里：（向她弯下身子）可怜的孩子！当我们死的时候，婉达，让我们一起去。在冥冥世界中，让我们彼此的身子都热起来。

婉达：（举起双手摸他的脸）是呀！哦，是呀！如果你死了，我不——我也活不下去了！

（幕落）

第三场

两个月以后。

婉达的房间。一月的一个下午，太阳刚开始西下。一张已备好晚餐的方桌，上面放着一瓶酒。

（婉达站在窗前，看着街道对面广场上冬日的树丛。可以听到一个报童的声音由远而近。）

声音：卖报！手套巷凶杀案！判决了！（渐渐远去）判决了！卖报！

（婉达拉开窗子，好象要叫住他，又抑制住未叫，关上窗，向门口奔去，她开门，但又急退回房间。基思站在门口。他走进房间，）

基思：拉里在哪儿？

婉达：他去看审判了。我看不住他。判决——哦！发生了什么事啦，先生？

基思：（愤怒地）判了罪！判了死刑！笨蛋！——白痴！

婉达：死刑！（顷刻间似乎要晕倒了。）

基思：姑娘！姑娘！这都要靠你啦。拉里还住在这儿吗？

婉达：是的。

基思：我必须等他来。

婉达：请坐。

基思：（摇摇头）你准备随时离开吗？

婉达：是的，是的。什么时候都可以。

基思：他呢？

婉达：是的——可是现在！他将怎么办呢？那个可怜的人！

基思：一个掘墓贼——一个食尸鬼！

婉达：也许他那时饿得忍不住。我挨过饿：这种时候你就会做你不愿做的事。这几个星期来拉里一直为狱中的那个人想得很多。哎呀！那我现在怎么办好呢？

基思：听着！帮助我。不要让拉里离开你一步。我必须看看事情的发展趋势。他们绝不会把这个可怜虫绞死的。（他抓住她的双臂）现在，我必须阻止他去自首。他什么蠢事也会干出来的。你明白吗？

婉达：我懂。但是他怎么还没有回来？唉！如果他已经自首了呢！

基思：（放开她的双臂）哎哟天哪！要是警察来了——发现我在这儿——（他走到门口）不，他不会——不先来看你的。他一定会回来的。像对一只山猫那样守住他。没有你在一起，不要让他出去。

婉达：（双手交叉在胸前）我一定试着办，先生。

基思：听！（传来钥匙在锁眼里的转动声。）是他！（拉里进来。他捧着一大束粉红百合花和白色水仙花。他的脸上没有表情。基思看看他，又看看姑娘，她一动不动地站着。）

拉里：基思！那么你已知道罗？

基思：此案不能成立。我一定设法制止这个判决。但你一定要给我时间，拉里。

拉里：（平静地）还是为了关心你的声誉吗，基思？

基思：（冷酷地）随你怎样看待我的动机吧。

婉达：（温柔地）拉里。（拉里拥抱她。）

拉里：对不起，哥哥。

基思：这个人会被开释的，而且一定会开释的。我想得到你严肃的保证，保证在我来看你之前不去自首，甚至也不外出。

拉里：我保证。

基思：（目光从一个扫到另一个）以我们已故母亲的名义，起个誓。

拉里：（带着微笑）我起誓。

基思：我得到了你们的誓言——你们两个的誓言——你们两个的。我马上要走了，看看我能做些什么。

拉里：祝你好运，哥哥。（基思走出去。）

婉达：（双手搭在拉里的胸口）你这是什么意思？

拉里：吃晚饭，亲爱的——我已整整一天没吃过东西。把这些百合花插在水里。
（她拿起百合花顺从地将花插到一个瓶里。拉里把酒倒到一只深色的玻璃杯中一饮而尽。）

我们过了一段痛快的生活。最近这两个月，是我一生中最好的时光；而剩下的只是还帐了。

婉达：（绝望地紧紧拥抱他）哦，拉里！拉里！

拉里：（推开她一点，看看她）将这些衣服统统脱去，穿上新娘的礼服。

婉达：答应我——无论你去哪里，我也去。答应我！拉里，这几个星期里你以为我没有看出来吗，我全看到了，就象往常似的，我看到了你心中的一切。你什么也瞒不了我，我知道——我全知道。哦，如果我们去过有阳光的生活，那有多美！哎呀！拉里——难道不能吗？（她的眼睛从他的眼里搜寻答案——接着浑身颤抖了。）好！如果一定是黑暗——我不在乎，只要我在你的怀抱里一起去。在监狱里我们就不能在一起了。我准备好了。首先只要你爱我就行。在我去之前，不要让我哭出来。哦！拉里，在那儿将很艰苦吗?

拉里：（哽咽之声）没有痛苦，我的好孩子。

婉达：（轻叹一口气）多么可惜。

拉里：你像我一样看到他就好了，他在整天受罪。婉达，我们会解脱的。（酒性涌到了他的头脑。）我们在冥冥中得到自由；自由地摆脱这个可诅咒的人间。我恨这个世界——我厌恶这个世界！我恨世上这种天理难容的野蛮行为；痛恨这个世界的蛮横骄傲和自鸣得意！基思的世界— 是一片强权、意志和踌躇满志。我们在这儿没有幸福，我和你——我们刚一出生就被扔出世界——软弱，缺乏意志——还是死掉好些。别怕，基思！我一直关在屋里。（他把酒倒人两个杯中。）喝下它！

（婉达顺从地喝了下去，他也喝了。）现在去把你自己打扮得漂亮一点。

婉达：（紧搂住他）啊，拉里！

拉里：（抚摸她的脸蛋和头发）他要被吊死——因为我杀了人的缘故。

（婉达久久地凝视着他的脸，轻轻放开双臂，穿过挂在壁炉下首的帘子出去。）

（拉里摸口袋，拿出小盒子，打开，用手指捏出白色的药片。）

拉里：饭后——每次两片。（他笑了，将盒子放回口袋。）啊！我的姑娘！

（远处隐约传来钢琴奏着的欢庆乐曲。他注视着炉火，口里嘟哝着。）

火焰——热情，和闪光——尸灰。

"完了，完了，月亮死了，

所有月光下的人也死了。"

（他坐在睡椅上，膝上有一张纸条，他用尖头自来水笔在上面已写过字的地方加了几个字。）

（姑娘穿着丝绸外衣，掀开帘子进来，看着他。）

拉里：（抬头看着她）都写在这上面——我已写好自首书了。

（读）"请将我们埋葬在一起。

劳伦斯·戴伦特

一月二十八日，大约晚上六点。"

他们在早晨会发现我们的。来吃晚饭吧，我亲爱的。（姑娘缓缓地走过去。他站起身，伸手拥抱她，她也伸手拥抱他，两人相对微笑，走到桌边坐下。）

（大幕降落数秒，表示三个小时的间隔。当大幕重新升起时，这对爱人互相搂抱着躺在睡椅上，身体周围洒着百合花。姑娘赤裸的手臂搂着拉里的头颈。她的双目紧闭，而他的眼睛无神地张开着。室内没有灯光，唯有炉火亮着。）

（一阵敲门声和钥匙在锁眼里的转动声。基思进来。他看到半熄半亮的炉火，大感困惑，迟疑地站定了片刻，然后厉声喊道："拉里！"一面扭亮了灯。看到睡椅上的样子，后退了几步。接着瞥了一眼桌子和倒空的、有玻璃塞子的圆酒瓶，走到睡椅边。）

基思：（咕哝着）睡着了！喝醉了！哼！

（突然他弯下腰用手碰碰拉里，然后跳开了。）怎么啦！（他再次俯下身去，摇动他的身体，并呼喊）拉里！拉里！（然后木立不动，俯视着他兄弟张开着的无神的眼睛。突然，他弄湿手指，揿揿姑娘的嘴唇，又揿揿拉里的嘴唇。）拉里！

（他俯身倾听他们的心脏，望见丢在他俩中间的那一个小盒子，拿了起来。）

我的上帝！

（然后，他直起腰，替兄弟闭上眼睛，当他做这一个动作时，望见用针别在睡椅上的纸条，拆下来，念道：）

"我，劳伦斯·戴伦特，在即将自杀之时，承认我——"

（他恐怖地继续默读纸条；读完后，让纸条飘落地上，从睡椅处退后几步，在杯盘狼藉的餐桌旁的椅子上坐下。他惊恐万状地在那儿呆坐着。突然他咕哝起来：）

如果我把这纸条留在这里——我的名誉——我的整个前途！

（他跳起来，重新捡起纸条，再次看了一遍。）我的上帝！全毁了！

（他做了一个想要撕毁纸条的动作，又停下来看看拉里和婉达；用于蒙住眼睛；丢下纸条，冲到门口。好象被纸条所吸引住似的，但他停在那里又返回来。他又一次捡起纸条，塞进口袋。）

（外面，一阵警察的脚步声走过，缓慢而有节奏。他的脸抽搐、颤抖起来；他站在那里倾听着，直到脚步声消失。然后他从口袋里抽出纸条，走过睡椅的脚边，到火炉跟前。）

我的整个——不！让他上绞台吧！

（他把纸条塞进火炉，用脚踹下去，看着纸条卷曲起来，变黑了。然后他突然捧住头，转向睡椅上的尸体。他气喘吁吁，象发疯似的，从睡椅靠头部的那边退过去，冲到窗边，拉开窗帘，推开窗透口空气。在外面，郁郁的空间中有一棵妖精般枯瘦的树影，黑黑的影子活象一个吊死鬼。基思吓得往后一跳。）

那是什么？那是——！

（他关上窗户，重新拉上深色的窗帘。）

笨蛋！没什么东西！

（他捏紧拳头，挺起身子，尽量增长胆气。然后慢慢走到门边，象个泥塑木雕似地呆立一秒钟，脸部表情如石头般地僵硬严峻。）

（他从容地关掉灯，打开门，走了。）

（尸体躺在炉火前，炉火正舐着刚才丢下的那张发黑的纸片。）

（幕落）

一九七五年四月初稿
一九八五年四月修订

译者附记

承蒙美国友人、正在苏州大学英语系任教的年轻画家 Cheryl Crowley 小姐为拙译插图，特致谢忱。

后 记

感谢四川大学国家级重点学科比较文学研究基地、曹顺庆主编和丛书书稿评审专家，慨允拙著编入"比较文学与世界文学"研究丛书，在花木兰文化出版社出版。

我自 1981 年起从事比较文学研究，但比较文学不是我的第一专业。我的第一专业是古籍整理研究，第二专业是中国古代文学理论。比较文学是我的第三个专业。

我未读过大学，1978 年，中国在改革开放之后公开招收第一届研究生，我以自学生身份报考。我报考的是徐震堮教授（改革开放后上海首批五位文学专业的博导之一）领衔的华东师范大学古籍研究所（2020 年，华东师大将古籍研究所并入中文系，但保留古籍研究所的名称）的古籍整理研究专业（唐宋文史研究方向）。这是中国高校第一个古籍研究所（我考试时，按照文革时期沿革的称呼，称为上海师范大学古籍组）。我虽然通过了初试和复试，但我作为中学骨干教师属于紧缺人才，学校未予放行，我与古籍整理研究专业的专职教学和研究工作失之交臂。

1979 年，因华东师大古籍研究所不招生，我在该所首届研究生主考导师叶百丰先生、俄国文学权威翻译家、研究家李毓珍（余振）教授（我在上海市新光中学任教时的女同事方笑芬老师的丈夫的同事）和华东师范大学教育系李楚材教授（我在上海市新光中学英语教研组的女同事李健吉老师的父亲，按其姐为著名德国戏剧研究家和剧作家李健鸣）推荐下，改考华东师范大学中文系以徐中玉师为导师、陈谦豫师为副导师的中国古代文艺理论专业。（后来教育部规定将这个专业统称为中国文学批评史专业。）那一年上海市高等教育局和上海市教育局商议决定，中学教师报考研究生，考试成绩必须超过最低录取分（5 门总分 300 分）50 分，才可以录取，学校必须放行。我的成绩是 383 分，于是得以顺利入学。

1980 年，王智量（笔名智量）师调入华东师范大学中文系，在外国文学教研室任教。他在继续从事外国文学翻译和研究的同时，准备从事新兴的比较文学专业。他问我，你毕业后跟我做比较文学研究好吗？智量师既然盛情邀约，我当然马上同意。他就向我的导师、中文系主任徐中玉师提出了这个请求，徐中玉师非常高兴地同意了。我在研究生一年级就已决定留校，并改行，这在全国来说是唯一的了。因此 1982 年我毕业时，据施蛰存先生告诉舍妹，我留校的职务，是外国文学教研室的教师。

王智量教授（1928-）在北京大学俄语系毕业后，先后在北京大学和中国社会科学院文学研究所工作。他早在 1956 年就发表了俄国文学研究和文艺理论的著名论文。他的英语和俄语的翻译作品达到一流水平，翻译的都是名家经典。他在人民文学出版社出版普希金《叶甫盖尼·奥涅金》、译林出版社出版普希金《上尉的女儿》、托尔斯泰《安娜·卡列宁娜》等俄国经典文学作品，在上海译文出版社出版狄更斯《我们共同的朋友》（上下册）和极难翻译的康拉德《黑暗的心》等英国经典文学作品。华东师范大学出版社于 2013 年出版《智量文集》14 卷，除上述译作外，还有屠格涅夫《前夜》《贵族之家》《屠格涅夫散文选》，专著《论普希金、屠格涅夫、托尔斯泰》《十九世纪俄国文学讲稿》（部分为超星名师学术视频课程），长篇小说《饿饥的山村》，主编《俄国文学与中国》《外国文学史纲》等。他共出版专著、创作、译著和主编书籍 30余部，另外还发表有论文、专著、小说、诗歌、散文等。我能够有幸跟随这位名师研究比较文学和世界文学，是极为难得的。

我就读研究生前夕，导师徐中玉申请到国家社科基金六五重点项目"中国古代文艺理论研究"。这个项目的第一步，作为研究的基础，他准备带领研究生分类抄录古近代的全部文学理论资料，编著《中国古代文艺理论专题资料丛刊》。因工作量很大，他计划招收 8 名。结果只录取 3 名，他又从施蛰存先生招收的唐代文学专业研究生中调剂 2 名，共有研究生 5 名。我被中文系指定为本专业研究生班长和中文系研究生二班副班长。

我们入学后，第一学期中玉师每周授课两教时，第二学期随中国文学批评史全国师训班（郭绍虞为名誉班主任，徐中玉为班主任；当时教育部委托三个大学开办全国师训班，另两个是北京大学朱光潜主持的美学和中山大学王季思主持古代戏曲全国高校师训班）一起，每周听讲座一次，我们研究生在中玉师家讨论一次（每次由一个同学负责谈一个古代名家的学习体会，大家讨论）。第二学年，五名研究生通读自先秦至清末的名家名作，为编撰中国古代文艺理论资料汇编而抄录分类卡片。第三学年第一学期，我们有四个月的时间撰写学位论文，中玉师审阅后，在第二学期的头两个月修改、定稿。

因我们通读名家全集、抄录卡片的任务繁重，中玉师关照我们不要写论文，一心一意抄卡片。我们写学位论文的时间也只有 4 个月。而且其他同学都是自选项目，只有我，中玉师指定我写王渔洋的神韵说研究，在当时是颇难的、有挑战性的题目。（我的硕士学位论文《论王士禛的诗论与神韵说》作为重点文章，全文发表于《中国古典文学论丛》第六辑，人民文学出版社 1987 年出版。）

1981 年 10 月，我读研究生三年级上学期，刚开始准备写学位论文，张国光先生发来 1981 年 11 月举办的全国首届《水浒》研讨会的邀请信。那时学术会议非常珍贵，一般中青年教师很少有机会受邀开会，何况在读的研究生，得到全国会议的邀请信，简直是一个奇迹。我拿到邀请信，就去向中玉师请假赴会。《水浒》研究与我的中国古代文论专业无关，而且我们撰写毕业论文的时间非常紧张（初稿写作时间共 4 个月），中玉师还是批准我赴会，并给我报销差旅费。我从比较文学的角度撰写了 2 篇论文，《论〈水浒传〉在中国和世界文学史上的地位和意义》和《〈水浒传〉和〈艾文赫〉》，并请中玉师、赵景深师、谭正璧先生写了给大会的祝贺信而赴会。会后，张国光先生说，你的两篇文章，自己选一篇，给你在大会论文集发表。我选了《〈水浒传〉和〈艾文赫〉》。

我在古代文论专业准备重点研究金圣叹和王国维两家。当时没有整理校点著作，我看的是线装书。我想，既然必须仔细阅读，顺便可以做整理校点本。正好我以前在上海市莘庄中学教书时的一个 1966 届的学生朱洪（朱霏霏），她愿意为我免费复印（那时复印费每页 5 角）书稿，我就编了《王国维文学美学论著集》，收齐王国维文学、美学的篇目，请她复印，我将复印件校点。那时古代文论全国师训班的学员、吉林大学王汝梅先生在师训班结束后，留下当进修生，他看到我做校点工作，就说，你完成后，寄给我，我请我的邻居，吉林大学历史系罗继祖教授给你写序。他是罗振玉的孙子，王国维的亲戚，名教授，你有了他的序，有利于出版。罗继祖先生审阅了我校点的全稿后，于 1982 年

1月22日为此书撰序。1982年葛渭君兄请浙江新华书店的朋友推荐到浙江人民出版社，一年后遭到署名萧欣桥的编辑的退稿；地理系研究生同学于洪俊推荐到他毕业后任职的安徽人民出版社，半年后又遭署名王某的编辑的退稿。于兄说，现在的一般行情是，有些责任编辑你要送一半稿费，才能出版。而我在退稿前，连责编是谁也不知道。此后毛时安师弟将此稿推荐给山西人民出版社，后由该社文学编辑室独立出来的北岳文艺出版社出版。1981年我又编订《金圣叹全集》的目录，考定其著作的真伪，先后由本系同学、现代文学专业的研究生柯平凭和地理系的研究生于洪俊先后推荐给安徽人民出版社，两次遭到拒绝；于洪俊兄将此事报告安徽省出版局常务副局长黎洪，黎局特批接受我的《金圣叹全集》《王国维文学美学论著集》两个选题。半年后他离休了，责编王某就一起退稿。

同时，我将文革中自学英语时，课本中收录的英国名剧的翻译稿，并写了艺术评论，寄给《名作欣赏》，在我毕业前夕，发表于1982年第3期。我在1982年3月17日香港《文汇报》发表《世界上最早的长篇小说》。这些都是我为毕业后从事比较文学研究做准备。

中玉师命我们在读研期间，不要写论文，一心做卡片，结果我编了两部书（《金圣叹全集》和《王国维文学美学论著集》），发表了3篇文章和一篇译文，又提交了《水浒传》的研究文章2篇。中玉师宽容地容忍我，器量宏阔。

在1978年和1979年，我国举行第一、第二届最难考的研究生入学考试（因20年积压的人才刚获得考研的机会），我这个没有进过大学、出生于没有文化的穷苦家庭、文革中全靠自学的中学生两次以比较好的成绩录取985高校由一流名师指导的领先于国内外的著名专业的研究生，这在全国研究生教育史上可以说是独一无二的。

自1978年到1980年，我从古籍整理研究（唐宋文史研究方向）转到中国古代文论（重点在明清两代，包括近代），又转到比较文学和世界文学专业，3年换了3个专业。这在全国研究生教育史上也可以说是独一无二的。

在研究生阶段，我就独力编著两部经典名家的全集，后来都能出版，而且是影响很大的名著，《金圣叹全集》甚至获得1978-1987全国古籍整理优秀著作二等奖，在1990年全国古籍整理出版总结报告中被誉为建国40年古籍整理研究标志性的成果（当时老一辈的著名学者多健在，出版和获奖的都是他们的著作），这在全国研究生教育史上更可以说是独一无二的。

但是我在毕业前夕，因某种至今还不便公开的原因，我竟未能留校。于是我与世界文学（当时称外国文学）和比较文学专业的专职教学和研究工作失之交臂。尽管如此，一则我喜欢这个专业，二则我要作出成果，以不辜智量师的信任和报答智量师的恩情，所以在比较文学专业，我还是不断有一些成果。本书则是我在比较文学专业的论文汇编。已经收入《王国维美学思想研究》一书中的论文，不再收入本书。

因我未能留校任教，我的中文系 1979 级研究生二班的同班同学——施蛰存先生指导的唐代文学研究生李宗为，他是赵景深教授的夫人、北新书局总经理李小峰的胞妹李希同女士的内侄，极力动员我报考复旦大学赵景深师（副导师章培恒）的元明清文学专业（中国古代小说戏曲研究方向）的博士研究生，做景深师的学术接班人。景深师和师母对我极度信任和认可，因景深师严重白内障而丧失视力，委托我代他审稿、起草文稿和信件等，还委托我代他修订其名著《元明南戏考略》（此书于 1991 年出版时，人民文学出版社特在书前专印一页，向我表示感谢）；并决定在我考试通过入学后，由我执笔，两人联名撰写和出版《中国戏曲史》（4 册 4 编 40 章；我撰写的全书目录，经他亲笔修改；2021 年我将目录复印件和景深师生前赠我的 1950 年代笔记多册、书籍等，捐献给复旦大学图书馆，以支持 2022 年复旦大学图书馆赵景深诞辰 120 周年纪念的赵景深捐献的藏书展）。我因故未获准报考，景深师决定到上海戏剧学院兼职，创立博士点招我入学。他委托其内侄女（李小峰之女）、《新民晚报》著名文艺记者李葵南（后连任三届全国人大代表）与上海戏剧学院陈恭敏院长和戏文系主任陈多教授联系，愿意聘他们两位为副导师，在该校创立博士点。后因景深师特发事故而病逝，此事和《中国戏曲史》写作计划都不了了之。

1986 年，徐中玉师亲自推荐我报考复旦大学朱东润教授（1896-1988）的传记文学博士生。这个专业横跨文史两个专业，兼之朱先生是英国留学生，对考生外语要求高，所以他每次招考，皆无人报名，这是他 90 周岁时最后一次招生，我也是他的博士点招生史上唯一报考他指导的专业的考生，因此他特别重视（教育部当时规定，如连续几年不招生，就取消博士点）。他已预邀顾易生和陈云吉两位教授担任副导师（他们于 1987 年批准为第二批博导），委派他们教我古代文论和佛教文学专业课。但是报名后，复旦大学招生办说我年龄超过，取消考试资格。

尽管如此，我决不辜负赵景深、朱东润两位恩师的信任和期望（当时上海高校文学专业只有 5 位博导），于是我又从事第四个专业——中国古代戏曲和小说研究，第五个专业——中国古代历史和传记文学研究。我发表了多篇论文，出版了多种著作，以报答师恩；而比较文学的论著，也常从戏曲、小说角度撰写。

本书收录的两种译文，都是我在文革中自学英语时，据英语教材中的课文翻译的。我在文革前因病未能读大学，为谋生而先后在上海小学和中学任教。我一边工作，一边自学中文、历史和哲学三个专业的大学教材，同时自学英语和日语等。

当时大学本科英语专业的教材共出版了 2 套，一套是教育部组织编写的，共 8 册，供英语专业本科生 1-4 年级学习的基本教材。第 1-4 册，北京外国语学院许国璋主编；第 5-6 册，北京大学俞大絪主编；第 7-8 册，复旦大学徐燕谋主编，是全国通编教材。

第二套是北京外国语学院主编的《英语精读课本》共 3 册（第 4 册未及编写），接在该校许国璋主编的大学《英语》教材 1-4 册（大一、大二）之后，供三四年级的学生学习。

我在上海买到《英语精读课本》第一册（北京外国语学院英语系三年级教学小组编，商务印书馆 1963 年 9 月出版）和第二册（1964 年 4 月出版，1964 年 12 月第二次印刷本）；第三册（北京外国语学院英语系四年级教学小组编，1964 年 8 月出版）印得极少，上海买不到。1966 年文革开始时，我到北京大串联时才买到。我在书的扉页上郑重题上："一九六六年大串联时购于北京王府井大街 66 年 11 月 12 日"。

霍顿《亲爱者离去》，在教材第一册；高尔斯华绥《最前的和最后的》在第三册。发表前据英文原版书而校订了全文。

此后因为我不从事比较文学和世界文学的专职研究，其他四个专业的任务非常重，我就不再花时间做翻译了。

我编纂本书之时，正好是我研究生毕业 40 周年，也是非常遗憾地尚未进入即又离开比较文学专业专职教学和研究的 40 周年。

悠悠岁月，巍巍苍天，程途虽艰，诚不我欠。埋首耕耘，必有天助；中外文学，人生乐途。此生能够以文学和美学研究为职业是非常幸福的。感谢王智量师引导我进入此门。今再次以微薄的成果向恩师汇报，也向支持和帮助我的上海比较文学研究会（我为名誉理事）和中国比较文学旅法分会（我在上海艺术研究所的同事傅秋敏女史是会长，兼会刊《对流》的主编）表示深切感谢！并缅怀去年逝世的会长谢天增兄！

周锡山

2022 年 9 月 22 日于上海